U0586890

此间风雅

汪曾祺 著

天津出版传媒集团

天津人民出版社

图书在版编目（CIP）数据

　　此间风雅 / 汪曾祺著 . -- 天津：天津人民出版社，
2018.3（2019.1 重印）
　　ISBN 978-7-201-12715-6

　　Ⅰ.①此… 　Ⅱ.①汪… 　Ⅲ.①随笔—作品集—中国—
当代 　②小说文—作品集—中国—当代 　Ⅳ.①I267.1

　　中国版本图书馆CIP数据核字（2017）第300009号

此间风雅
CI JIAN FENG YA

出　　版　天津人民出版社
出 版 人　黄　沛
地　　址　天津市和平区西康路35号康岳大厦
邮政编码　300051
邮购电话　（022）23332469
网　　址　http://www.tjrmcbs.com
电子邮箱　tjrmcbs@126.com

责任编辑　陈　烨
策划编辑　张　历
封面设计　平　平

制版印刷　三河市春园印刷有限公司
经　　销　新华书店
开　　本　880×1230毫米　1/32
印　　张　9.75
字　　数　250千字
版次印次　2018年3月第1版　2019年1月第3次印刷
定　　价　49.80元

目　录

文学散论

短篇小说的本质

——在解鞋带和刷牙的时候之四

　　我们必须暂时稍微与世界隔离，不老撺不开我们是生活在怎样一个国度里这个意识，这就是说，假定我们有一个地方，有一种空气，容许并有利于我们说这个题目。不必要在一个水滨，一个虚廊，竹韵花影；就像这儿，现在，我们有可坐的桌子凳子，有可以起来走两步的空当，有一点随便，有说或不说的自由；没有个智慧超人，得意无言的家伙，脸上不动，连狡诡的眯眼也不给一个地在哪儿听着；没有个真正的小说家，像托老头子那样的人会声势凌人的闯进来；而且我们不是在"此处不是讲话之地"的大街上高谈阔论；这也就够了。我们的话都是草稿的草稿，只提出，不论断，几乎每一句前面都应加一句：假定我们可以这样说。我们所说的大半是平时思索的结果，也可能是从未想过，临时触起，信口开河。我想这是常有的事，要说的都没有说，尽招架了些不知从那儿斜刺里杀出来的程咬金。有时又常谈到嘴边，咽了下去；说了一半，或因思绪散断，或者觉得看来很要紧的意见原来毫不相干，全无道理，接不下去了。这都挺自然，不勉强，正要的是如此。我们是一些喜欢读，也多少读过一点，甚至想动笔，或已经试写了一阵子小说的人，可是千万别把我们的谈话弄得很职业气。我们不大中意那种玩儿票的派头，可是业余的身份是我们遭遇困难时的解脱借口。不知为不知，我们没有责任搜索枯肠，找话支吾。我们说了的不是讲义，充其量是一条一条的札记，不必弄得四平八稳，份量平均，首尾相应，具一格局。好了，我们已经不受拘束，放心说话吧。声音大，小，平缓，带舞台动作，发点脾气，骂骂人，一切随心所欲，悉听尊便。

在这许多方便之下，我呈出我的一份。

无庸讳言，大家心照，所有的话全是为了说的人自己而说的。唱大鼓的走上来，"学徒我今儿个伺候诸位一段大西厢"，唱到得意处，得意的仍是他自己。听唱的李大爹、王二爷也听得颇得意，他们得意的也是他们自己。我觉得李大爹王二爷实际也会唱得极好，甚至可能比台上人更唱得好，只是他们没有唱罢了。李大爹王二爷自小学了茶叶店糕饼店生意，他们注定了要搞旗枪明前，上素黑芝麻，他们没有学大鼓。没有学，可是懂。他摸得到顿、拨、沉、落、迥、扭、煞诸种差之毫厘失之千里的那么点个妙处。所以李大爹王二爷是来听他们自己唱，不，简直听他们自己整个儿的人来了。台上那段大西厢不过是他们的替身，或李大爹，头也那么一点。他们的意思是"是了！"在这一点上劳伦斯的"为我自己"，克罗采的传达说，我都觉得有道理。——阿，别瞪我，我只是借此而说明我现在要说的话是一个什么性质。这，也是我对小说作者与读者间的关系的一个看法，这等一下大概还会再提起。真是，所有的要说恐怕都只是可以连在一处的道白而已。

时下的许多小说实在不能令人满意！

教我们写作的一位先生几乎每年给学生出一个题目：一个理想的短篇小说。——我当时写了三千字，不知说了些什么东西；现在想重新交一次卷，虽然还一样不知会说些什么东西。——可见，他大概也颇觉得许多小说不顶合乎理想。所以不顶理想，因为一般小说都好像有那么一个"标准"：

一般小说太像个小说了，因而不十分是一个小说。

悬定一个尺度，很难。小说的种类将不下于人格；而且照理两者的数量（假如可以计算）应当恰恰相等；鉴别小说，也如同品藻人物一样的不可具说。但我们也可以像看人一样的看小说，凭全面的，综合的印象，凭直觉。我们心平气和，体贴入微的看完一篇东西，我们说：这是小说，或者不是小说，有时候我们说的是这够或不够是一个小说。这跟前一句话完全一样，够即是，不够的不是。在这一点上，小说的读者，你不必客气，你自然先假定自己是"够了"。哎，不必客气，这个够了并不是什么了不起的事情。不够，你还看什么小说呢？

那个时候，我因为要交卷，不得不找出一个"理想"的时候，正是卞之琳先生把《亨利第三》、《军旗手的爱与死》翻译过来的时候，手边正好有一本，抓着就是，我好像憋了一点气，在课堂上大叫：

"一个理想的短篇小说应当是像《亨利第三》与《军旗手的爱与死》那样的！"

现在我的意思仍然如此，我愿意维持原来的那点感情，不过觉得需要加以补充。

我们看过的若干短篇小说，有些只是一个长篇小说的大纲，一个作者因为时间不够，事情忙，或者懒，有一堆材料，他大概组织分布了一下，有时甚至连组织分布都不干，马马虎虎的即照单抄出来交了货，我们只看到有几个人，在那里，做了什么事，说话了，动作了，来了，去了，死了。有时作者觉得这太不像小说，（就是这个倒霉的觉得害了他！）小说不能单是一串流水账，于是怎么样？描写了把那个人从头到脚的像裁缝师傅记出手下摆的那么记一记，清楚是清楚了，可是我们本来心里可能有的浑然印象反教他挤掉了。我们只落得一堆零碎料子，多高的额头，多大的鼻子，长腿或短腿，外八字还是内八字脚，……这些"部分"彼此不粘不靠，不起作用，不相干。还有更不相干的，是那些连篇累牍的环境渲染。有时候我们看那段发生在秋天的黄昏的情景，并不是一定不能发生在春天的早晨。在进行演变上，落叶，溪水，夕阳，歌声，蟋蟀，当然风马牛不相及。这是七巧板那么拼出来的，是人为的，外加的，生造的，不融合的。他没有把这些东西当着是从故事中分泌出来，为故事的一个契机，一分必不可少的成分。他的文字不是他要说的那个东西本身。自然主义用在许多人手里成了一个最不自然的主义。这些人为主义而牺牲了。有些，说得周详缜密，结构紧严，力量不懈，交待干净，不浪费笔墨也不偷工减料，文字时间与故事时间合了拍，把读者引上了路，觉得舒服得很；可是也只算长篇小说之一章，很好的一章而已。更多的小说，比较鲜明生动，我们以为把它收入中篇小说，较为合适。再有一种则是"标准的"短篇小说。标准的短篇小说不是理想的短篇小说，也不能令我们满意。

　　我们的谈话行将进入一个比较枯燥困难的阶段，我们怕不能摆脱习惯的演讲方式。我们尽量想避开让我们踏脚，也放我们疲惫的抽象名词，但事实上不易办到，先歇一歇力，在一块不大平滑的石头上坐一坐，给短篇小说来讲一个定义！不用麻烦拣选，反正我们掉一掉身子马上就来。中学教科书上写着，短篇小说是：

　　用最经济的文学手腕，描写事实中最精彩的一段或一面。

　　我们且暂时义务的为这两句话作一注释。或者六经注我，靠它的帮忙说话。我们不得已而用比喻，扣槃扪烛，求其大概。弗吉尼亚·伍尔芙夫人以在火车中与白朗宁太太同了一段路的几位先生的不同感情冲动譬象几种不同的写小说法，我们现在单摘取同车一事来说明小说与其人物的关系。设想一位作者，我们称他为×先生，在某处与白朗宁太太一齐上了车，火车是小说，车门一关，汽笛拉动，车开了，小说起了头。×先生有墨水两瓶，钢笔尖二盒，一箱子纸，四磅烟草，白朗宁太太有的是全部生活。×先生收心放志，集中精神，松开领子，咬起大烟斗，白朗宁太太开始现身说法，开始表演。我们设想火车轨道经行之地是白朗宁太太的生活，这一列车随处可停，可左可右，可进可退，给×先生以诸方便，他可以得到他所需要的白朗宁太太生活中任何场景节目。白朗宁太太生来有个责任，即被写在小说里，她不厌烦，不掩饰省略，妥妥实实回答×先生一切问话。好了，除去吃饭睡觉等不可要的动作之外，白朗宁太太一生尽在此中，×先生也颇累了，他们点点头，下车，分别。小说完成！

这里，你觉得这是可能的么？

有人说历史这个东西就是历史而已，既不是科学，也算不得是艺术。我们埋葬了一部分小说，也很可以在它们的墓碑上刻这样两句话。而且历史究竟还是历史，若干小说常不是科学，不是艺术，也不成其为小说。

长篇小说的本质，也是它的守护神，是因果。但我们很少看到一本长篇小说从千百种可能之中挑选出一个，一个一个连编起来，这其间有什么是必然，有决定性的。人的一生是散漫的，不很连贯，充满偶然，千头万绪，兔起鹘落，从来没有一个人每一秒钟相当于小说的一段，一句，一字，一标点，或一空格，而长篇小说首先得悍然不顾这个情形。结构，这是一个长篇最紧要的部分，而且简直是小说的全部，但那根本是个不合理的东西。我们知道一个小说不是天成的，是编排连缀出来的，我们怀疑的是一个作者的精神是否能够照顾得过来，特别是他的记忆力是不是能够写到第十五章时还清清楚楚对他在第三章中所说的话的分量和速度有个印象？整本小说是否一气呵成，天衣无缝，增一分则太长，减一分则太短，不能倒置，翻覆，简直是那样便是那样，毫无商量余地了？

从来也没有一个音乐家想写一个连续演奏十小时以上的乐章吧，（读《战争与和平》一遍需要多少时候？）而我们的小说家，想做不可能的事。看他们把一厚册一厚册的原稿销毁，一次一次地重写，我们寒心那是多苦的事。有几个人，他们是一种英雄式的人，自人中走出，与大家不同，他们不是为生活而写，简直活着就为的是写他的小说，他全部时间入于海，海是小说，居然做到离理想不远了。第一个忘不了的是狠辣的陀思退亦夫斯基(注：现译陀思妥耶夫斯基)。他像是一咬牙就没有松开过。可是我们承认他的小说是一种很伟大的东西，却不一定是亲切的东西。什么样的人是陀思退亦夫斯基的合适读者？

应是科学家。

我宁愿通过工具的艰难，放下又拿起，翻到后面又倒回前头，随便挑一节，抄两句，不求甚解，自以为是，什么时候，悠然见南山，飞鸟相与远，以我之所有向他所描画的对照对照那么读一遍《尤利色斯》（注：现译《尤利西斯》）去。小说与人生之间不能描画一个等号。

于是有中篇小说。

如果读长篇小说的时间是阴冷的冬夜，那么中篇小说是宜于在秋天下午。一本中篇正好陪我们过五六点钟，连阅读带整个人受影响作用，引起潜移默化所需的时间。

一个长篇的作者自己在他的小说中生活过一遭，他命使读者的便是绝对的入乎其内。一个长篇常常长到跟人生一样的长，（这跟我们前面一段有些话并不相冲突，）可以说是另外一个，（不是一段，一面，）我们必须放开我们自己的恩怨憎喜，宗教饮食，被拉了上去，关上门，靠窗坐定，随那节车子带我们到那里去旅行。作者作向导，山山水水他都熟习，而假定我们一无所知。我们只有也必须死心塌地的作个素人。我们应当视而不见，听而不闻，食而不知其味；应当醉于书中的馅，字里的香，我们说：哦，这是玫瑰，多美，这是山，好大呀！好像我们从来没有见过一座山，不知道玫瑰是什么东西。——可是一般人不是那么容易的死于生活，活于书本，不会一直入彀。有比较体贴，近人情，会说话的可爱的人就为了我们而写另外一种性质的书，叫作中篇小说。他自自然然的谈起来了。他跟我们抵掌促膝，不高不可攀，耳提指图，他说得流利，娓婉，不疾不徐，轻重得当，不口吃，不上气不接下气，他用志不纷，胸有成竹。他才说了十多分钟，我们已经觉得：他说得真好。我们入神了，颔首了，暖然似春，凄然似秋了，毫不反抗的给出他向我们要的感动。有话则长，无话则短，他知道他是在说一个故事。花开两朵，各表一枝，分即全，一切一切，他不弄得过分麻烦冗重。有时他插一点闲话，聊点儿别的；他更带着一堆画片，一张一张拍得光线强弱，距离远近都对了的照相，他一边说故事，一边指点我们看。这些纪念品不一定是绘摄的大场面，有时也许一片阳光，一堆倒影，破风上一角残蚀的浮雕，唱歌的树，嘴上生花的人，……我们也明知他提起这话目的何在，但他对于那些小玩意确具真情，有眼光，而且趣味与我们相投，但听他说说这些即颇过瘾了。我们最中意的是他要我们跟他合作。他空出许多地方，留出足够的时间，让读者自己说，他不一个劲儿讲演，他也听。来一杯咖啡么，我们的中篇小说家？

如果长篇小说的作者与读者的地位是前后，中篇是对面，则短篇小说的作者是请他的读者并排着起坐行走的。

常听到短篇小说的作者劝他的熟人："你也写么，我相信你可以写得很好。没有什么了不起的，花一点时间，多试验几种方法，不怕费事，找到你觉得那么着写合适的形式，你就写，不会不成功的。凭你那个脑子，那点了解人事的深度，生活的广度，对于文字的精敏感觉，还有那一份真挚深沉的爱，你早就该着笔了"。短篇小说家从来就把我们当着跟他一样的人，跟他生活在同一世界之中，对于他们写的那回事的前前后后也知道得一样仔细真切。我们与他之间只是为不为，没有能不能的差异。短篇小说的作者是假设他的读者都是短篇小说家的。

唯其如此，他方能挑出事实中最精彩的一段或一面来描写。

也许有人天生是个短篇小说家，他只要动笔，得来全不费工夫，他一小从老祖母；从疯瘫的师爷，从鸦片铺上、茶馆里，码头旁边，耳濡目染，不知不觉之中领会了许多方法；他的窗口开得好，一片又一片的材料本身剪裁得好好的在那儿，他略一凝眸，翩翩已得；交出去，印出来，大家传诵了，街谈巷议，"这才真是我们所需要的，从头到尾，每一个字是短篇小说！"而我们的作者倚在他的窗口悠然下看：这些人扰攘些什么，什么事大惊小怪的？风吹得他身轻神爽，也许他想到一条河边走走，听听修桥工人唱那种忧郁而雄浑的歌去；而在他转身想带着他的烟盒子时，窗下一个读者议论的小说，激动的高叹声吸引了他，他看了一眼想：什么叫小说么，问我，我可不知道，你那个瘦瓜瓜的后脑，微高的左肩，正是我需要的，我要把你写下来！你就是小说，傻小子，你为什么不问问你自己？他不出去了，坐下，抽上两枝烟，到天黑肚饥时一篇小说也已经写了五分之四，好了，晚饭一吃，一天过去，他的新小说也完成了；但大多数的小说作者都得经过一个比较长期的试验。他明白，他必须"找到自己的方法"，必须用他自己的方法来写，他才站得住，他得在浩如烟海的文学作品，在一样浩如烟海的短篇小说之中，为他自己的篇什觅一个位置。天知道那是多么荒时废日的事情！

世上尽有从来不看小说的诗人，但一个写短篇小说的人能全然不管前此与当代的诗歌么？一个小说家即使不是彻头彻尾的诗人，至少也是半仙之分，部分的诗人，也许他有时会懊悔他当初为什么不一直推敲韵脚，布署抑扬，飞上枝头变凤凰，什么一念教他拣定现在卑微的工作的？他羡慕戏剧家的规矩，也向往散文作者的自在，甚至跟他相去不远的长篇中篇小说家他也嫉妒。威严，对于威严的敬重；优美的风度，对于优美风度的友爱，他全不能有，得不着。短篇小说的作者所希望的是给他的劳绩一个说得过去的地位。他希望报纸的排字工人不要把他的东西拆得东一块西一块的，不要随便给它分栏，加什么花边，不要当中挖了一方嵌一个与它毫不相干的太美或稀特的木刻漫画，不要在一行的头上来一个吓人的惊叹号，不要在他的文章下面补两句嘉言语录，名人轶事，还有错字不太多，字体稍为清楚一点；……对于一个杂志的编辑他很想求求他一个稍为公平一点的篇幅，他希望天地头留着大些，前头能空出两页不印最好。……他不是难伺候，闹脾气，他是为了他的文章命运而争。他以为他的小说的形式即是他要表传的那个东西本身，不能随便沾辱它，而且一个短篇没有写出的比写出来的要多得多，需要足够的空间，好让读者自己从从容容来抒写。对于较长篇幅的文章，一般读者有读它的心理准备，他心甘情愿地让出时间，留下闲豫，来接受一些东西。只要披沙拣金，往往见宝，即为足矣。他们深切的感到那种力量，领得那种智巧。而他们读短篇小说则都是誓翦灭此而后朝食，你不难想象一个读者如何恶狠狠地抓过一篇短篇小说，一边嚼着他的火腿面包，一边狼吞虎咽地看下去，忽然拍案而起，"混蛋，这是什么平淡无奇的东西！"他骂的是他的咖啡，但小说遭了殃，他叭了一下扔了，挤起左眼看了那个可怜的题目，又来了一句，"什么东西！"好了，他要是看进去两句那就怪。一个短篇小说作者简直非把它弄得灿若舒锦，无处不佳不可！小说作者可又还不能像一个高大强壮的猪眼厨师傅两手撑在腰上大吼"就是这样，爱吃不吃！"即是真的从头到尾都是心血，你从哪里得到青眼?

这位残暴的午茶餐客如果也想，他想的是：这是什么玩意，谁写不出来，我也……真的，他还不屑于写这种东西！我们原说过，只要他肯，他未始不可以写短篇小说。我们不能怪他，第一，他生活太忙，太乱，而且受到许多像那位猪眼大师傅的气，他想借小说来忘去他的生活，或者真的生活一下，短篇似乎不能满足他；第二，他相当有文学修养，他看过许多诗、戏剧，散文，他还更看过那么多那么多的小说，不再要看这一篇。一个短篇小说作家，你该怎么办?

短篇小说能够一脉相承的存在下来，应当归功于代有所出的人才，不断给它新的素质，不断变易其面目，推广，加深它。日光之下无新事，就看你如何以故为新，如何看，如何捞网捕捉，如何留住过眼烟云，如何有心中的佛，花上的天堂。文学革命初期以"创作"称短篇小说，是的，你要创作。你不应抄袭别人，要叫你有你的，有不同于别人的；且不能抄袭自己，你不能叫这一篇是那一篇的副本，得每一篇是每一篇的样子，每一篇小说有它应当有的形式，风格。简直的，你不能写出任何一个世界上已经有过的句子。你得突破，超出，稍偏颇于那个"标准"。这是老话，但需要我们不断地用各种声音提起。

我们宁可一个短篇小说像诗，像散文，像戏，什么也不像也行，可是不愿意它太像个小说，那只有注定它的死灭。我们那种旧小说，那种标准的短篇小说，必然将是个历史上的东西。许多本来可以写在小说里的东西老早老早就有另外方式代替了去。比如电影，简直老小说中的六部分，而且是最要紧的部分，它全能代劳，而且比较更准确，有声有形，证诸耳目，直接得多。念小说已成了一个过时的娱乐，一种古怪固执的癖好了。此世纪中的诗，戏，甚至散文，都已显然与前一世纪异趣，而我们的小说仍是十八世纪的方法，真不可解。一切全因制度的变而变了，小说动得那么懒，什么道理。

我们耳熟了"现代音乐"，"现代绘画"，"现代塑刻"，"现代建筑"，"现代服装"，"现代烹调术"，可是"现代小说"在我们这儿远是个不太流行的名词。咳！"小说的保守性"，是个值得一作的毕业论文题目；本来小说这东西一向是跟在后面老成持重的走的。但走得如此之慢，特别是在东方一个又很大又很小的国度中简直一步也不动，是颇可诧异的现象。多打开几面窗子吧，这里的空气实在该换一换，闷得受不了了。

多打开几面窗子吧！只要是吹的，不管是什么风。

也好，没有人重视短篇小说，因此它也从来没有一个严格的画界，我们可以从别的部门搬两块石头来垫一垫基脚。要紧的是要它改一改样子再说。从戏剧里，尤其是新一点的戏里我们可以得到一点活泼，尖深，顽皮，作态。（一切在真与纯之上的相反相成的东西。）萧伯纳、皮蓝德娄（注：现译皮兰德娄）从小说中偷去的，我们得讨一点回来。至于戏的原有长处，节奏清显，擒纵利落，起伏明灭，了然在心，则许多小说中早已暗暗的放进去了。小说之离不开诗，更是昭然若揭的。一个小说家才真是个谪仙人，他一念红尘，堕落人间，他不断体验由泥淖至清云之间的挣扎，深知人在凡庸，卑微，罪恶之中不死去者，端因还承认有个天上，相信有许多更好的东西不是一句谎话，人所要的，是诗。一个真正的小说家的气质也是一个诗人。就这两方面说，《亨利第四》与《军旗手的爱与死》，是一个理想的典范。我不觉得我的话有什么夸张之处。那两篇东西所缺少的，也许是一点散文的美，散文的广度，一点"大块噫气是名为风"的那种遇到什么都抚摸一下，随时会留连片刻，参差荇菜，左右缭之，喜欢到亭边小道上张张望望的，不衫不履，落帽风前，振衣高岗的气派。缺少一点一点开头我要求的一点随意说话的自然。

泰戈尔告诉罗曼·罗兰他要学画了，他觉得有些东西文字表达不出来，只有颜色线条胜任；勃罗斯忒在他的书里忽然来了一段五线谱，任何一个写作的人必都同情，不是同情，是赞同他们。我们设想将来有一种新艺术，能够包融一切，但不复是一切本来形象。又与电影全然不同的，那东西的名字是短篇小说。这不知什么时候才办得到，也许永远办不到。至少我们希望短篇小说能够吸收诗、戏剧、散文一切长处，而仍旧是一个它应当是的东西，一个短篇小说。

我们前面既说过一个短篇小说的作者假定他的读者都是短篇小说家，假定读者对于他们依附而写的那回事情的前前后后清楚得跟他自己一样，假定读者跟他平肩并排，所以"事"的本身在短篇小说中的地位将越来越不重要。一个画家在一个乡下人面前画一棵树，他告诉他"我画的是那棵树"。乡下人一面奇怪树已经直端端生在那儿了，画它干什么？一面看了又看，觉得这位先生实在不大会画，画得简直不像。一会儿画家来了个朋友，也是一个画家。画家之一画，画家之二看，两人一句话不说。也许有时他们互相看一眼，微微一点头，犹如李大爹王二爷听大鼓，眼睛里一句话："是了！"问画家到底画的什么，他该回答的是："我画那个画"。真正的小说家也是，不是为写那件事，他只是写小说。——我们已经听到好多声音，"不懂，不懂！"其实他懂的，他装着不懂。毕加索给我们举了一个例。他用同一"对象"画了三张画，第一张人像个人，狗像条狗；第二张不顶像了，不过还大体认得出来；第三张，简直不知道是什么东西了。人应当最能从第三张得到"快乐"，不过常识每每把人谋害在第一张之前。小说也许不该像这三张，但至少该往第二张上走一走吧？很久以前，有一人提出"纯诗"的理想，纪德说过他要写"纯小说"；虽未能至，心向往之。我们希望短篇小说能向"纯"的方向作去，虽然这里所说的"纯"与纪德所提出的好像不一样。

严格说来，短篇小说者，是在一定时间，一定空间之内，利用一定工具制作出来的一种比较轻巧的艺术；一个短篇小说家是一种语言的艺术家。——我看出有人脸上颇不耐烦了，他心里泛起了一阵酸，许多过了时的标准口号在他耳根雷鸣，他随便抓得一块砖头，"唯美主义"，要往我脑袋上砸。

听我告诉你一个秘密：我有个朋友，是个航空员，他凭一股热气，放下一切，去学开飞机，百战归来，同班毕业的已经所剩无几了；我问他你在天上是否不断的想起民族的仇恨？他非常严肃的说：

"当你从事于某一工作时，不可想一切无关的事。我的手在驾驶盘上，我只想如何把得它稳当，准确。我只集中精神于转弯，抬起，俯降。我的眼睛看着前头云雾山头。我不能分心于外物，否则一定出毛病。——有一回C的信上说了我几句话，教我放下来，我一翅飞到芷江上空，差点儿没跟她那几句一齐摔下去！"小说家在安排他的小说时他也不能想得太多，他得沉酣于他的工作。他只知道如何能不颠不簸，不滞不滑，求其所安，不摔下来跌死了。一个小说家有什么样的责任，这是另外一个题目，有机会不妨讨论讨论。今天到此为止，我们再总结一句：一个短篇小说，是一种思索方式，一种情感形态，是人类智慧的一种模样。

或者：一个短篇小说，不多，也不少。

三十六年五月六日晨四时脱稿。自落笔至完工计整约二十一小时，前后五夜。在上海市中心区之听水斋。

"揉面"

——谈语言

语言是艺术

语言本身是艺术，不只是工具。

写小说用的语言，文学的语言，不是口头语言，而是书面语言。是视觉的语言，不是听觉的语言。有的作家的语言离开口语较远，比如鲁迅；有的作家的语言比较接近口语，比如老舍。即使是老舍，我们可以说他的语言接近口语，甚至是口语化，但不能说他用口语写作，他用的是经过加工的口语。老舍是北京人，他的小说里用了很多北京话。陈建功、林斤澜、中杰英的小说里也用了不少北京话。但是他们并不是用北京话写作。他们只是吸取了北京话的词汇，尤其是北京人说话的神气、劲头、"味儿"。他们在北京人说话的基础上创造了各自的艺术语言。

小说是写给人看的，不是写给人听的。

外国人有给自己的亲友读自己的作品的习惯。普希金给老保姆读过诗。屠格涅夫给托尔斯泰读过自己的小说。效果不知如何。中国字不是拼音文字。中国的有文化的人，与其说是用汉语思维，不如说是用汉字思维。汉字的同音字又非常多。因此，很多中国作品不太宜于朗诵。

比如鲁迅的《高老夫子》：

他大吃一惊，至于连《中国历史教科书》也失手落在地上了，因为脑壳上突然遭到了什么东西的一击。他倒退两步，定睛看时，一枝天斜的树枝横在他的面前，已被他的头撞得树叶都微微发抖。他赶紧弯腰去拾书本，书旁边竖着一块木牌，上面写道——

看小说看到这里，谁都忍不住失声一笑。如果单是听，是觉不出那么可笑的。

有的诗是专门写来朗诵的。但是有的朗诵诗阅读的效果比耳听还更好一些。比如柯仲平的诗：

人在冰上走，

水在冰下流……

这写得很美。但是听朗诵的都是识字的，并且大都是有一定的诗的素养的，他们还是把听觉转化成视觉的（人的感觉是相通的），实际还是在想象中看到了那几个字。如果叫一个不识字的，没有文学素养的普通农民来听，大概不会感受到那样的意境，那样浓厚的诗意。"老妪都解"不难，叫老妪都能欣赏就不那么容易。"离离原上草"，老妪未必都能击节。

我是不太赞成电台朗诵诗和小说的，尤其是配了乐。我觉得这常常限制了甚至损伤了原作的意境。听这种朗诵总觉得是隔着袜子挠痒痒，很不过瘾，不若直接看书痛快。

文学作品的语言和口语最大的不同是精炼。高尔基说契诃夫可以用一个字说了很多意思。这在说话时很难办到，而且也不必要。过于简炼，甚至使人听不明白。张寿臣的单口相声，看印出来的本子，会觉得很罗嗦，但是说相声就得那么说，才明白。反之，老舍的小说也不能当相声来说。

其次还有字的颜色、形象、声音。

中国字原来是象形文字，它包含形、音、义三个部分。形、音，是会对义产生影响的。中国人习惯于望"文"生义。"浩瀚"必非小水，"涓涓"定是细流。木玄虚的《海赋》里用了许多三点水的字，许多摹拟水的声音的词，这有点近于魔道。但是中国字有这些特点，是不能不注意的。

说小说的语言是视觉语言，不是说它没有声音。前已说过，人的感觉是相通的。声音美是语言美的很重要的因素。一个有文学修养的人，对文字训练有素的人，是会直接从字上"看"出它的声音的。中国语言因为有"调"，即"四声"，所以特别富于音乐性。一个搞文字的人，不能不讲一点声音之道。"前有浮声，则后有切响"，沈约把语言声音的规律概括得很扼要。简单地说，就是平仄声要交错使用。一句话都是平声或都是仄声，一顺边，是很难听的。京剧《智取威虎山》里有一句唱词，原来是"迎来春天换人间"，毛主席给改了一个字，把"天"字改成"色"字。有一点旧诗词训练的人都会知道，除了"色"字更具体之外，全句声音上要好听得多。原来全句六个平声字，声音太飘，改一个声音沉重的"色"字，一下子就扳过来了。写小说不比写诗词，不能有那样严的格律，但不能不追求语言的声音美，要训练自己的耳朵。一个写小说的人，如果学写一点旧诗、曲艺、戏曲的唱词，是有好处的。

外国话没有四声，但有类似中国的双声叠韵。高尔基曾批评一个作家的作品，说他用"嗞"音的字太多，很难听。

中国语言里还有对仗这个东西。

中国旧诗用五七言，而文章中多用四六字句。骈体文固然是这样，骈四俪六；就是散文也是这样。尤其是四字句。四字句多，几乎成了汉语的一个特色。没有一篇文章找不出大量的四字句。如果有意避免四字句，便会形成一种非常奇特的拗体，适当地运用一些四字句，可以造成文章的稳定感。

我们现在写作时所用的语言，绝大部分是前人已经用过，在文章里写过的。有的语言，如果知道它的来历，便会产生联想，使这一句话有更丰富的意义。比如毛主席的诗："落花时节读华章"，如果不知出处，"落花时节"，就只是落花的时节。如果读过杜甫的诗："歧王宅里寻常见，崔九堂前几度闻。正是江南好风景，落花时节又逢君"，就会知道"落花时节"就包含着久别重逢的意思，就可产生联想。《沙家浜》里有两句唱词："垒起七星灶，铜壶煮三江"，是从苏东坡的诗"大瓢贮月归春瓮，小杓分江入夜瓶"脱胎出来的。我们许多的语言，自觉或不自觉地，都是从前人的语言中脱胎而出的。如果平日留心，积学有素，就会如有源之水，触处成文。否则就会下笔枯窘，想要用一个词句，一时却找它不出。

语言是要磨练，要学的。

怎样学习语言？——随时随地。

首先是向群众学习。

我在张家口听见一个饲养员批评一个有点个人英雄主义的组长：

"一个人再能，当不了四堵墙。旗杆再高，还得有两块石头夹着。"
我觉得这是很好的语言。我刚到北京京剧团不久，听见一个同志说：
"有枣没枣打三杆，你知道哪块云彩里有雨啊？"

我觉得这也是很好的语言。

一次，我回乡，听家乡人谈过去运河的水位很高，说是站在河堤上可以"踢水洗脚"，我觉得这非常生动。我在电车上听见一个幼儿园的孩子念一首大概是孩子们自己编的儿歌：

> 山上有个洞，
>
> 洞里有个碗，
>
> 碗里有块肉，
>
> 你吃了，我尝了，
>
> 我的故事讲完了！

他翻来覆去地念，分明从这种语言的游戏里得到很大的快乐。我反复地听着，也能感受到他的快乐。我觉得这首几乎是没有意义的儿歌的音节很美。我也捉摸出中国语言除了押韵之外还可以押调。"尝"、"完"并不押韵，但是同是阳平，放在一起，产生一种很好玩的音乐感。

《礼记》的《月令》写得很美。

各地的"九九歌"是非常好的诗。

只要你留心，在大街上，在电车上，从人们的谈话中，从广告招贴上，你每天都能学到几句很好的语言。

其次是读书。

我要劝告青年作者，趁现在还年轻，多背几篇古文，背几首诗词，熟读一些现代作家的作品。

即使是看外国的翻译作品，也注意它的语言。我是从契诃夫、海明威、萨洛扬的语言中学到一些东西的。

读一点戏曲、曲艺、民歌。

我在《说说唱唱》当编辑的时候，看到一篇来稿，一个小戏，人物是一个小炉匠，上场念了两句对子：

风吹一炉火，
锤打万点金。

我觉得很美。

一九四七年，我在上海翻看一本老戏考，有一段滩簧，一个旦角上场唱了一句：

春风弹动半天霞。

我大为惊异：这是李贺的诗！

二十多年前，看到一首傣族的民歌，只有两句，至今忘记不了：

斧头砍过的再生树
战争留下的孤儿。

巴甫连柯有一句名言："作家是用手思索的。"得不断地写，才能打触到语言。老舍先生告诉过我，说他有得写，没得写，每天至少要写五百字。有一次我和他一同开会，有一位同志作了一个冗长而空洞的发言，老舍先生似听不听，他在一张纸上把几个人的姓名连缀在一起，编了一副对联：

伏园焦菊隐
老舍黄药眠

一个作家应该从语言中得到快乐，正像电车上那个念儿歌的孩子一样。

董其昌见一个书家写一个便条也很用心，问他为什么这样，这位书家说："即此便是练字"。作家应该随时锻炼自己的语言，写一封信，一个便条，甚至是一个检查，也要力求语言准确合度。

鲁迅的书信，日记，都是好文章。

语言学中有一个术语，叫做"语感"。作家要锻炼自己对于语言的感觉。

王安石曾见一个青年诗人写的诗，绝句，写的是在宫廷中值班，很欣赏。其中的第三句是："日长奏罢长杨赋"，王安石给改了一下，变成"日长奏赋长杨罢"，且说："诗家语必此等乃健。"为什么这样一改就"健"了呢？写小说的，不必写"日长奏赋长杨罢"这样的句子，但要能体会如何便"健"。要能体会峭拔、委婉、流利、安详，沉痛。

建议青年作家研究研究老作家的手稿，捉摸他为什么改两个字，为什么要把那两个字颠倒一下。

"如鱼饮水，冷暖自知"，语言艺术有时是可以意会，难于言传的。

揉面

使用语言，譬如揉面。面要揉到了，才软熟，筋道，有劲儿。水和面粉本来是两不相干的，多揉揉，水和面的分子就发生了变化。写作也是这样，下笔之前，要把语言在手里反复抟弄。我的习惯是，打好腹稿。我写京剧剧本，一段唱词，二十来句，我是想得每一句都能背下来，才落笔的。写小说，要把全篇大体想好。怎样开头，怎样结尾，都想好。在写每一段之间，我是想得几乎能背下来，才写的（写的时候自然会又有些变化）。写出后，如果不满意，我就把原稿扔在一边，重新写过。我不习惯在原稿上涂改。在原稿上涂改，我觉得很别扭，思路纷杂，文气不贯。

曾见一些青年同志写作，写一句，想一句。我觉得这样写出来的语言往往是松的，散的，不成"个儿"，没有咬劲。

有一位评论家说我的语言有点特别，拆开来看，每一句都很平淡，放在一起，就有点味道。我想谁的语言不是这样？拆开来，不都是平平常常的话？

中国人写字，除了笔法，还讲究"行气"。包世臣说王羲之的字，看起来大大小小，单看一个字，也不见怎么好，放在一起，字的笔划之间，字与字之间，就如"老翁携带幼孙，顾盼有情，痛痒相关"。安排语言，也是这样。一个词，一个词；一句，一句；痛痒相关，互相映带，才能姿势横生，气韵生动。

中国人写文章讲究"文气"，这是很有道理的。

自铸新词

托尔斯泰称赞过这样的语言："菌子已经没有了，但是菌子的气味留在空气里"，以为这写得很美。好像是屠格涅夫曾经这样描写一棵大树被伐倒："大树叹息着，庄重地倒下了。"这写得非常真实。"庄重"真好！我们来写，也许会写出"慢慢地倒下"，"沉重地倒下"，写不出"庄重"。鲁迅的《药》这样描写枯草："枯草支支直立，有如铜丝"。大概还没有一个人用"铜丝"来形容过稀疏瘦硬的秋草。《高老夫子》里有这样几句话："我没有再教下去的意思。女学堂真不知道要闹成什么样子。我辈正经人，确乎犯不上酱在一起……""酱在一起"，真是妙绝（高老夫子是绍兴人。如果写的是北京人，就只能说"犯不上一块掺和"，那味道可就差远了）。

我的老师沈从文在《边城》里两次写翠翠拉船，所用字眼不一样，一次是：

> 有时过渡的是从川东过茶峒的小牛，是羊群，是新娘子的花轿，翠翠必争着作渡船夫，站在船头，懒懒的攀引缆索，让船缓缓的过去。

又一次：

> 翠翠斜睨了客人一眼，见客人正盯着她，便把脸背过去，抿着嘴儿，不声不响，很自负的拉着那条横缆。

"懒懒的"、"很自负的"，都是很平常的字眼，但是没有人这样用过。要知道盯着翠翠的客人是翠翠所喜欢的傩送二老，于是"很自负的"四个字在这里就有了很多很深的意思了。

我曾在一篇小说里描写过火车的灯光："车窗蜜黄色的灯光连续地映在果园东边的树墙子上，一方块，一方块，川流不息地追赶着"；在另一篇小说里描写过夜里的马："正在安静地、严肃地咀嚼着草料"，自以为写得很贴切。"追赶"、"严肃"都不是新鲜字眼，但是它表达了我自己在生活中捕捉到的印象。

一个作家要养成一种习惯，时时观察生活，并把自己的印象用清晰的、明确的语言表达出来。写下来也可以。不写下来，就记住（真正用自己的眼睛观察到的印象是不易忘记的）。记忆里保存了这种常用语言固定住的印象多了，写作时就会从笔端流出，不觉吃力。

语言的独创，不是去杜撰一些"谁也不懂的形容词之类"。好的语言都是平平常常的，人人能懂，并且也可能说得出来的语言——只是他没有说出来。人人心中所有，笔下所无。"红杏枝头春意闹"，"满宫明月梨花白"都是这样。"闹"字、"白"字，有什么稀奇呢？然而，未经人道。

写小说不比写散文诗，语言不必那样精致。但是好的小说里总要有一点散文诗。

语言要和人物贴近

我初学写小说时喜欢把人物的对话写得很漂亮，有诗意，有哲理，有时甚至很"玄"。沈从文先生对我说："你这是两个聪明脑壳打架！"他的意思是说这不像真人说的话。托尔斯泰说过："人是不能用警句交谈的。"

尼采的"苏鲁支语录"是一个哲人的独白。吉伯维的《先知》讲的是一些箴言。这都不是人物的对话。《朱子语类》是讲道德，谈学问的，倒是谈得很自然，很亲切，没有那么多道学气，像一个活人说的话。我劝青年同志不妨看看这本书，从里面可以学习语言。

《史记》里用口语记述了很多人的对话，很生动。"伙颐，涉之为王沉沉者！"写出了陈涉的乡人乍见皇帝时的惊叹（"伙颐"历来的注家解释不一，我以为这就是一个状声的感叹词，用现在的字写出来就是："嗬咦！"）。《世说新语》里记录了很多人的对话，寥寥数语，风度宛然。张岱记两个老者去逛一处林园，婆娑其间，一老者说："真是蓬莱仙境了也！"另一个老者说："个边哪有这样！"生动之至，而且一听就是绍兴话。《聊斋志异·翩翩》写两个少妇对话："一日，有少妇笑入！曰：'翩翩小鬼头快活死！薛姑子好梦几时做得？'女迎笑曰'花城娘子，贵趾久弗涉，今日西南风紧，吹送来也——小哥子抱得末？'曰：'又一小婢子。'女笑曰：'花娘子瓦窖哉！——那弗将来？'曰'方鸣之，睡却矣。'"这对话是用文言文写的，但是神态跃然纸上。

写对话就应该这样，普普通通，家常理短，有一点人物性格、神态，不能有多少深文大义。——写戏稍稍不同，戏剧的对话有时可以"提高"一点，可以讲一点"字儿话"，大篇大论，讲一点哲理，甚至可以说格言。

可是现在不少青年同志写小说时，也像我初学写作时一样，喜欢让人物讲一些他不可能讲的话，而且用了很多辞藻。有的小说写农民，讲的却是城里的大学生讲的话，——大学生也未必那样讲话。

不单是对话，就是叙述、描写的语言，也要和所写的人物"靠"。

我最近看了一个青年作家写的小说，小说用的是第一人称，小说中的"我"是一个才入小学的孩子，写的是"我"的一个同桌的女同学，这未尝不可。但是这个"我"对他的小同学的印象却是:"她长得很纤秀。"这是不可能的。小学生的语言里不可能有这个词。

有的小说,是写农村的。对话是农民的语言,叙述却是知识分子的语言,叙述和对话脱节。

小说里所描写的景物,不但要是作者眼中所见,而且要是所写的人物的眼中所见。对景物的感受,得是人物的感受。不能离开人物,单写作者自己的感受。作者得设身处地,和人物感同身受。小说的颜色、声音、形象、气氛,得和所写的人物水乳交融,浑然一体。就是说,小说的每一个字,都渗透了人物。写景,就是写人。

契诃夫曾听一个农民描写海,说:"海是大的。"这很美。一个农民眼中的海也就是这样。如果在写农民的小说中,有海,说海是如何苍茫、浩瀚、蔚蓝……统统都不对。我曾经坐火车经过张家口坝上草原,有几里地,开满了手掌大的蓝色的马兰花,我觉得真是到了一个童话的世界。我后来写一个孩子坐牛车通过这片地,本是顺理成章,可以写成:他觉得到了一个童话的世界。但是我不能这样写,因为这个孩子是个农村的孩子,他没有念过书,在他的语言里没有"童话"这样的概念。我只能写:他好像在一个梦里。我写一个从山里来的放羊的孩子看一个农业科学研究所的温室,温室里冬天也结黄瓜,结西红柿:西红柿那样红,黄瓜那样绿,好像上了颜色一样。我只能这样写。"好像上了颜色一样",这就是这个放羊娃的感受。如果稍为写得华丽一点,就不真实。

有的作者有鲜明的个人风格,可以不用署名,一看就知是某人的作品。但是他的各篇作品的风格又不一样。作者的语言风格每因所写的人物、题材而异。契诃夫写《万卡》和写《草原》、《黑修士》所用的语言是很不相同的。作者所写的题材愈广泛,他的风格也是愈易多样。

我写《徙》里用了一些文言的句子，如"呜呼，先生之泽远矣"，"墓草萋萋，落照昏黄，歌声犹在，斯人邈矣"。因为写的是一个旧社会的国文教员。写《受戒》、《大淖记事》，就不能用这样的语言。

作者对所写的人物的感情、态度，决定一篇小说的调子，也就是风格。鲁迅写《故乡》、《伤逝》和《高老夫子》、《肥皂》的感情很不一样。对闰土、涓生有深浅不同的同情，而对高尔础、四铭则是不同的厌恶。因此，调子也不同。高晓声写《拣珍珠》和《陈奂生上城》的调子不同，王蒙的《说客盈门》和《风筝飘带》几乎不像是一个人写的。我写的《受戒》、《大淖记事》，抒情的成分多一些，因为我很喜爱所写的人，《异秉》里的人物很可笑，也很可悲悯，所以文体上也就亦庄亦谐。

我觉得一篇小说的开头很难，难的是定全篇的调子。如果对人物的感情、态度把握住了，调子定准了，下面就会写得很顺畅。如果对人物的感情、态度把握不稳，心里没底，或是有什么顾虑，往往就会觉得手生荆棘，有时会半途而废。

作者对所写的人、事，总是有个态度，有感情的。在外国叫做"倾向性"，在中国叫做"褒贬"。但是作者的态度、感情不能跳出故事云单独表现，只能融化在叙述和描写之中，流露于字里行间，这叫做"春秋笔法"。

正如恩格斯所说：倾向性不要特别地说出。

小说笔谈

语言

在西单听见交通安全宣传车播出："横穿马路不要低头猛跑"，我觉得这是很好的语言。在校尉营一派出所外宣传夏令卫生的墙报上看到一句话："残菜剩饭必须回锅见开再吃"，我觉得这也是很好的语言。这样的语言真是可以悬之国门，不能增减一字。

语言的目的是使人一看就明白，一听就记住。语言的唯一标准，是准确。

北京的店铺，过去都用八个字标明其特点。有的刻在匾上，有的用黑漆漆在店面两旁的粉墙上，都非常贴切。"尘飞白雪，品重红绫"，这是点心铺。"味珍鸡踱，香渍豚蹄"，是桂香村。煤铺的门额上写着"乌金墨玉，石火光恒"，很美。八面槽有一家"老娘"（接生婆）的门口写的是："轻车快马，吉祥姥姥"，这是诗。

店铺的告白，往往写得非常醒目。如"照配钥匙，立等可取"。在西四看见一家，门口写着："出售新藤椅，修理旧棕床"，很好。过去的澡堂，一进门就看见四个大字："各照衣帽"，真是简到不能再简。

《世说新语》全书的语言都很讲究。

同样的话，这样说，那样说，多几个字，少几个字，味道便不同。张岱记他的一个亲戚的话："你张氏兄弟真是奇。肉只是吃，不知好吃不好吃；酒只是不吃，不知会吃不会吃。"有一个人把这几句话略改了几个字，张岱便斥之为"伧父"。

一个写小说的人得训练自己的"语感"。

要辨别得出，什么语言是无味的。

结构

戏剧的结构像建筑，小说的结构像树。

戏剧的结构是比较外在的、理智的。写戏总要有介绍人物，矛盾冲突、高潮（写戏一般都要先有提纲，并且要经过讨论），多少是强迫读者（观众）接受这些东西的。戏剧是愚弄。

小说不是这样。一棵树是不会事先想到怎样长一个枝子，一片叶子，再长的。它就是这样长出来了。然而这一个枝子，这一片叶子，这样长，又都是有道理的。从来没有两个树枝、两片树叶是长在一个空间的。

小说的结构是更内在的，更自然的。

我想用另外一个概念代替"结构"——节奏。

中国过去讲"文气"，很有道理。什么是"文气"？我以为是内在的节奏。"血脉流通"、"气韵生动"，说得都很好。

小说的结构是更精细，更复杂，更无迹可求的。

苏东坡说："但常行于所当行，止于所不可不止"，说的是结构。

章太炎《菿汉微言》论汪容甫的骈体文，"起止自在，无首尾呼应之式"。写小说者，正当如此。

小说的结构的特点，是：随便。

叙事与抒情

现在的年轻人写小说是有点爱发议论。夹叙夹议，或者离开故事单独抒情。这种议论和抒情有时是可有可无的。

法朗士专爱在小说里发议论。他的一些小说是以议论为主的，故事无关重要。他不过借一个故事来发表一通牵涉到某一方面的社会问题的大议论。但是法朗士的议论很精彩，很精辟，很深刻。法朗士是哲学家。我们不是。我们发不出很高深的议论。因此，不宜多发。

倾向性不要特别地说出。

一件事可以这样叙述，也可以那样叙述。怎样叙述，都有倾向性。可以是超然的、客观的、尖刻的、嘲讽的（比如鲁迅的《肥皂》、《高老夫子》），也可以是寄予深切的同情的（比如《祝福》、《伤逝》）。

董解元《西厢记》写张生和莺莺分别："马儿登程，坐车儿临舍；马儿往西行，坐车儿往东拽：两口儿一步儿离得远如一步也！"这是叙事。但这里流露出董解元对张生和莺莺的恋爱的态度，充满了感情。"一步儿离得远如一步也"，何等痛切。作者如无深情，便不能写得如此痛切。

在叙事中抒情，用抒情的笔触叙事。

怎样表现倾向性？中国的古话说得好：字里行间。

悠闲和精细

写小说就是要把一件平平淡淡的事说得很有情致（世界上哪有许多惊心动魄的事呢）。同样一件事，一个人可以说得娓娓动听，使人如同身临其境；另一个人也许说得索然无味。

《董西厢》是用韵文写的，但是你简直感觉不出是押了韵的。董解元把韵文运用得如此熟练，比用散文还要流畅自如，细致入微，神情毕肖。

写张生问店二哥蒲州有什么可以散心处，店二哥介绍了普救寺：

"店都知，说一和，道：'国家修造了数载余过，其间盖造的非小可，想天宫上光景，赛他不过。说谎后，小人图什么？普天之下，更没两座。'张生当时听说后，道：'譬如闲走，与你看去则个。'"

张生与店二哥的对话，语气神情，都非常贴切。"说谎后，小人图什么"，活脱是一个二哥的口吻。

写张生游览了普救寺，前面铺叙了许多景物，最后写：

"张生觑了，失声地道：'果然好！'频频地稽首。欲待问是何年建，见梁文上明写着：'垂拱二年修。'"

这真是神来之笔。"垂拱二年修"，"修"字押得非常稳。这一句把张生的思想活动，神情，动态，全写出来了。——换一个写法就可能很呆板。

要把一件事说得有滋有味，得要慢慢地说，不能着急，这样才能体察人情物理，审词定气，从而提神醒脑，引人入胜。急于要告诉人一件什么事，还想告诉人这件事当中包含的道理，面红耳赤，是不会使人留下印象的。

张岱记柳敬亭说武松打虎，武松到酒店里，蓦地一声，店中的空酒坛都嗡嗡作响，说他"闲中著色，精细至此"。

唯悠闲才能精细。

不要着急。

董解元《西厢记》与其说是戏曲，不如说是小说。人民文学出版社出版的《董西厢》的《前言》里说："它的组织形式和它采取的艺术手法，为后来的戏曲、小说开阔了蹊径"，是很有见识的话。从小说的角度来看，《董西厢》的许多细致处远胜于许多话本。它的许多方法，到现在对我们还有用，看起来还很"新"。

风格和时尚

齐白石在他的一本画集的前面题了四句诗："冷艳如雪筒，来京不值钱。此翁无肝胆，空负一千年。"他后来创出了红花黑叶一派，他的画被买主，——首先是那些壁悬名人字画的大饭庄所接受了。

于非闇开始的画也是吴昌硕式的大写意的。后来张大千告诉他："现在画吴昌硕式的人这样多，你几时才能出头？"他建议于非闇改画院体的工笔画。于非闇于是改画勾勒重彩。于非闇的画也被北京的市民接受了。

扬州八怪的知音是当时的盐商。

我不以为盐商是不懂艺术的。

艺术是要卖钱的，是要被人们欣赏、接受的。

红花黑叶、勾勒重彩、扬州八怪，一时成为风尚。实际上决定一时风尚的是买主。画家的风格不能脱离欣赏者的趣味太远。

小说也是这样。就是像卡夫卡那样的作家。如果他的小说没有一个人欣赏，他的作品是不会存在的。

但是一个作家的风格总得走在时尚前面一点，他的风格才有可能转而成为时尚。

追随时尚的作家，就会为时尚所抛弃。

要有益于世道人心

要有一个清楚、明确的世界观。

我解放前的小说是苦闷和寂寞的产物。我是迷惘的，我的世界观是混乱的，写到后来就几乎写不下去了。近二年我写了一些小说，其中一部分是写旧社会的，这些小说所写的人和事，大都是我十六七岁以前得到的印象。为什么我长时期没有写，到了我过了六十岁了，才写出来了呢？大概是因为我比较成熟了，我的世界观比较稳定了。有一篇小说（《异秉》）我在一九四八年就写过一次，一九八〇年又重写了一次。前一篇是对生活的一声苦笑，揶揄的成分多，甚至有点玩世不恭。我自己找不到出路，也替我写的那些人找不到出路。后来的一篇则对下层的市民有了更深厚的同情。我想把生活中美好的东西、真实的东西，人的美、人的诗意告诉别人，使人们的心得到滋润，从而提高对生活的信念。如果我的世界观是混乱的，我自己对生活缺乏信心，我怎么能使别人提高信心呢？我不从生活中感到欢乐，就不能在我的作品中注入内在的欢乐。写旧生活，也得有新思想。可以写混乱的生活，但作者的思想不能混乱。

要对读者负责。

解放前我很少想到读者。一篇小说发表了，得到二三师友称赞，即为己足。近二年写小说，我仍以为我的读者面是很窄的。最近听说，我的读者不像我想的那样少，有一些知识青年，青年工人和公社干部也在读我的小说。这使我觉得很惶恐，产生一种沉重的责任感。觉得这不是闹着玩的事。社会主义国家的作家写作，还是得考虑社会效果，真不该是作者就是那样写写，读者就是那样读读。"文章千古事，得失寸心知"，得失，首先是社会的得失。我有一个朴素的、古典的想法：总得有益于世道人心。

《大淖记事》是怎样写出来的

　　一个作品写出来了，作者要说的话都说了。为什么要写这个作品，这个作品是怎么写出来的，都在里面。再说，也无非是重复，或者说些题外之言。但是有些读者愿意看作者谈自己的作品的文章，——回想一下，我年轻时也喜欢读这样的文章，以为比读评论更有意思，也更实惠，因此，我还是来写一点。

　　大淖是有那么一个地方的。不过，我敢说，这个地方是由我给它正了名的。去年我回到阔别了四十余年的家乡，见到一位初中时期教过我国文的张老师，他还问我："你这个淖字是怎样考证出来的？"我们小时做作文、记日记，常常要提到这个地方，而苦于不知道该怎样写。一般都写作"大脑"，我怀疑之久矣。这地方跟人的大脑有什么关系呢？后来到了张家口坝上，才恍然大悟：这个字原来应该这样写！坝上把大大小小的一片水都叫做"淖儿"。这是蒙古话。坝上蒙古人多，很多地名都是蒙古话。后来到内蒙走过不少叫做"淖儿"的地方，越发证实了我的发现。我的家乡话没有儿化字，所以径称之为淖。至于"大"，是状语。"大淖"是一半汉语，一半蒙语，两结合。我为什么念念不忘地要去考证这个字，为什么在知道淖字应该怎么写的时候，心里觉得很高兴呢？是因为我很久以前就想写写大淖这地方的事。如果写成"大脑"，在感情上是很不舒服的——三十多年前我写的一篇小说里提到大淖这个地方，为了躲开这个"脑"字，只好另外改变了一个说法。

我去年回乡，当然要到大淖去看看。我一个人去走了几次。大淖已经几乎完全变样了。一个造纸厂把废水排到这里，淖里是一片铁锈颜色的浊流。我的家人告诉我，我写的那个沙洲现在是一个种鸭场。我对着一片红砖的建筑（我的家乡过去不用红砖，都是青砖），看了一会。不过我走过一些依河而筑的不整齐的矮小房屋，一些才可通人的曲巷，觉得还能看到一些当年的痕迹。甚至某一家门前的空气特别清凉，这感觉，和我四十年前走过时也还是一样。

我的一些写旧日家乡的小说发表后，我的乡人问过我的弟弟："你大哥是不是从小带一个本本，到处记？——要不他为什么能记得那么清楚呢？"我当然没有一个小本本。我那时才十几岁，根本没有想到过我日后会写小说。便是现在，我也没有记笔记的习惯。我的笔记本上除了随手抄录一些所看杂书的片断材料外，只偶尔记下一两句只有我自己看得懂的话——一点印象。有时只有一个单独的词。

小时候记得的事是不容易忘记的。

我从小喜欢到处走，东看看，西看看（这一点和我的老师沈从文有点像）。放学回来。一路上有很多东西可看。路过银匠店，我走进去看老银匠在模子上敲打半天，敲出一个用来钉在小孩的虎头帽上的小罗汉。路过画匠店，我歪着脑袋看他们画"家神菩萨"或玻璃油画福禄寿三星。路过竹厂，看竹匠把竹子一头劈成几爿，在火上烤弯，做成一张一张草篦子……多少年来，我还记得从我的家到小学的一路每家店铺、人家的样子。去年回乡，一个亲戚请我喝酒，我还能清清楚楚把他家原来的布店的店堂里的格局描绘出来，背得出白色的屏门上用蓝漆写的一副对子。这使他大为惊奇，连说："是的是的。"也许是这种东看看西看看的习惯，使我后来成了一个"作家"。

我经常去"看"的地方之一，是大淖。

大淖的景物，大体就是像我所写的那样。居住在大淖附近的人，看了我的小说，都说"写得很像"。当然，我多少把它美化了一点。比如大淖的东边有许多粪缸（巧云家的门外就有一口很大的粪缸），我写它干什么呢？我这样美化一下，我的家乡人是同意的。我并没有有闻必录，是有所选择的。大淖岸上有一块比通常的碾盘还要大得多的扁圆石头，人们说是"星"——陨石，因与故事无关，我也割爱了（去年回乡，这个"星"已经不知搬到哪里去了）。如果写这个星，就必然要生出好些文章。因为它目标很大，引人注目，结果又与人事毫不相干，当非"冤"了读者一下？

小锡匠那回事是有的。像我这个年龄的人都还记得。我那时还在上小学，听说一个小锡匠因为和一个保安队的兵的"人"要好，被保安队打死了，后来用尿碱救过来了。我跑到出事地点去看，只看见几只尿桶。这地方是平常日子也总有几只尿桶放在那里的，为了集尿，也为了方便行人。我去看了那个"巧云"（我不知道她的真名叫什么），门半掩着，里面很黑，床上坐着一个年轻女人，我没有看清她的模样，只是无端地觉得她很美。过了两天，就看见锡匠们在大街上游行。这些，都给我留下很深的印象，使我很向往。我当时还很小，但我的向往是真实的。我当时还不懂"高尚的品质、优美的情操"这一套，我有的只是一点向往。这点向往是朦胧的，但也是强烈的。这点向往在我的心里存留了四十多年，终于促使我写了这篇小说。

大淖的东头不大像我所写的一样。真实生活里的巧云的父亲也不是挑夫。挑夫聚居的地方不在大淖而在越塘。越塘就在我家的巷子的尽头。我上小学、初中时每天早晨、傍晚都要经过那里。星期天，去钓鱼。暑假时，挟了一个画夹子去写生。这地方我非常熟。挑夫的生活就像我所写的那样。街里的人对挑夫是看不起的，称之为"挑箩把担"的。便是现在，也还有这个说法。但是我真的从小没有对他们轻视过。

越塘边有一个姓戴的轿夫，得了血丝虫病——象腿病。抬轿子的得了这种最不该得的病，就算完了，往后的日子还怎么过呢？他的老婆，我每天都看见，原来是个有点邋遢的女人，头发黄黄的，很少有梳得整齐的时候，她大概身体不太好，总不大有精神。丈夫得了这种病，她怎么办呢？有一天我看见她，真是焕然一新！她完全变成了另外一个人，头发梳得光光的，衣服很整齐，显得很挺拔，很精神。尤其使我惊奇的，是她原来还挺好看。她当了挑夫了！一百五十斤的担子挑起来嚓嚓地走，和别的男女挑夫走在一列，比谁也不弱。

这个女人使我很惊奇。经过四十多年，神差鬼使，终于使我把她的品行性格移到我原来所知甚少的巧云身上（挑夫们因此也就搬了家）。这样，原来比较模糊的巧云的形象就比较充实，比较丰满了。

这样，一篇小说就酝酿成熟了。我的向往和惊奇也就有了着落。至于这篇小说是怎样写出来的，那真是说不清，只能说是神差鬼使，像鲁迅所说"思想中有了鬼似的"。我只是坐在沙发里东想想，西想想，想了几天，一切就比较明确起来了，所需用的语言、节奏也就自然形成了。一篇小说已经有在那里，我只要把它抄出来就行了。但是写出来的契因，还是那点向往和那点惊奇。我以为没有那么一点东西是不行的。

各人的写作习惯不一样。有人是一边写一边想，几经改删，然后成篇。我是想得相当成熟了，一气写成。当然在写的过程中对原来所想的还会有所取舍，如刘彦和所说："殆乎篇成，半折心始。"也还会写到那里，涌出一些原来没有想到的细节，所谓"神来之笔"，比如我写到："十一子微微听见一点声音，他睁了睁眼。巧云把一碗尿碱汤灌进了十一子的喉咙"之后，忽然写了一句：

"不知道为什么，她自己也尝了一口"。

这是我原来没有想到的。只是写到那里，出于感情的需要，我迫切地要写出这一句（写这一句时，我流了眼泪）。我的老师沈从文教我们写作，常说"要贴到人物来写"，很多人不懂他这句话。我的这一个细节也许可以给沈先生的话作一注脚。在写作过程中要随时紧紧贴着人物，用自己的心，自己的全部感情。什么时候自己的感情贴不住人物，大概人物也就会"走"了，飘了，不具体了。

几个评论家都说我是一个风俗画作家。我自己原来没有想过。我是很爱看风俗画。十六七世纪的荷兰画派的画，日本的浮世绘，中国的货郎图、踏歌图……我都爱看。讲风俗的书，《荆梦岁时记》、《东京梦华录》、《一岁货声》……我都爱看。我也爱读竹枝词。我以为风俗是一个民族集体创作的生活抒情诗。我的小说里有些风俗画成分，是很自然的。但是不能为写风俗而写风俗。作为小说，写风俗是为了写人。有些风俗，与人的关系不大，尽管它本身很美，也不宜多写。比如大淖这地方放过荷灯，那是很美的。纸制的荷花，当中安一段浸了桐油的纸捻，点着了，七月十五的夜晚，放到水里，慢慢地漂着，经久不熄，又凄凉又热闹，看的人疑似离开真实生活而进入一种飘渺的梦境。但是我没有把它写入《记事》，——除非我换一个写法，把巧云和十一子的悲喜和放荷灯结合起来，成为故事不可缺少的部分，像沈先生在《边城》里所写的划龙船一样。这本是不待言的事，但我看了一些青年作家写风俗的小说，往往与人物关系不大，所以在这里说一句。

对这篇小说的结构，有两种不同的意见。一种以为前面（不是直接写入物的部分）写得太多，有比例失重之感。另一种意见，以为这篇小说的特点正在其结构，前面写了三节，都是记风土人情，第四节才出现人物。我于此有说焉。我这样写，自己是意识到的。所以一开头着重写环境，是因为"这里的一切和街里不一样"，"这里的人也不一样。他们的生活，他们的风俗，他们的是非标准、伦理道德观念和街里的穿长衣念过'子曰'的人完全不同"。只有在这样的环境里，才有可能出现这样的人和事。有个青年作家说："题目是《大淖记事》，不是《巧云和十一子的故事》，可以这样写。"我倾向同意她的意见。

我的小说的结构并不都是这样的。比如《岁寒三友》，开门见山，上来就写人。我以为短篇小说的结构可以是各式各样的。如果结构都差不多，那也就不成其为结构了。

说短

——与友人书

短，是现代小说的特征之一。

短，是出于对读者的尊重。

现代小说是忙书，不是闲书。现代小说不是在花园里读的，不是在书斋里读的。现代小说的读者不是有钱的老妇人，躺在樱桃花的阴影里，由陪伴女郎读给她听。不是文人雅士，明窗净几，竹韵茶烟。现代小说的读者是工人、学生、干部。他们读小说都是抓空儿。他们在码头上、候车室里、集体宿舍、小饭馆里读小说，一面读小说，一面抓起一个芝麻烧饼或者汉堡包（看也不看）送进嘴里，同时思索着生活。现代小说要符合现代生活方式，现代生活的节奏。现代小说是快餐，是芝麻烧饼或汉堡包。当然，要做得好吃一些。

小说写得长，主要原因是情节过于曲折。现代小说不要太多的情节。

以前人读小说是想知道一些他不知道的生活，或者世界上根本不存在的生活。他要读的不是生活，而是故事，或者还加上作者华丽的文笔。现代的读者是严肃的。他们有时也要读读大仲马的小说，但是只是看看玩玩，谁也不相信他编造的那一套。现代读者要求的是真实，想读的是生活，生活本身。现代读者不能容忍编造。一个作者的责任只是把你看到的、想过的一点生活诚实地告诉读者。你相信，这一点生活读者也是知道的，并且他也是完全可以写出来的。作者的责任只是用你自己的方式，尽量把这一点生活说得有意思一些。现代小说的作者和读者之间的界线逐渐在泯除。作者和读者的地位是平等的。最好不要想到我写小说，你看。而是，咱们来谈谈生活。生活，是没有多少情节的。

小说长，另一个原因是描写过多。

屠格涅夫的风景描写很优美。但那是屠格涅夫式的风景，屠格涅夫眼中的风景，不是人物所感受到的风景。屠格涅夫所写的是没落的俄罗斯贵族，他们的感觉和屠格涅夫有相通之处，所以把这些人物放在屠格涅夫式的风景之中还不"格生"。写现代人，现代的中国人，就不能用这种写景方式，不能脱离人物来写景。小说中的景最好是人物眼中之景，心中之景。至少景与人要协调。现代小说写景，只要是："天黑下来了……"，"雾很大……"，"树叶都落光了……"，就够了。

巴尔扎克长于刻划人物，画了很多人物肖像，作了许多很长很生动的人物性格描写。这种方式不适用于现代小说。这种方式对读者带有很大的强迫性，逼得人只能按照巴尔扎克的方式观察生活。现代读者是自由的，他不愿听人驱使，他要用自己的眼睛看生活，你只要扼要地跟他谈一个人，一件事，不要过多地描写。作者最好客观一点，尽量闪在一边，让人物自己去行动，让读者自己接近人物。

我不大喜欢"性格"这个词。一说"性格"就总意味着一个奇异独特的人。现代小说写的只是平常的"人"。小说长，还有一个原因是对话多。

有些小说让人物作长篇对话，有思想，有学问，成了坐而论道或相对谈诗，而且所用的语言都很规整，这在生活里是没有的。生活里有谁这样地谈话，别人将会回过头来看着他们，心想：这几位是怎么了？

对话要少，要自然。对话只是平常的说话，只是于平常中却有韵味。对话，要像一串结得很好的果子。

对话要和叙述语言衔接，就像果子在树叶里。

长，还因为议论和抒情太多。

我并不一般地反对在小说里发议论，但议论必须很富于机智。带有讽刺性的小说常有议论，所谓嬉笑怒骂，皆成文章。

抒情，不要流于感伤。一篇短篇小说，有一句抒情诗就足够了。抒情就像菜里的味精一样，不能多放。

长还有一个原因是句子长，句子太规整。写小说要像说话，要有语态。说话，不可能每一个句子都很规整，主语、谓语、附加语全都齐备，像教科书上的语言。教科书的语言是呆板的语言。要使语言生动，要把句子尽量写得短，能切开就切开，这样的语言才明确。平常说话没有说挺长的句子的。能省略的部分都省掉。我在《异秉》中写陈相公一天的生活，碾药就写"碾药"，裁纸就写"裁纸"，两个字就算一句。因为生活里叙述一件事就是这样叙述的。如果把句子写齐全了，就会成为："他生活里的另一个项目是碾药"，"他生活里的又一个项目是裁纸"，那多噜嗦！——而且，让人感到你这个人说话像做文章（你和读者的距离立刻就拉远了）。写小说决不能做文章，所用的语言必须是活的，就像聊天说话一样。

现代小说的语言大都是很简短的。从这个意义来说，我觉得海明威比曹雪芹离我更近一些。

鲁迅的教导是非常有益的：竭力将可有可无的字句删去。我写《徙》，原来是这样开头的：

世界上曾经有过很多歌，都已经消失了。

我出去散了一会步，改成了：

很多歌消失了。

我牺牲了一些字，赢得的是文体的峻洁。

短，才有风格。现代小说的风格，几乎就等于：短。

短，也是为了自己。

道是无情却有情

　　同志们希望我们谈谈文艺形势，这个问题我说不出什么来。我对文艺界的情况很隔膜。我是写京剧剧本的，写小说不是本职工作。我觉得文艺形势是好的。党的三中全会以来，我觉得文艺形势空前的好。我这不是听了什么领导同志的意见，也没有作过调查研究，只是我个人的切身感受。形势好，是说大家思想解放了，题材广阔了，各种流派都允许出现了。拿我来说，我的一些作品，比如你们比较熟悉的《受戒》、《大淖记事》……写旧社会的小和尚和村姑的恋爱，写一个小锡匠和一个挑夫的女儿的恋爱，不用说十年动乱，就是"十七年"，这样的作品都是不会出现的。没有地方会发表，我自己也不会写。写了，有地方发表，有人读，这跟以前很不一样了嘛。有人问起关于《受戒》的争议的情况。我没有听到什么争议。只有《作品与争鸣》上发表过国东的一篇《莫名其妙的捧场》。这篇文章主要是批评那些"捧场"的人的。其中也批评了我的小说，说这里的一首民歌"不堪入目"。我觉得对一篇作品有不同的看法，是正常的。不同的意见，这算不得是有"争议"。"争议"一般都指作品有带有倾向性的问题。这篇小说好像还没有人拿来当作有倾向性的问题的作品批评过。大家关心"争议"，说明对文艺情况很敏感。有人问《文艺报》和《时代的报告》争论的背景，这个问题我实在一无所知。"十六年"这个提法，很多同志不同意，我也不同意。

我的小说有一点和别人不大一样，写旧社会的多。去年我出了一本小说选，十六篇，九篇是写旧社会的，七篇是写解放后的。以后又发表了十来篇，只有两篇是写新社会的。有人问是不是回避现实生活中的矛盾。我没有回避矛盾的意思。第一，我也还写了一些反映新社会的生活的小说。第二，这是不得已。我对旧社会比较熟悉，对新社会不那么熟悉。我今年六十二岁，前三十年生活在旧社会，后三十年生活在新社会，按说熟悉的程度应该差不多，可是我就是对旧社会还是比较熟悉些，吃得透一些。对新社会的生活，我还没有熟悉到可以从心所欲，挥洒自如。一个作家对生活没有熟悉到可以从心所欲、挥洒自如的程度，就不能取得真正的创作的自由。所谓创作的自由，就是可以自由地想象，自由地虚构。你的想象、虚构都是符合于生活的。一个作家所写的人和事常常有一点影子，但不可能就照那点影子原封不动地写出来，总要补充一点东西，要虚构，要想象。虚构和想象的根据，是生活。不但要熟悉你所写的那个题材，熟悉与那个题材有关的生活，还要熟悉与那个题材无关的生活。你要对某个时代、某个地区、某种范围的生活熟悉到可以随手抓来就放在小说里，很贴切，很真实。海明威说：冰山所以显得雄伟，因为它浮出水面的只有七分之一，七分之六在海里。一个作家在小说里写出来的生活只有七分之一，没有写出来的是七分之六。没有七分之六，就没有七分之一。

生活是第一位的。有生活，就可以头头是道，横写竖写都行；没有生活，就会捉襟见肘，或者，瞎编。

有的青年同志说他也想写写旧社会，我看可以不必。你才二三十岁，你对旧社会不熟悉。而且，我们当然应该多写新社会，写社会主义新人。

要不要有思想，有主题？当然要有。我不同意无主题论。有人说我的小说说不出主题是什么，我自己是心中有数的。比如《岁寒三友》的主题是什么？"涸辙之鲋，相濡以沫"。一个作者必须有思想，有自己的思想。我们要学习马克思主义、毛泽东思想，但是不能用马克思或毛泽东的话，或某一项政策条文，代替自己的思想。一个作者对于生活，对于生活中的某种人或事，总得有自己的看法。作者在观察生活，塑造形象的过程中，总是要伴随自己的思想的。作者的思想不可能脱离形象。同样，也不可能有一种不是浸透了作者思想单独存在的形象。

　　所谓思想，我以为即是作者自己所发现的生活中的美和诗意，作者自己体察到的生活的意义。我写新社会的题材比较少，是因为我还没有较多地发现新的生活中的美和诗意。所谓不熟悉，就是自己没有找到生活的美和诗意。社会主义新人，就是一种社会主义的新的"人"，人的身上的新的美，新的诗意。必须是自己确实发现了，看到，感受到的。也就是说，确实使自己感动过的。要找到人身上的珠玉，人身上的金子。不是概念的，也不是夸饰的。不是自己并没有感动过，而在作品里作出受了感动的样子。比如，我在剧团生活了二十年，应该是比较熟悉的。有的同志建议我写写剧团演员，写写他们的心灵美。我是想写的，但一直还没有写，因为我还没有找到美的心灵。有人说：你可以写写老演员怎样为了社会主义的艺术事业，培养新的一代；可以写写年轻人怎样刻苦练功，为了演好英雄人物……我谢谢这些同志的好心，但是我不能写，因为我没有真正地看到。我要再找找，找到人的心的珠玉，心的黄金。

　　作品的主题，作者的思想，在一个作品里必须具体化为对于所写的人物的态度、感情。

　　对于人或事的态度、感情，大概有这么三种表达方式。一种是"特别地说出"。作者唯恐别人不理解，在叙述、描写中拼命加进一些感情色彩很重的字样，甚至跳出事件外面，自己加以评述、抒情、发议论。

一种是尽可能地不动声色。许多西方现代小说的作者就尽量不表示对于所写的人、事的态度，非常冷静。比如海明威。我是主张作者的态度是要让读者感觉到的，但是只能"流露"，不能"特别地说出"。作者的感情、态度最好溶化在叙述、描写之中，隐隐约约，存在于字里行间。"东边日出西边雨，道是无晴却有晴"。

信口说了这些，请大家指正。

传神

　　看过一则杂记，唐朝有两个大画家，一个好像是韩干，另外一个我忘了，二人齐名，难分高下。有一次，皇帝——应该是玄宗了——命令他们俩同时给一个皇子画像。画成了，皇帝拿到宫里请皇后看，问哪一张画得像。皇后说："都像。这一张更像。——那一张只画出皇子的外貌，这一张画出了皇子的潇洒从容的神情。"于是二人之优劣遂定。哪一张更像呢？好像是韩干以外的那一位的一张。这个故事，对于写小说是很有启发的。

　　小说是写人的。写人，有时免不了要给人物画像。但是写小说不比画画，用语言文字描绘人物的形貌，不如用线条颜色表现得那样真切。十九世纪的小说流行摹写人物的肖像，写得很细致，但是不易使读者留下深刻的印象。但是用语言文字捕捉人物的神情——传神，是比较容易办到的，有时能比用颜色线条表现得更鲜明。中国画讲究"形神兼备"，对于写小说来说，传神比写形象更为重要。

　　我的老师沈从文写《边城》里的翠翠乖觉明慧，并没有过多地刻画其外形，只是捕捉住了翠翠的神气：

　　　　翠翠在风日里长养着，把皮肤变得黑黑的，触目为青山绿水，一对眸子清明如水晶。自然既长养她且教育她，为人天真活泼，处处俨然如一只小兽物。人又那么乖，如山头黄麂一样，从不想到残忍事情，从不发怒，从不动气。平时在渡船上遇陌生人对她有所注意时，便把光光的眼睛瞅着那陌生人，作成随时皆可举步逃入深山的神气，但明白了人无机心后，就又从从容容地在水边玩耍了。

鲁迅先生曾说过：有人说，画一个人最好是画他的眼睛。传神，离不开画眼睛。

《祝福》两次写到祥林嫂的眼睛：

她不是鲁镇人。有一年的冬初，四叔家里要换女工，做中人的卫老婆子带她进来了，头上系着白头绳，乌裙，蓝夹袄，月白背心，年纪大约二十六七，脸色青黄，但两颊却还是红的。卫老婆子叫她祥林嫂，说是自己母亲的邻居，死了当家人，所以出来做工了。四叔皱了皱眉，四婶已经知道了他的意思，是在讨厌她是一个寡妇。但看她模样还周正，手脚都壮大，又只是顺着眼，不开一句口，很像一个安分耐劳的人，便不管四叔的皱眉，将她留下了。

我这回到鲁镇所见的人们中，改变之大，可以说无过于她的了：五年前的花白的头发，即今已经全白，全不像四十上下的人；脸上瘦削不堪，黄中带黑，而且消尽了先前悲哀的神色，仿佛是木刻似的；只有那眼珠间或一轮，还可以表示她是一个活物。

"顺着眼"，大概是绍兴方言；"间或一轮"，现在也不大用了，但意思是可以懂得的，神情可以想见。这"顺"着的眼和间或一轮的眼珠，写出了祥林嫂的神情和她的悲惨的遭遇。

我有几篇小说里用过画眼睛的方法：

> 两个女儿，长得跟她娘像一个模子里脱出来的。眼睛尤其像，白眼珠鸭蛋青，黑眼珠棋子黑，定神时如清水，闪动时像星星。浑身上下，头是头，脚是脚。头发滑滴滴的，衣服格挣挣的。——这里的风俗，十五六岁的姑娘就都梳上头了。这两个丫头，这一头的好头发！通红的发根，雪白的簪子！娘女三个去赶集，一集的人都朝她们望。

> 巧云十五岁，长成了一朵花。身材、脸盘都像妈。瓜子脸，一边有一个很深的酒窝。眉毛黑如鸦翅，长入鬓角。眼角有点吊，是一双凤眼。睫毛很长，因此显得眼睛经常眯眯着；忽然回头，睁得大大的，带点吃惊而专注的神情，好像听到远处有人叫她似的。

对于异常漂亮的女人，有时从正面直接地描写很困难；或者已经写了，还嫌不足，中国的和外国的古代的诗人，不约而同地想出另外一种聪明的办法，即换一个角度，不是描写她本人，而是间接地，描写看到她的别人的反映，从别人的欣赏、倾慕来反衬出她的美。希腊史诗《伊里亚特》里的海伦皇后是一个绝世的美人，但是荷马在描写她的美时，没有形容她的面貌肢体，只是用相当篇幅描写了看到她的几位老人的惊愕。汉代乐府《陌上桑》描写罗敷，也是用的这种方法：

行者见罗敷，下担捋髭须。

少年见罗敷，脱帽著帩头。

耕者忘其犁，锄者忘其锄。

来归相怨怒，但坐观罗敷。

这种方法，不能使人产生具体的印象，但却可以唤起读者无边的想象。他没有看到这个美人是如何的美，但是他想得出她一定非常的美。这样的写法是虚的，但是读者的感受是实的。

这种方法，至少已经有两千多年的历史了，但是现代的作家还在用着。赵树理《小二黑结婚》写小芹，就用过这种方法（我手边无树理同志这篇小说，不能具引）。我在《大淖记事》里写巧云，也用了这种方法：

……她在门外的两棵树杈之间结网，在淖边平地上织席，就有一些少年人装着有事的样子来来去去。她上街买东西，甭管是买肉，买菜，打油，打酒，撕布，量头绳，买梳头油、雪花膏，买石碱、浆块，同样的钱，她买回来，份量都比别人多，东西都比别人的好。这个奥秘早被大娘、大婶们发现，她们就托她买东西，只要巧云一上街，都挎了好几个竹篮，回来时压得两个胳臂酸疼酸疼。泰山庙唱戏，人家都是自己扛了板凳去，巧云散着手就去了。一去了，总有人给她找一个得看的好座。台上的戏唱得正热闹，但是没有多少人叫好。因为好些人不是在看戏，是看她。

前引《受戒》里的"娘女三个赶集，一集的人都朝她们望"，用的也是这方法，只是繁简不同。

这些方法古已有之，应该说是陈旧的方法了，但是运用得好，却可以使之有新意，使人产生新鲜感。方法是不难理解的，也是不难掌握的，但是运用起来，却有不同。运用得好，使人觉得自自然然，很妥贴，很舒服，不露痕迹。虽然有法，恰似无法，用了技巧，却显不出技巧，好像是天生的一段文字，本来就该像这样写。用得不好，就会显得卖弄做作，笨拙生硬，使人像吃馒头时嚼出一块没有蒸熟的生面疙瘩。

这些写神情、画眼睛，从观赏者的角度反映出人的姿媚，都只是方法，是"用"，而不是"体"。"体"，是生活。没有丰富的生活积累，只是知道这些方法，还是写不出好作品的。反之，生活丰富了，对于这些方法，也就容易掌握，容易运用自如。

不过，作为初学写作者，知道这些方法，并且有意识地作一些练习，学习用几句话捉住一个人的神情，描绘若干双眼睛，尝试从别人的反映来写人，是有好处的。这可以锻炼自己的艺术感觉，并且这也是积累生活的验方。生活和艺术感是互相渗透，互为影响的。

关于小说的语言（札记）

语言是本质的东西

> "他的文字不仅是表现思想的工具，似乎也是一种目的。"
>
> （闻一多：《庄子》）

语言不只是技巧，不只是形式。小说的语言不是纯粹外部的东西。语言和内容是同时存在的，不可剥离的。

语言决定于作家的气质。"气以实志，志以定言，吐纳英华，莫非情性"（《文心雕龙·体性》）。鲁迅有鲁迅的语言，废名有废名的语言，沈从文有沈从文的语言，孙犁有孙犁的语言……何立伟有何立伟的语言，阿城有阿城的语言。我们的理论批评，谈作品的多，谈作家的少，谈作家气质的少。"诵其诗，读其书，不知其人可乎？"（《孟子·万章》）理论批评家的任务，首先在知人。要从总体上把握住一个作家的性格，才能分析他的全部作品。什么是接近一个作家的可靠的途径？——语言。

小说作者的语言是他的人格的一部分。语言体现小说作者对生活的基本的态度。

从小说家的角度看：文如其人；从评论家的角度看：人如其文。

成熟的作者大都有比较稳定的语言风格，但又往往能"文备众体"，写不同的题材用不同的语言。作者对不同的生活，不同的人、事的不同的感情，可以从他的语言的色调上感觉出来。鲁迅对祥林嫂寄予深刻的同情，对于高尔础、四铭是深恶痛绝的。《祝福》和《肥皂》的语调是很不相同的。探索一个作家作品的思想内涵，观察他的倾向性，首先必需掌握他的叙述的语调。《文心雕龙·知音》篇说："夫缀文者情动而辞发，观文者披文以入情。沿波讨源，虽幽必显。世远莫见其面，觇文辄见其心。"一个作品吸引读者（评论者），使读者产生同感的，首先是作者的语言。

研究创作的内部规律，探索作者的思维方式、心理结构，不能不玩味作者的语言。是的，"玩味"。

从众和脱俗

外国的研究者爱统计作家所用的辞汇。莎士比亚用了多少辞汇，托尔斯泰用了多少辞汇，屠格涅夫用了多少辞汇。似乎辞汇用得越多，这个作家的语言越丰富，还有人编过某一作家的字典。我没有见过这种统计和字典，不能评论它的科学意义，但是我觉得在中国这样做是相当困难的。中国字的歧义很多，语词的组合又很复杂。如果编一本中国文学字典（且不说某一作家的字典），粗略了，意思不大；要精当可读，那是要费很大功夫的。

现代中国小说家的语言趋向于简洁平常。他们力求使自己的语言接近生活语言，少事雕琢，不尚辞藻。现在没有人用唐人小说的语言写作。很少人用梅里美式的语言、屠格涅夫式的语言写作。用徐志摩式的"浓得化不开"的语言写小说的人也极少。小说作者要求自己的语言能产生具体的实感，以区别于其他的书面语言，比如报纸语言、广播语言。我们经常在广播里听到一句话："绚丽多彩"，"绚丽"到底是什么样子呢？这样的语言为小说作者所不取。中国的书面语言有多用双音词的趋势。但是生活语言还保留很多单音的词。避开一般书面语言的双音词，采择口语里的单音词。此是从众，亦是脱俗之一法。如鲁迅的《采薇》：

> 他愈嚼，就愈皱眉，直着脖子咽了几咽，倒哇的一声吐出来了，诉苦似的看着叔齐道：
> "苦……粗……"
> 这时候，叔齐真好像落在深潭里，什么希望也没有了。抖抖的也捡了一角，咀嚼起来，可真也毫没有可吃的样子：
> 苦……粗……

"苦……粗……"到了广播电台的编辑的手里，大概会提笔改成"苦涩……粗糙……"那么，全完了！鲁迅的特有的温和的讽刺，鲁迅的幽默感，全都完了！

从众和脱俗是一回事。

小说家的语言的独特处不在他能用别人不用的词，而是在别人也用的词里赋以别人想不到的意蕴（他们不去想，只是抄）。

张戒《诗话》："古诗：'白杨多悲风，萧萧愁杀人'，萧萧两字处处可用，然惟坟墓之间，白杨悲风尤为至切，所以为奇。"

鲁迅用字至切，然所用多为常人语也。《高老夫子》：

我没有再教下去的意思。女学堂真不知要闹成什么样子。我辈正经人，确乎犯不上酱在一起……

"酱在一起"大概是绍兴土话。但是非常准确。

《祝福》：

> 是我的本家，比我长一辈，应该称之曰"四叔"，是一个讲理学的老监生。但比先前并没有什么大改变，单是胖了些，但也还未留胡子，一见面是寒暄，寒暄之后说我"胖了"，说我胖了之后即大骂其新党。但我知道，这并非借题在骂我：因为他所骂的还是康有为。但是，谈话总是不投机的了，于是不多久，我便一个人剩在书房里。

假如要编一本鲁迅字典，这个"剩"字将怎样注释呢？除了注明出处（把我前引的一段抄上去），标出绍兴话的读音之外，大概只有这样写

> 剩是余下的意思。有一种说不出来的孤寂无聊之感，仿佛被这世界所遗弃，孑然地存在着了。而且连四叔何时离去的，也都未觉察，可见四叔既不以鲁迅为意，鲁迅也对四叔并不挽留，确实是不投机的了。四叔似乎已经走了一会了，鲁迅方发现只有自己一个人剩在那里。这不是鲁迅的世界，鲁迅只有走。

这样的注释，行么？推敲推敲，也许行。

小说家在下一个字的时候，总得有许多"言外之意"。"看似寻常最奇崛，成如容易却艰辛"，凡是真正意识到小说是语言的艺术的，都

深知其中的甘苦。姜白石说："人所常言，我寡言之；人所难言，我易言之，自不俗。"说得不错。一个小说作家在写每一句话时，都要像第一次学会说这句话。中国的画家说"画到生时是熟时"，作画须由生入熟，再由熟入生。语言写到"生"时，才会有味。语言要流畅，但不能"熟"。援笔即来，就会是"大路活"。

现代小说作家所留心的，不止于"用字"，他们更注意的是语言的神气。

神气·音节·字句

"文气论"是中国文论的一个源远流长的重要的范畴。

韩愈提出"气盛言宜"："气，水也；言，浮物也。水大而物之浮者大小毕浮。气之与言，犹是也。气盛则言之短长与声之高下者皆宜。"他所谓"气盛"，我们似可理解为作者的思想充实，情绪饱满。他第一次提出作者的心理状态与表达的语言的关系。

桐城派把"文气论"阐说得很具体。他们所说的"文气"，实际上是语言的内在的节奏，语言的流动感。"文气"是一个精微的概念，但不是不可捉摸。桐城派解释得很实在。刘大櫆认为为文之能事分为三个步骤：一神气，"文之最精处也"；二音节，"文之稍粗处也"；三字句，"文之最粗处也"。桐城派很注重字句。论文章，重字句，似乎有点卑之勿甚高论，但桐城派老老实实地承认这是文章的根本。刘大櫆说："近人论文不知有所谓音节者；至语以字句，则必笑以为末事。此论似高实谬。作文若字句安顿不妙，岂复有文字乎？"他们所说的"字句"，说的是字句的声音，不是它的意义。刘大櫆认为："音节者，神气之迹也。字句者，音节之矩也。神气不可见，于音节见之；音节无可准，以字句准之。""凡行文多寡短长，抑扬高下，无一定之律，而有一定之妙，可以意会而不可以言传。学者求神气而得之于音节，求音节而得之于字句，则思过半矣。"如何以字句准音节？他说得非常具体。"一句之中，或多一字，或少一字；一字之中，或用平声，或用仄声；同一平字仄字，或用阴平阳平上声去声入声，则音节迥异。"

这样重视字句的声音，以为这是文学语言的精髓，是中国文论的一个很独特的见解。别的国家的文艺学里也有涉及语言的声音的，但都没有提到这样的高度，也说不到这样的精辟。这种见解，桐城派以前就有。韩愈所说的"气盛言宜"，"言宜"就包括"言之长短"和"声之高下"。不过到了桐城派就更清楚地意识到这一点，发挥得也更完备了。

二十年代、三十年代的作家是很注意字句的。看看他们的原稿，特别是改动的地方，是会对我们很有启发的。有些改动，看来不改也过得去，但改了之后，确实好得多。《鲁迅全集》第二卷卷首影印了一页《眉间尺》的手稿，末行有一句：

他跨下床，借着月光走向门背后，摸到钻火家伙，点上松明，向水瓮里一照。

细看手稿，"走向"原来是"走到"；"摸到"原来是"摸着"。捉摸一下，改了之后，比原来的好。特别是"摸到"比"摸着"好得多。

传统的语言论对我们今天仍然是有用的。我们使用语言时，所注意的无非是两点：一是长短，一是高下。语言之道，说起来复杂，其实也很简单。不过运用之妙，可就存乎一心了。不是懂得简单的道理，就能写得出好语言的。

"积字成句，积句成章，积章成篇。合而读之，音节见矣；歌而咏之，神气出矣。"一篇小说，要有一个贯串全篇的节奏，但是首先要写好每一句话。

有一些青年作家意识到了语言的声音的重要性。所谓"可读性"，首先要悦耳。

小说语言的诗化

意境说也是中国文艺理论的重要范畴，它的影响，它的生命力不下于文气说。意境说最初只应用于诗歌，后来涉及到了小说。废名说过："我写小说同唐人写绝句一样。"何立伟的一些小说也近似唐人绝句。所谓"唐人绝句"，就是不着重写人物，写故事，而着重写意境，写印象，写感觉，物我同一，作者的主体意识很强。这就使传统的小说观念发生了很大的变化，使小说和诗变得难解难分。这种小说被称为诗化小说。这种小说的语言也就不能不发生变化。这种语言，可以称之为诗化的小说语言——因为它毕竟和诗还不一样。所谓诗化小说的语言，即不同于传统小说的纯散文的语言。这种语言，句与句之间的跨度较大，往往超越了逻辑，超越了合乎一般语法的句式（比如动宾结构）。比如：

老白粗茶淡饭，怡然自得。化纸之后，关门独坐。门外长流水，日长如小年。

《故人往事·收字纸的老人》

如果用逻辑谨严，合乎语法的散文写，也是可以的，但不易产生如此恬淡的意境。

强调作者的主体意识，同时又充分信赖读者的感受能力，愿意和读者共同完成对某种生活的准确印象，有时作者只是罗列一些事物的表象，单摆浮搁，稍加组织，不置可否，由读者自己去完成画面，注入情感。"鸡声茅店月，人迹板桥霜。""枯藤老树昏鸦，小桥流水人家，古道西风瘦马。"这种超越理智，诉诸直觉的语言，已经被现代小说广泛应用。如：

　　抗日战争时期，昆明小西门外。米市，菜市，肉市。柴驮子，炭驮子。马粪。粗细瓷碗。砂锅铁锅。焖鸡米线，烧饵块。金钱片腿，牛干巴。炒菜的油烟，炸辣子的呛人的气味。红黄蓝白黑，酸甜苦辣咸。

《钓人的孩子》

　　这不是作者在语言上要花招，因为生活就是这样的。如果写得文从理顺，全都"成句"，就不忠实了。语言的一个标准是：诉诸直觉，忠于生活。

　　文言和白话的界限是不好划的。"一路秋山红叶，老圃黄花，不觉到了济南地界"，是文言，还是白话？只要我们说的是中国话，恐怕就摆脱不了一定的文言的句子。

　　中国语言还有一个世界各国语言没有的格式，是对仗。对仗，就是思想上、形象上、色彩上的联属和对比。我们总得承认联属和对比是一项美学法则。这在中国语言里发挥到了极致。我们今天写小说，两句之间不必，也不可能在平仄、虚实上都搞得铢两悉称，但是对比关系不该排斥。

　　……罗汉堂外面，有两棵很大的白果树，有几百年了。夏天，一地浓荫。冬天，满阶黄叶。

《幽冥钟》

如果不用对仗，怎样能表达时序的变易，产生需要的意境呢？

中国现代小说的语言和中国画，特别是唐宋以后的文人画的关系是非常密切的。中国文人画是写意的。现代中国小说也是写意的多。文人画讲究"笔墨情趣"，就是说"笔墨"本身是目的，物象是次要的。这就回到我们最初谈到的一个命题："他的文字不仅是表现思想的工具，似乎也是一种目的"。

现代小说的语言往往超出现象，进入哲理，对生活作较高度的概括。

小说语言的哲理性，往往接受了外来的影响。

每个人带着一生的历史，半个月的哀乐，在街上走。

《钓人的孩子》

这样的语言是从哪里来的？大概是《巴黎之烦恼》。

小说的散文化

　　散文化似乎是世界小说的一种（不是唯一的）趋势。屠格涅夫的《猎人笔记》有些篇近似散文。《白静草原》尤其是这样。都德的《魔坊文札》也如此。他们有意用"日记"、"文札"来作为文集的标题，表示这里面所收的各篇，不是传统的严格意义上的小说。契诃夫有些小说写得很轻松随便。《恐惧》实在不大像小说，像一篇杂记。阿左林的许多小说称之为散文也未尝不可，但他自己是认为那是小说的。——有些完全不能称为小说的东西，则命之为"小品"，比如《阿左林先生是古怪的》。萨洛扬的带有自传色彩的小说，是具有文学性的回忆录。鲁迅的《故乡》写得很不集中。《社戏》是小说么？但是鲁迅并没有把它收在专收散文的《朝花夕拾》里，而是收在小说集里的。废名的《竹林的故事》可以说是具有连续性的散文诗。萧红的《呼兰河传》全无故事。沈从文的《长河》是一部很奇怪的长篇小说。它没有大起大落，大开大阖，没有强烈的戏剧性，没有高峰，没有悬念，只是平平静静，慢慢地向前流着，就像这部小说所写的流水一样。这是一部散文化的长篇小说。大概传统的，严格意义上的小说有一点像山，而散文化的小说则像水。

　　散文化的小说一般不写重大题材。在散文化小说作者的眼里，题材无所谓大小。他们所关注的往往是小事，生活的一角落，一片段。即使有重大题材，他们也会把它大事化小。散文化的小说不大能容纳过于严肃的，严峻的思想。这一类小说的作者大都是性情温和的人。他们不想对这个世界作陀思妥耶夫斯基式的拷问和卡夫卡式的阴冷的怀疑。许多严酷的现实，经过散文化的处理，就会失去原有的硬度。鲁迅是个性格复杂的人。一方面，他是一个孤独、悲愤的斗士，同时又极富柔情。《故乡》、《社戏》里有一种说不出来的惆怅和凄凉，如同秋水黄昏。沈从文企图在《长河》里"把最近二十年来当地农民性格灵魂被时代大力压扁扭曲失去原有的素朴所表现的式样，加以解剖及描绘"，这是一个十分严肃的，使人痛苦的思想。他"唯恐作品和读者对面，给读者也只是一个痛苦印象"，所以"特意加上一点牧歌的谐趣"。事实上《长河》的抒情成分大大冲淡了那种痛苦思想。散文化小说的作者大都是抒情诗人。散文化小说是抒情诗，不是史诗。散文化小说的美是阴柔之美，不是阳刚之美。是喜剧的美，不是悲剧的美。散文化小说是清澈的矿泉，不是苦药。它的作用是滋润，不是治疗。这样说，当然是相对的。

散文化的小说不过分地刻划人物。他们不大理解，也不大理会典型论。海明威说：不存在典型，典型是说谎。这话听起来也许有点刺耳，但是在解释得不准确的典型论的影响之下，确实有些作家造出了一批鲜明、突出，然而虚假的人物形象。要求一个人物像一团海绵一样吸进那样多的社会内容，是很困难的。透过一个人物看出一个时代，这只是评论家分析出来的，小说作者事前是没有想到的。事前想到，大概这篇小说也就写不出来了，小说作者只是看到一个人，觉得怪有意思，想写写他，就写了。如此而已。散文化小说作者通常不对人物进行概括。看过一千个医生，才能写出一个医生，这种创作方法恐怕谁也没有当真实行过。散文化小说作者只是画一朵两朵玫瑰花，不想把一堆玫瑰花，放进蒸锅，提出玫瑰香精。当然，他画的玫瑰是经过选择的，要能入画。散文化小说的人物不具有雕塑性，特别不具有米开朗基罗那样的把精神扩及到肌肉的力度。它也不是伦布朗的油画。它只是一些sketch，最多是列宾的钢笔淡彩。散文化小说的人像要求神似。轻轻几笔，神全气足。《世说新语》，堪称范本。散文化的小说大都不是心理小说。这样的小说不去挖掘人的心理深层结构，散文化小说的作者不喜欢"挖掘"这个词。人有什么权利去挖掘人的心呢？人心是封闭的。那就让它封闭着吧。

　　散文化小说的最明显的外部特征是结构松散。只要比较一下莫泊桑和契诃夫的小说，就可以看出两者在结构上的异趣。莫泊桑，还有欧·亨利，要了一辈子结构，但是他们显得很笨，他们实际上是被结构要了。他们的小说人为的痕迹很重。倒是契诃夫，他好像完全不考虑结构，写得轻轻松松，随随便便，潇潇洒洒。他超出了结构，于是结构更多样。章太炎论汪中的骈文"起止自在，无首尾呼应之式"。打破定式，是散文化小说结构的特点。魏叔子论文云："人知所谓伏应而不知无所谓伏应者，伏应之至也；人知所谓断续而不知无所谓断续者，断续之至也。"（《陆悬圃文序》）古今中外作品的结构，不外是伏应和断续。超出伏应、断续，便在结构上得到大解放。苏东坡所说的"常行于所当行，常止于不可不止"，是散文化小说作者自觉遵循的结构原则。

　　喔，还有情节。情节，那没有什么。

　　有一些散文化的小说所写的常常只是一种意境。《白静草原》写了多少事呢？《竹林的故事》写的只是几个孩子对于他们的小天地的感受，是一篇他们的富有诗意的生活的"流水"（中国的往日的店铺把逐日随手所记账目叫做"流水"，这是一个很好的词汇）。《长河》的《秋（动中有静）》写的只是一群过渡人无目的、无条理的闲话，但是那么亲切，那么富有生活气息。沈从文创造了一种寂寞和凄凉的意境，一片秋光。某些散文化小说也许可称之为"安静的艺术"。《白静草原》、《秋

（动中有静）》，这从题目上就可以看得出来。阿左林所写的修道院是静静的。声音、颜色、气味，都是静静的。日光和影子是静静的。人的动作、神情是静静的。墙上的长春藤也是静静的。散文化小说往往都有点怀旧的调子。甚至有点隐逸的意味。这有什么不好呢？我不认为这样一些小说所产生的影响是消极的。这样的小说的作者是爱生活的，他们对生活的态度是执著的。他们没有忘记窗外的喧嚣而躁动的尘世。

散文化小说的作者十分潜心于语言。他们深知，除了语言，小说就不存在。他们希望自己的语言雅致，精确、平易。他们让他们对于生活的态度于字里行间自自然然地流出，照现在西方所流行的一种说法是：注意语言对于主题的暗示性。他们不把倾向性"特别地说出"。散文化小说的作者不是先知，不是圣哲，不是无所不知的上帝，不是富于煽动性的演说家。他们是读者的朋友。因此，他们自己不拘束，也希望读者不受拘束。

散文化的小说曾给小说的观念带来一点新的变化。

文学语言杂谈

　　我今天讲的题目叫《文学语言杂谈》，或者文学语言 ABC。都是一些非常粗浅的、常识性的问题。有这么几个小题目，一个是语言的重要性，第二个是语言的标准，第三个是语言和作家气质的关系，第四个题目是一个作品的语言，特别是小说的语言要和这篇小说所表现的生活、所表现的人物相适应，要协调，这里面我可能讲一点关于语言对作品、或对主题的暗示性问题。第五个小题目是一个作品的语言基调，这里面可能还讲一点关于小说的开头或结尾的问题。第六个问题：关于中国语言的一些特点。第七个问题就是学习语言、随时随地地学习语言。就这么七个题目，但是每个小题目下面只有几句话。

　　所谓语言的重要性的问题，本来不需要讲的，大家都知道。文学、特别是小说，它首先是语言的艺术。关于文学的要素，一般说起来，包括三个：语言、人物、情节，这种概括好像是一般的。大家都公认语言是第一要素，因为文学就是语言的艺术，它跟音乐和绘画不一样。离开语言就没有文学。但是这个语言，我们所说的文学语言，是在生活基础上经过作者加工的艺术，并不是每个能说中国话的人都能写出文学作品。所以我首先要说文学语言是在生活基础上经过加工的。另外，我有一个看法，过去都认为语言是文学的，特别是小说的重要手段、技巧，或者基本功，但是我觉得这不仅是形式的问题、技巧的问题，语言它本身不是一个作品的外在的东西，而是这个作品的主题。如果说语言只是一个技巧或只是手段，那么它就只是个外在的东西。我的老师闻一多先生在他很年轻的时候写过一篇关于庄子的文章，题目就叫《庄子》，他说过，庄子的文字（因为那个时候，二十年代、三十年代，大家还不喜欢用语言这个词，都还用文字）不只是一种技巧，一种手段，看来本身也是一种目的。那就是说语言跟你所要表达的内容是融为一体的、不可剥离的。没有一种语言不表达内容或思想，也没有一种思想或内容不通过语言来表达。因为各种不同门类的艺术有不同的表现手段或工具。比如音乐，我们一般说音乐靠什么表现呢？它靠旋律靠节奏；绘画靠什么表现呢？靠色彩靠线条。那么文学呢？它就是靠语言，它没有其他另外手段。我们现在有一种很奇怪的说法，说这篇小说写得不错，就是语言差一点，我个人认为这句话是不能成立的。你不可能说这个曲子作得不错，就是旋律跟节奏差一点，没有这个说法。或者说这个画画得不错，就是色彩跟线条差一点，不能这样说。认识一个作者，接触一个作者，首先是看他的语言，因为一个作品跟读者产生关系，作为传导的东西就是语言。为此我经过比较长时期的思考和实践。我写作时间很早，二十几岁就开始写作了，一九四〇年我就开始发表作品了，但当中间断了很长一段时间，后来我越来越感到语言的重要性。你们年轻的作者，我觉得首先得在语言上下功夫。

　　第二个问题我讲讲语言标准。什么样的语言是好的，什么样的语言是不好的。这个，我还得回过头来说一遍，就是语言的重要性的问题。现在不但是中国，而且是世界上研究文学的人开始十分注意这个问题。现在国外有文体学、文章学。我们中国的文艺评论家开始用科学的态度来研究语言问题，但是还不很普遍。我觉得，我们文学评论界要研究文体学、文章学。

现在回答第二个问题，什么是好的语言，什么是差的语言，只有一个标准，就是准确。无论是中国的作家、外国的作家，包括契诃夫这样的作家都曾经说过，好的语言就是准确的语言。大概有几位欧洲的作家，包括福楼拜这样的作家都说过这样的话：每一句话只有一个最好的说法，做为一作者，你就是要找到那个最好的说法。文学语言，无论从外国到中国都是有变化有发展的。我觉得从二十世纪以后，文学语言发展的趋势是趋于简单，就是普普通通的语言，简简单单的话。我们都知道，文学语言上有很多大师。比如说屠格涅夫，他的语言很讲究，很精致，但是现在看起来，世界上使用屠格涅夫式的那种非常细致的描写人物、或者是景物的语言的作家并不是很多的。英国有个专门写海洋小说的作家，叫康拉德，他的句子结构是很长的。这样的作家可能还有，但是较少，从契诃夫以后，语言越来越趋于简单、普通。比如海明威的小说，语言就非常简单。句子很短，而且每个句子的结构都是属于单句，没有那么复杂的句式结构。所以我认为，年轻的同志不要以为写文学作品就得把那个句子写得很长，跟普通人说话不一样，不要这样写，就用普普通通的话，人人都能说的话。但是，要在平平常常的、人人都能说的，好似平淡的语言里边能够写出味儿。要是写出的都没味儿，都是平常简单的，那就不行。难就难在这个地方。准确，就是把你对周围世界、对那个人的观察、感受，找到那个最合适的词儿表达出来。这种语言，有时候是所谓人人都能说的，但是别人没有这样写过的。比如说鲁迅写的小说《高老夫子》。高老夫子这个人是很无聊的人，他到一个女子学校去教书，人人劝他不必去，但是他后来发表感慨，他说："我辈正经人，确乎犯不上酱在一起。"酱，就是那个腌酱菜的酱。南方腌酱菜，萝卜、黄瓜、窝苣什么的，一块放在酱缸里，酱在一起。他这个词，"酱在一起"，肯定是个绍兴话。但是谁也没有把绍兴那个"酱在一起"的词儿写进文学作品里边去过，用"混在一起"，或"跟他们同流合污"，或用北京话说，"跟他们一块掺合"，都没那么准确。"酱在一起"，味儿都一样，色儿都一样。看起来这个话很普通，你们云南人可能不懂，但绍兴人懂什么叫酱在一起。你们云南人泡酸菜，什么东西都酸在一起，都是一个味儿，一个色儿。比如说我的老师沈从文，他《湘西散记》里有一篇散文，当中说："我就独自一人坐在灌满凉风的船舱里。"这个"灌"字也是很普通的，但是沈先生用的这个字把他的感觉都写出来了。"充满凉风"，或是"刮满凉风"都不对，就是"灌"满凉风，这个船舱好像整个都是灌满凉风的。所以语言要准确，要用普普通通的、大家都能说的话。但是别人没有写过这样的字，这个是不大容易的。有人说写诗要做到这种境界："看似平常最奇崛，成如容易却艰辛。"你看着普普通通好像笔一下就来，这个可不大容易。你找到那个准确语言就好像是"众里寻他千百度，蓦然回首，那人却在灯火阑珊处。"

第三个问题。我讲讲语言跟作家的气质的关系。一个作家的语言跟他本人的气质是有很大关系的。法国有个理论家，叫布封，他说过，"风格即人"，现在有人把它翻译成：风格即人格。或者也可以，但是我觉得不如"风格即人"那么简练，那么准确。不同作家有不同的语言风格，这是不能勉强的。中国的文人里历来把文学的风格，或者也可以说语言的风格分为两大类。按照桐城派的说法就是阳刚与阴柔，按照词家的说法就是豪放与婉约，我觉得这两者虽然有所区别，但大体上还是一致的，就是一个比较粗豪，一个比较细腻，这个东西不能勉强。因此我认为，一个作家，经过一段实践要认识自己的气质，我属哪一种气质，哪种类型。你们比较年轻的同志，要认识自己的气质，违反自己的气质写另外一种风格的语言，那是很痛苦的事情。我就曾经有过这种痛苦的经历。我曾经在所谓的样板团里呆过十年，写过样板戏，在江青直接领导下搞过剧本。她就提出来要"大江东去"，不要"小桥流水"。唉呀，我就是"小桥流水"，我不能"大江东去"，硬要我这个写小桥流水的来写大江东去，我只好跟他们喊那种假大空的豪言壮语，喊了十年，真是累得慌。一个作家要认识自己的气质，其实也很简单，就是你愿意看哪一路作家的作品。你这个气质的形成，当然有各种因素，但是与你所接近的，你所喜爱、所读的哪一路作家的作品很有关系。我受的影响比较多的，中国作家一个是鲁迅，一个是我的老师沈从文，外国作家是契诃夫，另外，还有一个你们不大熟悉的西班牙作家阿佐林。另外，中国的传统的文学作品我也读了一些。从《诗经》、《楚辞》一直读下来，但是我觉得我受影响比较深的是归有光。归有光的全部作品，大概剩下来的有影响的不过就是三篇：《项脊轩志》、《先妣事略》、《寒花葬志》。大概就是这三篇对我影响比较大。所以我觉得一个作家的语言风格跟作家本人的气质很有关系，而他本人气质的形成又与他爱读的小说，爱读的作品有一定的关系。你们不要说什么作品评价最高，或什么作品风行一时，什么作品得到什么奖，我才读什么作品，这恐怕不一定划得来。你还是读你所喜欢的作品，说白了就是那种作品好像就是你所写出来的，或者那个作家好像是你一样。这样你才能形成自己独特的风格、独特的语言，每个作家从语言上说来有他的个性。另外一方面，这个作家的语言虽然要有他自己独特的个性，还应该对他表现的不同的生活、不同的人物采取不同的语言风格。你看看鲁迅的作品，他的语言风格，一看就可以看出，但是鲁迅的语言风格也不是一样的。比如他写《社戏》、写《故乡》，包括写《祝福》，他对他笔下所写的人物是充满了温情，又充满了一种苍凉感，或者悲凉感。但是他写高老夫子，特别是写四铭，所使用的语言是相当尖刻，甚至是恶毒的，因为他对这些人深恶痛绝，特别是对四铭那种人非常讨厌，所以他用的语言不完全一样。对每一个作品，跟你所写的人物，跟生活要协调。比如，我写过一篇短篇小说，叫《徙》，迁徙的徙，那是写我的一个小学五六年级到初中三年级时的语文（当时叫国文）老师，基本上是为他立传。我在写我的那个国文老师时，因为他教我们的是文言文，所以在那篇小说中用了一些文言文的词句。我写他怎么教我们书，怎么怎么讲，怎么怎么教，他有一些什么主要的思想，这一段的结尾用了一句文言文："呜呼，先生之泽远矣。"后来我写他死了，因为我一开头就写他是我们小学的校歌的歌词作者，我写他死了完全是文言文的："暮草萋萋，落照昏黄，歌声犹在，斯人邈矣。"这歌声还在，可这个人没有了。这种语言，只能用在写教过我的那个老师的小说里边，只有这样，跟那个人才合拍，才协调。但是我写《受戒》就不能用这种语言。因为《受戒》是写小和尚和村姑恋爱的故事，用这种语言是格格不入的。所以，一个作品里的叙述语言，不要完全是那个作家本身的，特别是带学生腔的语言，你一定要体察那个人物对周围世界的感受，然后你用他对周围世界感觉的语言去写他的感觉。有位年轻作家给我看过一篇小说，那小说写得还不错，他写的是他童年时代小学时跟他同桌的一个女同学的事，当然，这个小学生也可以回忆，但是他形容这个女同学长得很"纤秀"。我一看就觉得不对，因为小孩子没有"纤秀"这个词儿，没有纤秀这种概念。可以说长得很好看，长得小小巧巧的，秀秀气气的，都可以，但"纤秀"是不行的。绝对不要用一般报纸，特别是广播员的语言来写小说。什么"绚丽多彩"，我劝你们千万不要用这种词儿来写小说，因为这种词是没有任何具体感觉的。什么叫"绚丽"？我到现在也不知道什么叫"绚丽"嘛。

下面我讲第四个问题，就是在你写一个作品之前，必须掌握这篇作品的语言基调。

　　写作品好比写字，你不能一句一句去写，而要通篇想想，找到这篇作品的语言基调。写字，书法，不是一个字一个字写，一个横幅也好，一个单条也好。它不只是一个一个字摆在那儿，它有个内在的联系，内在的运动。除了讲究间架结构之外，还讲究"建行"、讲行气、要"谋篇"，整篇是一个什么气势，这一点很重要。写作品一定要找到这篇作品的语言基调。有位作家有一次在构思一篇小说，半夜里去敲一位评论家的门，他说：我找不到这篇小说的调子。我觉得他说得很对，如果找到这篇作品的调子就可以很顺利地写下去。你们在构思作品时，不要说：我大体上把故事想好了就行了，你得在语言上找到作品的基调。关于基调——由于个人的写作习惯不一样而不同。我的写作习惯是从头至尾想好，从开头一句到最后一句都想，但有人不一定是这样。我这样有个好处，可以不至于跑野马，可以顺理成章。还有很重要一点就是开头。孙犁同志说过，一篇小说开头开好了，以后就会是头头是道，这是经验之谈。所以你们不要轻易下笔，一定要想得很成熟了，想好从哪一句开头。开头是定调子，要特别慎重地对待你写的第一句话。你看中国的很多古典文学作家写的开头都非常漂亮。你们大家都熟悉欧阳修的《醉翁亭记》，原来《醉翁亭记》的原稿是"滁之四面皆山"，后来他觉得这句子写得太弱，改成一句"环滁皆山也"这一下就把整个《醉翁亭记》的调子定下来了。我可以给你们我自己的一点经验，就是刚才提到的那篇纪念我的国文老师的小说。原来的开头是在青岛对岸的黄岛写的。因为他是我们小学的校歌的作者，我一开头写"世界上曾经有过很多歌，都已经消失了"。我出去转了一下，觉得不满意，回来就改成一句"很多歌消失了。"下边写就比较顺畅了。

　　另外，写文章、写小说，哪儿起，哪儿顿，哪儿停，哪儿落，都得注意。中国人对文章之道，特别是写散文，我认为那是世界无比的。除了开头事先要想好外，还要注意这篇作品最后落到什么地方，怎么收拾，不能说写完了，写到哪儿算哪儿，那不行。我觉得汤显祖批《董西厢》有一个很精辟的见解。他说结尾不外乎是两种，一种叫做"煞尾"，一种叫做"度尾"。汤显祖这个词用得很美。他说煞尾好像"骏马收缰，寸步不离"，咔！就截住了。"度尾"就好像"画舫笙歌，从远处来，过近处，又向远处去"。写得多好，汤显祖真不愧是个大作家。

下边简单说说中国语言的一些特点。年轻的同志要了解一下中国语言的特点。中国语言跟世界上的一些语言比较一下有什么特点？一个，中国语言是表意的，是象形文字，看到图像就能产生理解和想象。另外，中国语言还有个很大的特点，就是语言都是"单音缀"，一字一声，它不是几个音节构成一个字。中国语言有很多花样，都跟这个单音节有很大关系。另外，与很多国家的语言比较起来，中国语言有不同的调值，每一个字都有一定的调值，就是阴、阳、上、去，或叫四声。这构成了中国语言的音乐感，这种音乐感是西欧的或其他别的国家的语言所不能代替的。我听搞语言的老同志说，调值不同的语言除中国话之外，只有古代的梵文、梵语，就是古印度语。我们搞世界和平运动时，郭沫若出国讲话，有个叫什么的主教，他说郭沫若讲话好像唱歌似的。为什么，就是因为中国语言有个平上去入，高低悬殊很大。而英语只有两个调，接近我们中国的阳平和上声，没有阴平，所以听外国人说话很平。总之，这里面有很多学问。写小说，也得注意声调的变化，才能造成作品的音乐美。举个最简单的例子。你们都知道所谓样板戏《智取威虎山》，原来有句唱词"迎来春天换人间"，毛主席给它改了一个字："迎来春色换人间。"为什么要改这个字，当然春色比春天要具体，更重要的我觉得是因为声调的关系。"迎来春天换人间"除了"换"字外其他都是平声字。哨哨哨哨——都飘在上边。所以毛主席改它一个字就把整个声音都扳过来了，就带来了语言上很大的稳定感。

所以，我劝你们写小说的同志，写诗的更不用说了，一定要研究一下中国的四声，而且学习写一点旧诗旧词，要经过这种语言锻炼。另外，中国语言还有个很大的特点，就是对仗，这个东西国外是没有的。我有一篇小说，就是刚才介绍的那篇《受戒》，我看了法文版和英文版的翻译本，其中我用了四个对联，翻译家的办法非常简单：把对联全删掉了，因为他无法翻译。写小说要学用一点对仗，不一定很工整。学一点对仗对语言是很有好处的，可以摆脱一般的语法逻辑的捆绑，能够造成语言上的对比和连续，而且能造成语意上较大的跨度。我写过一篇小说，写一个庙，庙的大殿外有两棵大白果树，即银杏树，我写银杏树的变化："夏天，一地浓荫；秋天，满阶黄叶"，这就比用完全散文化的语言省了很多事，而且表达了很多东西。所以我劝你们青年同志，初学写作的同志，不要只看当代作家的作品，只看翻译的作品，一定要看看我们自己的古典作品，古典散文，古典诗词，包括散曲，而且自己锻炼写一写，丰富我们中国人的特有的语感。没有语感的、或者语感迟钝的作品不会写得很美。

最后一个问题：语言要随时随地的学习。一个作家应该对语言充满兴趣。到处去听听，到处去看看，看看有什么好语言。可能你们在座的有的是写小说的，有的是写散文的，不妨，或者也应该看看、读读中国的戏曲和民歌，特别是民歌。我是搞了几年民间文学的，我觉得民间文学是个了不起的海洋，了不得的宝库。中国古代民歌、乐府，不管是汉代乐府、南朝乐府，都是很了不起的。这些民歌、乐府有很多奇想。比方说汉朝有一首民歌，叫做《枯鱼过河泣》，枯鱼就是干了的鱼吧，"枯鱼过河泣，何时悔复及，作书与鲂鲡，相教慎出入。"这很奇怪，一个干了的鱼，它还有什么感受。这鱼都干了，它还在那儿哭，不但哭，它还写信，鱼怎么能写信呢？在现代民歌中，我发现有类似这样的一种奇想。有一首广西民歌，一开头就是个起兴的句子："石榴花开朵朵红，蝴蝶写信给蜜蜂，蜘蛛结网拦了路，水漫阳桥路不通。"这是一首情诗。意思是：你可别来了，咱们有各种干扰，各种阻碍。这很奇怪。另外，我搞了几年民间文学，曾经思考过一个问题：民歌中有没有哲理诗。我开始认为民歌一般都是抒情诗，但后来我发现了一首湖南民歌，写插秧的。湖南人管插秧叫插田。这四句诗开始打破了我的怀疑。民歌中哲理诗较少，但还是有的。它写的是插秧："赤脚双双来插田，低头看见水中天（天在上头，低头看见水中天了，很有点哲学意味儿），行行插得齐齐整，（这句没什么），退步原来是向前。"插秧往后，实际上是向前，就好像我们现在某些政策好像往回退了一步，又回到包产到户，实际上向前的。

中国文学的语言问题

——在耶鲁和哈佛的演讲

　　语言的内容性

　　语言的文化性

　　语言的暗示性

　　语言的流动性

　　中国作家现在很重视语言。不少作家充分意识到语言的重要性。语言不只是一种形式，一种手段，应该提到内容的高度来认识。最初提到这个问题的是闻一多先生。他在很年轻的时候，写过一篇《庄子》，说他的文字（即语言）已经不只是一种形式、一种手段，本身即是目的（大意）。我认为这是说得很对的。语言不是外部的东西。它是和内容（思想）同时存在，不可剥离的。语言不能像桔子皮一样，可以剥下来，扔掉。世界上没有没有语言的思想，也没有没有思想的语言。往往有这样的说法：这篇小说写得不错，就是语言差一点。我认为这种说法是不能成立的。我们不能说这首曲子不错，就是旋律和节奏差一点；这张画画得不错，就是色彩和线条差一点。我们也不能说：这篇小说不错，就是语言差一点。语言是小说的本体，不是附加的，可有可无的。从这个意义上说，写小说就是写语言。小说使读者受到感染，小说的魅力之所在，首先是小说的语言。小说的语言是浸透了内容的，浸透了作者的思想的。我们有时看一篇小说，看了三行，就看不下去了，因为语言太粗糙。语言的粗糙就是内容的粗糙。

　　语言是一种文化现象。语言的后面是有文化的。胡适提出"白话文"，提出"八不主义"。他的"八不"都是消极的，不要这样，不要那样，没有积极的东西，"要"怎样。他忽略了一种东西：语言的艺术性。结果，他的"白话文"成了"大白话"。他的诗："两个黄蝴蝶，双双飞上天……"

　　实在是一种没有文化的语言。相反的，鲁迅，虽然说过要上下四方寻找一种最黑最黑的咒语，来咒骂反对白话文的人，但是他在一本书的后记里写的"时大夜弥天、碧月澄照，饕蚊遥叹，余在广州"就很难说这是白话文。我们的语言都是继承了前人，在前人语言的基础上演变、脱化出来的。很难找到一种语言，是前人完全没有讲过的。那样就会成为一种很奇怪的，别人无法懂得的语言。古人说"无一字无来历"，是有道理的，语言是一种文化积淀。语言的文化积淀越是深厚，语言的含蕴就越丰富。比如毛泽东写给柳亚子的诗：

　　　　三十一年还旧国，

　　　　落花时节读华章。

　　单看字面，"落花时节"就是落花的时节。但是读过一点旧诗的人，就会知道这是从杜甫的《江南逢李龟年》里来的：

岐王宅里寻常见，

崔九堂前几度闻。

正是江南好风景，

落花时节又逢君。

　　"落花时节"就含有久别重逢的意思。毛泽东在写这两句诗的时候未必想到杜甫的诗，但杜甫的诗他肯定是熟悉的。此情此景，杜诗的成句就会油然从笔下流出。我还是相信杜甫所说的"读书破万卷，下笔如有神"。多读一点古人的书，方不致"书到用时方恨少"。

　　这可以说是"书面文化"。另外一种文化是民间的，口头文化。有些作家没有受过完整的教育。战争年代，有些作家不能读到较多的书，有的作家是农民出身。但是他们非常熟悉口头文学。比如赵树理、李季。赵树理是一个农村才子，他能在庙会上一个人唱一台戏——唱、表演、用嘴奏"过门"，念"锣经"，一样不误。他的小说受民间戏曲和评书很大的影响（赵树理是非常可爱的人。他死于"文化大革命"。我十分怀念他）。李季的叙事诗《王贵与李香香》是用陕北"信天游"的形式写的。孙犁说他的语言受了他的母亲和妻子的影响。她们一定非常熟悉民间语言，而且是很熟悉民歌、民间故事的。中国的民歌是一个宝库，非常丰富，我曾经想过一个问题：中国民歌有没有哲理诗？——民歌一般都是抒情诗，情歌。我读过一首湖南民歌，是写插秧的：

赤脚双双来插田，

低头看见水中天。

行行插得齐齐整，

退步原来是向前。

这应该说是一首哲理诗。"退步原来是向前"可以用来说明中国目前的一些经济政策。从"人民公社"退到"包产到户"这不是"向前"了吗？我在兰州遇到过一位青年诗人，他怀疑甘肃、宁夏的民歌"花儿"可能是诗人的创作流传到民间去的，那样善于用比喻、押韵押得那样精巧。有一回他去参加一个"花儿会"（当地有这样的习惯，大家聚集在一起唱几天"花儿"），和婆媳两人同船。这婆媳二人把他"唬背"了：她们一路上没有说一句散文——所有的对话都是押韵的。媳妇到一个娘娘庙去求子，她跪下来祷告，不是说：送子娘娘，您给我一个孩子，我给您重修庙宇，再塑金身……而是：

> 今年来了，我是跟您要着哪，
> 明年来了，我是手里抱着哪，
> 咯咯嘎嘎地笑着哪！

这是我听到过的祷告词里最美的一个。我编过几年《民间文学》，得益匪浅。我甚至觉得，不读民歌，是不能成为一个好作家的。

有一首著名的唐诗《新嫁娘》：

> 洞房昨夜停红烛，
> 待晓窗前拜舅姑。
> 妆罢低声问夫婿，
> 画眉深浅入时无？

这首诗并没有说这位新嫁娘长得好看不好看，但是宋朝人的诗话里已经指出：这一定是一个绝色的美女。这首诗制造了一种气氛，让你感觉到她的美。

另一首有名的唐诗：

> 君家在何处？
> 妾住在横塘。
> 停舟暂借问，
> 或恐是同乡。

看起来平平常常，明白如话，但是短短二十个字里写出了很多东西。宋人说这首诗"墨光四射，无字处皆有字"。这说得实在是非常的好。

语言的美，不在语言本身，不在字面上所表现的意思，而在语言暗示出多少东西，传达了多大的信息，即让读者感觉、"想见"的情景有多广阔。古人所谓"言外之意"、"弦外之音"是有道理的。

国内有一位评论家评论我的作品，说汪曾祺的语言很怪，拆开来每一句都是平平常常的话，放在一起，就有点味道。我想任何人的语言都是这样，每句话都是警句，那是会叫人受不了的。语言不是一句一句写出来，"加"在一起的。语言不能像盖房子一样，一块砖一块砖，垒起来。那样就会成为"堆砌"。语言的美不在一句一句的话，而在话与话之间的关系。包世臣论王羲之的字，说单看一个一个的字，并不怎么好看，但是字的各部分，字与字之间"如老翁携带幼孙，顾盼有情，痛痒相关"。中国人写字讲究"行气"。语言是处处相通，有内在的联系的。语言像树，枝干树叶，汁液流转，一枝动，百枝摇；它是"活"的。

"文气"是中国文论特有的概念。从《文心雕龙》到"桐城派"一直都讲这个东西。我觉得讲得最好，最具体的是韩愈。他说：

> "气，水也；言，浮物也；水大而物之浮者大小毕浮。气
> 之与言犹是也，气盛则言之短长与声之高下者皆宜。"

后来的人把他的理论概括成"气盛言宜"四个字。我觉得他提出了三个很重要的观点。他所谓"气盛"，照我的理解，即作者情绪饱满，思想充实。我认为他是第一个提出作者的精神状态和语言的关系的人。一个人精神好的时候往往会才华横溢，妙语如珠；倦疲的时候往往词不达意。他提出一个语言的标准：宜。即合适，准确。世界上有不少作家都说过"每一句话只有一个最好的说法"，比如福楼拜。他把"宜"更具体化为"言之短长"与"声之高下"。语言的奥秘，说穿了不过是长句子与短句子的搭配。一泻千里，戛然而止，画舫笙歌，骏马收缰，可长则长，能短则短，运用之妙，存乎一心。中国语言的一个特点是有"四声"。"声之高下"不但造成一种音乐美，而且直接影响到意义。不但写诗，就是写散文，写小说，也要注意语调。语调的构成，和"四声"是很有关系的。

中国人很爱用水来作文章的比喻。韩愈说过。苏东坡说"吾文如万斛源泉，不择地涌出"，"但行于所当行，止于所不可不止"。流动的水，是语言最好的形象。中国人说"行文"，是很好的说法。语言，是内在地运行着的。缺乏内在的运动，这样的语言就会没有生气，就会呆板。中国当代作家意识到语言的重要性的，现在多起来了。中国的文学理论家正在开始建立中国的"文体学"、"文章学"。这是极好的事。这样会使中国的文学创作提高到一个更新的水平。

谢谢！

漫话作家的责任感

作家当然应该有责任感，但是如何评判作家的责任感则值得好好研究。

我觉得分析一个作家的文学创作主张，不应该以他在某一个会上说过某一句话作为标准，而应该看他全部作品。甚至即使他说自己不考虑社会责任感，照样可能是有社会责任感的。不能从简单的一句话中看待一个作家的整个创作主张和整个人生态度。

比如阿城说过他写小说就是为了满足自我，对这样一句话可以作各种引申，可以引申出他没有责任感，也可以引申出他有很强烈的社会责任感。这就要看他的作品到底反映了些什么。

一个作家的作品，一旦发表出来就成为一种社会事实，就会产生社会影响。你的作品写成后，锁在抽屉里是属于自己的，发表出来就成了社会现象，当然也就会对读者产生这样那样的影响。这种影响，发表前你也许不能完全准确估计到，但是大体上还是有一个估计的。

现在对于责任感的理解可能有两种，一种所谓的责任感就是古代的"代圣贤立言"，也就是说别人的话，说别人想说而没有说出来的话，替别人说话。这就是揣摩上意，发意称旨，就是皇上嘴里还没有出来呢，我就琢磨着他要说什么。还有一种责任感，是作家表达自己对社会的感受，是出自自己真诚的思索。我赞成后一种责任感。

一个作品产生的社会效果，往往不是出自作家的主观意识，而是受社会环境的影响。像抗日战争中，没有"白毛女"也会出现别的戏，鼓励大家参军打鬼子去，因为当时有这样的社会环境。所以我觉得，应当研究一部重要作品到底是怎样产生作用的，产生了什么作用。作家的责任感应该是独特的，与其他人有所不同。我最近读了巴西总统写的一首诗，写的是渔民出海时亲人等他的心情。诗写得很好。我觉得他虽然是总统，但是写诗的时候不是总统，是诗人，是用诗人的眼睛看待世界，表达自己的感受。他当总统时是总统，不当总统时是诗人，不能用当总统的责任感写诗，也不能用写诗的办法治理国家。两者不是一回事。作家的责任感是在作品中体现出来的，而不应该游离于作品之外。你在写作时，所要考虑的就是把作品写好，不可能先想你该有怎样的社会责任感，这样的作品很难成功。我曾经问过一个空军飞行员，上天的时候是不是想到对国家对民族的责任。他说我不能想，我一想就要被敌人打下来了。我只能想怎样瞄准对手，把他打下来。写小说也是一样，如写不好，就像飞机驾驶员就要被揍下来一样。

　　现在一些人主张文学应该更多反映社会问题，更多干预生活，这种看法值得探讨。最早提出"问题小说"的是赵树理，他也写过一些这类作品，像《地权》就是解决土地问题的。但是恰恰就是他自己的不少小说，也无法放到"问题小说"里面，比如《手》、比如《富贵》，而往往就是这样一些小说比所谓的"问题小说"的艺术生命力要强。过去不少作家包括老舍这样的作家都受到这种影响，总想在作品中直接反映社会变化，配合运动需要，以为这就是责任感。老舍《茶馆》的结尾原来不是这样，他打算把王利发写成当上了人民代表。后来焦菊隐对他说，你就是第一幕好，你就照着第一幕写吧。老舍说，那咱们就"配合"不上了。如果真"配合"上了，《茶馆》也就不是《茶馆》了。现在，一些人所说的社会责任感，和那时的"配合"其实是一样的。

作家想要更多地干预生活，从自己的能力来说也很难做到。道理很明显，一个作家所能表现的只能是他所感知的那部分世界，总是有局限的。如果整个世界都要表现，不就成了全知全能的上帝了吗？好比一个大夫，不可能内科、外科、儿科、妇科都干，而且都干得很好。只能专攻一行。如果你只割瘤子，你就把那个瘤子割好了，不就行了？简单地说，这就是卖什么吆喝什么。搞文学的就把文学搞好。

还有一种情况，就是一些人总愿意给文学作品赋予更多的功能，结果使你写的东西产生的社会效果和你所想的完全不是一回事。比如，我写过一篇小说《皮凤三揸房子》，是讽刺性的。写的是故乡高邮一个叫高大头的人有办法，居然在九平方米的地皮上盖起了三十六平方米的房子。写的是这个过程。高大头确有一个原型，但我写的是小说，是因为对这个事情感兴趣，并没有想到会产生什么效果。没想到小说一发表，当地政府马上决定给这个"高大头"解决房子，说汪老在小说里都写了这件事了，而且"高大头"现在还成了我们县里的政协委员。他的女儿是模范个体户，介绍时就说她是汪老小说中那个高大头的女儿。这种效果是我完全没有想到的，也是完全不希望的。实际上，我们老家的人把文学看成一种政治工具了。我不想让文学作品承担这样的功能。后来，这个"高大头"给我写来很长的一封信，还寄来了材料，希望我写小说的续篇，我说我写不了。因为我想不出还能写些什么。我希望，让文学回到文学本身。

一个作家如果真诚地反映出所了解的世界，他就实现了自己的责任。

传统文化对中国当代文学创作的影响

　　前几年，有几位中国小青年评论家认为"五四"是中国文化的断裂。从表面现象看，是这样。五四运动，出于革命的要求，提倡新文化，反对旧文化。那时的主将提出，"打倒孔家店"，"欢迎赛先生、德先生"。他们用很大的热情诅咒"选学妖孽，桐城谬种"。鲁迅就劝过青年少看中国书。但往深里看一看，五四并不是什么断裂。这些文化革命的主将大都是旧学根底很深的。这只要问问琉璃厂旧书店的掌柜的和伙计就可以知道，主将们是买他们的旧书的主要主顾！中国的新文学一开始确实受了西方的影响，小说和新诗的形式都是从外国移植进来的。但是在引进外来形式的同时，中国新文学一开始就没有脱离传统文化的影响。

　　鲁迅对中国古典文学，特别是中古文学，有很深的研究。他曾经讲授过汉文学史，校订过《嵇康集》。他写的《魏晋文章与药与酒的关系》，至今还是任何一本中古文学史必须引用的文章。鲁迅可以用地道的魏晋风格给人写碑。他的用白话文写的小说、散文里，也不难找出魏晋文风的痕迹。我很希望有人能写出一篇大文章：《论魏晋文学对鲁迅作品的影响》。鲁迅还搜集过汉代石刻画像，整理过会稽郡的历史文献，自己掏钱在南京的佛经流通处刻了一本《百喻经》，和郑振铎合选过《北京笺谱》。这些，对他的文学创作都是有间接的作用的。

闻一多是把西洋诗的格律首先引进中国的开一代风气的诗人，但是他在大学里讲授的是《诗经》、《楚辞》、《庄子》、《唐诗》。他大概是最早用比较文学的方法讲中国古典文学的一个，我在大学里听他讲过唐诗，他就用后印象派的画和晚唐绝句相比较。闻先生原来是学画的，他一直仍是画家。他同时又是写金文的书法家，刻图章的金石家。他的诗文也都有金石味，——好像用刻刀刻出来的。

郭沫若是一个通才。他写诗，也写过小说，写了一大堆剧本；翻译过《浮士德》。但他又是历史学家，考古学家。他是第一个用新的观点研究先秦诸子思想的学者，是从史实、章句到文学价值全面地研究《楚辞》的大家，他对甲骨文、金文的研究超越了前人，成为一代权威。他的书法自成一体，全国到处的名胜古迹楼台亭馆，都可以看到他的才气纵横的大字。他的诗明显地受了李白的影响。

沈从文在中国现代作家里是一个很奇特的例子。他只读过小学，当了几年兵，一个土头土脑的乡下人，冒冒失失地从边远落后的湘西跑到文化古城北京，想用一枝笔挣到一点"可以消化消化"的东西，可是他连标点符号都不会用。他在一种文化饥饿的状态中，贪婪地吞食了大量的知识，——读了很多书。他最初拥有的书，是一本司马迁的《史记》。他反复读这本书。直到晚年，对其中许多章节还记得。他的小说的行文简洁而精确处，得力于《史记》者，实不少。也象鲁迅一样，他读了很多魏晋时代的诗文，他晚年写旧诗，风格近似阮籍的《咏怀》。他读过不少佛经，曾从《法苑珠林》中辑录出一些故事，重新改写成《月下小景》。他的一些小说富于东方浪漫主义的色彩，跟《法苑珠林》有一定关系。他的独特的文体，他自己说是"文白夹杂"，即把中古时期的规整的书面语言和近代的带有乡土气息的口语揉合在一处，我以为受了《世说新语》以及《法苑珠林》这样的翻译佛经的文体的影响颇大。而他的描写风景的概括性和鲜明性，可以直接上溯到郦道元的《水经注》。他一九四九年以后忽然中断了文学创作，转到文物研究方面来。许多外国朋友，包括中国的青年作家，都觉得这是不可理解的，几乎是神秘的转折。尤其难于理解的是，他在不长的时间中对文物研究搞出那样大的成就，写出许多著作，包括像《中国服饰研究》这样的开山之作的巨著。我，作为他的学生，觉得这并不是完全不可理解。沈先生从年轻时候就对一切美的东西具有近似痴迷的兴趣，他对书画、陶瓷、漆器、丝绸、刺绣有着渊博的知识。这些，使他在写小说、散文时得到启发，而他对写作的精细耐心，也正像一个手工艺匠师对待他的制品一样。

四十年代是战争年代，有一批作家是从农村成长起来的。他们没有受过完整正规的学校教育，但是他们得到农民文化的丰富的滋养，他们的作品受了民歌、民间戏曲和民间说书很大的影响，如赵树理、李季。赵树理是一个农村才子，多才多艺。他在农村集市上能够一个人演一台戏，他唱、演、做身段，并用口拉过门、打锣鼓，非常热闹。他写的小说近似评书。李季用陕北"信天游"形式写了优秀的叙事诗。他们所接受的是另一种形态的文化传统。尽管是另一种形态的，但应该说仍旧是中国的文化传统。

在战争的环境中，书籍是很难得到的。有些作家在土改时从地主家中弄到半套《康熙字典》或残缺不全的《聊斋志异》，就觉得如获至宝。孙犁就是这样一位作家。孙犁的小说清新淡雅，在表现农村和战争题材的小说里别具一格（他嗜书若命）。他晚年写的小说越发趋于平淡，用完全白描的手法勾画一点平常的人事，有时简直分不清这是小说还是散文，显然受了中国的"笔记"很大的影响，被评论家称之为"笔记体小说"。

另一个也被评论家认为写"笔记体小说"的作家是汪曾祺。我的小说受了明代散文作家归有光颇深的影响。黄宗羲说："予读震川文之为汝妇者，一往情深，每以一二细事见之，使人欲涕。"他的散文写得很平淡，很亲切，好像只是说一些家常话。我的小说很少写戏剧性的情节，结构松散，有的评论家说这是散文化的小说。

五十年代的青年作家读俄罗斯和苏联翻译作品及五四以来的作家作品比较多，旧书读得比较少。但也不尽如此。宗璞从小受到古典文学的熏陶，她的作品让人想起宋代女词人李清照。

六十年代才真是文化的断裂。

七十年代由于文化对外开放，西方的各种文艺思潮和各种流派的作品涌进中国，这一代的青年作家热衷于阅读这些理论和作品，并且吮吸到自己的创作之中。

八十年代的青年作家有一部分忽然对中国传统文化激发出巨大的热情。有几年在大学生中间掀起了一阵"老庄热"，有的青年作家甚至对佛学中的禅宗产生兴趣。比如现在美国的阿城，前几年有一些青年作家提出文学"寻根"。"寻根"是一个相当模糊的概念，谁也没有说明白它的涵义。但是大家有一种朦朦胧胧的向往，追寻好像已经消逝的中国古文化。我个人认为这种倾向是好的。

近年还出现"文化小说"的提法，这也是相当模糊的概念。所谓"文化小说"，据我的观察，不外是：1.小说注意描写中国的风俗，把人物放置在一定的风俗画环境中活动；2.表现了当代中国的普通人的心理结构中潜在的传统文化的影响，——比如老庄的顺乎自然的恬静境界，孔子的"仁恕"思想。

无论"寻根文学"或"文化小说"的作者，都更充分地意识到语言的重要性。他们认识到语言不仅是手段，其本身便是目的。他们认识到语言的哲学的、心理的意蕴。认识到语言的文化性。语言是一种文化现象。语言的后面都有文化。正如中国古代的文论家所说：凡无字处皆有字。文学语言的辐射范围不只是字典上所注释的那样。语言后面所潜伏的文化的深度，是语言优次的标准，同时也是检验一个作品民族化程度的标准，也是一个作品是否真正能够感染读者的重要契因。比如毛泽东写给柳亚子的诗：

> 饮茶粤海未能忘，
> 索句渝州叶正黄。
> 三十一年还旧国，
> 落花时节读华章。
> ……

单看字面，"落花时节"就是落花的时节，但是如果读过杜甫逢李龟年的诗：

> 歧王宅里寻常见，
> 崔九堂前几度闻。
> 正是江南好风景，
> 落花时节又逢君。

就知道"落花时节"包含着久别重逢的意思。

因此，我认为当代中国作家，应该尽量多读一点中国古典文学。

中国的当代文学含蕴着传统的文化，这才成为当代的中国文学。正如现代化的中国里面有古代的中国。如果只有现代化，没有古代中国，那么中国就不成其为中国。

关于《受戒》

我没有当过和尚。

我的家乡有很多大大小小的庙。我的家乡没有多少名胜风景。我们小时候经常去玩的地方，便是这些庙。我们去看佛像。看释迦牟尼，和他两旁的侍者（有一个侍者岁数很大了，还老那么站着，我常为他不平）。看降龙罗汉、伏虎罗汉、长眉罗汉。看释迦牟尼的背后塑在墙壁上的"海水观音"。观音站在一个鳌鱼的头上，四周都是卷着漩涡的海水。我没有见过海，却从这一壁泥塑上听到了大海的声音。一个中小城市的寺庙，实际上就是一个美术馆。它同时又是一所公园。庙里大都有广庭、大树、高楼。我到现在还记得走上吱吱作响的楼梯，踏着尘土上印着清晰的黄鼠狼足迹的楼板时心里的轻微的紧张，记得凭栏一望后的畅快。

我写的那个善因寺是有的。我读初中时，天天从寺边经过。寺里放戒，一天去看几回。

我小时就认识一些和尚。我曾到一个人迹罕到的小庵里，去看过一个戒行严苦的老和尚。他年轻时曾在香炉里烧掉自己的两个指头，自号八指头陀。我见过一些阔和尚，那些大庙里的方丈。他们大都衣履讲究（讲究到令人难以相信），相貌堂堂，谈吐不俗，比县里的许多绅士还显得更有文化。事实上他们就是这个县的文化人。我写的那个石桥是有那么一个人的（名字我给他改了）。他能写能画，画法任伯年，书学吴昌硕，都很有可观。我们还常常走过门外，去看他那个小老婆。长得像一穗兰花。

我也认识一些以念经为职业的普通的和尚。我们家常做法事。我因为是长子，常在法事的开头和当中被叫去磕头；法事完了，在他们脱下袈裟，互道辛苦之后（头一次听见他们互相道"辛苦"，我颇为感动，原来和尚之间也很讲人情，不是那样冷淡），陪他们一起喝粥或者吃挂面。这样我就有机会看怎样布置道场，翻看他们的经卷，听他们敲击法器，对着经本一句一句地听正座唱"叹骷髅"（据说这一段唱词是苏东坡写的）。

我认为和尚也是一种人，他们的生活也是一种生活，凡作为人的七情六欲，他们皆不缺少，只是表现方式不同而已。

一个偶然的机会，我在一个乡下的小庵里住了几个月，就住在小说里所写的"一花一世界"那几间小屋里。庵名我已经忘记了，反正不叫菩提庵。菩提庵是我因为小门上有那样一副对联而给它起的。"一花一世界"，我并不大懂，只是朦朦胧胧地感到一种哲学的美。我那时也就是明海那样的年龄，十七八岁，能懂什么呢。

庵里的人，和他们的日常生活，也就是我所写的那样。明海是没有的。倒是有一个小和尚，人相当蠢，和明海不一样。至于当家和尚拍着板教小和尚念经，则是我亲眼得见。

这个庄是叫庵赵庄。小英子的一家，如我所写的那样。这一家，人特别的勤劳，房屋、用具特别的整齐干净，小英子眉眼的明秀，性格的开放爽朗，身体姿态的优美和健康，都使我留下难忘的印象，和我在城里所见的女孩子不一样。她的全身，都发散着一种青春的气息。

我一直想写写在这小庵里所见到的生活，一直没有写。

怎么会在四十三年之后，在我已经六十岁的时候，忽然会写出这样一篇东西来呢？这是说不明白的。要说明一个作者怎样孕育一篇作品，就像要说明一棵树是怎样开出花来的一样的困难。

理智地想一下，因由也是有一些的。

一是在这以前，我曾经忽然心血来潮，想起我在三十二年前写的，久已遗失的一篇旧作《异秉》，提笔重写了一遍。写后，想：是谁规定过，解放前的生活不能反映呢？既然历史小说都可以写，为什么写写旧社会就不行呢？今天的人，对于今天的生活所过来的那个旧生活，就不需要再认识认识吗？旧社会的悲哀和苦趣，以及旧社会也不是没有的欢乐，不能给今天的人一点什么吗？这样，我就渐渐回忆起四十三年前的一些旧梦。当然，今天来写旧生活，和我当时的感情不一样，正如同我重写过的《异秉》和三十二年前所写的感情也一定不会一样。四十多年前的事，我是用一个八十年代的人的感情来写的。《受戒》的产生，是我这样一个八十年代的中国人的各种感情的一个总和。

二是前几个月，因为我的老师沈从文要编他的小说集，我又一次比较集中，比较系统的读了他的小说。我认为，他的小说，他的小说里的人物，特别是他笔下的那些农村的少女，三三、夭夭、翠翠，是推动我产生小英子这样一个形象的一种很潜在的因素。这一点，是我后来才意识到的。在写作过程中，一点也没有察觉，大概是有关系的。我是沈先生的学生。我曾问过自己：这篇小说像什么？我觉得，有点像《边城》。

三是受了百花齐放的气候的感召。

试想一想：不用说十年浩劫，就是"十七年"，我会写出这样一篇东西么？写出了，会有地方发表么？发表了，会有人没有顾虑地表示他喜欢这篇作品么？都不可能的。那么，我就觉得，我们的文艺的情况真是好了，人们的思想比前一阵解放得多了。百花齐放，蔚然成风，使人感到温暖。虽然风的形成是曲曲折折的（这种曲折的过程我不大了解），也许还会乍暖还寒？但是我想不会。我为此，为我们这个国家，感到高兴。

这篇小说写的是什么？我在大体上有了一个设想之后，曾和个别同志谈过。"你为什么要写这样一篇东西呢？"当时我没有回答，只是带着一点激动说："我要写！我一定要把它写得很美，很健康，很有诗意！"写成后，我说："我写的是美，是健康的人性"。美，人性，是任何时候都需要的。

人们都说，文艺有三种作用：教育作用，美感作用和认识作用。是的。我承认有的作品有更深刻或更明显的教育意义。但是我希望不要把美感作用和教育作用截然分开甚至对立起来，不要把教育作用看得太狭窄（我历来不赞成单纯娱乐性的文艺这种提法），那样就会导致题材的单调。美感作用同时也是一种教育作用。美育嘛。这两年重提美育，我认为是很有必要的。这是医治民族的创伤，提高青年品德的一个很重要的措施。我们的青年应该生活得更充实，更优美，更高尚。我甚至相信，一个真正能欣赏齐白石和柴可夫斯基的青年，不大会成为一个打砸抢分子。

我的作品的内在的情绪是欢乐的。我们有过各种创伤，但是我们今天应该快乐。一个作家，有责任给予人们一份快乐，尤其是今天（请不要误会，我并不反对写悲惨的故事）。我在写出这个作品之后，原本也是有顾虑的。我说过：发表这样的作品是需要勇气的。但是我到底还是拿出来了，我还有一点自信。我相信我的作品是健康的，是引人向上的，是可以增加人对于生活的信心的，这至少是我的希望。

也许会适得其反。

我们当然是需要有战斗性的，描写具有丰富的人性的现代英雄的，深刻而尖锐地揭示社会的病痛并引起疗救的注意的悲壮、宏伟的作品。悲剧总要比喜剧更高一些。我的作品不是，也不可能成为主流。

　　我从来没有说过关于自己作品的话。一个不长的短篇，也没有多少可说的话。《小说选刊》的编者要我写几句关于《受戒》的话，我就写了这样一些。写得不短，而且那样的直率，大概我的性格在变。

　　很多人的性格都在变。这好。

文艺杂谈

读民歌札记

奇特的想象

汉代的民歌里，有一首，很特别：

> 枯鱼过河泣，何时悔复及？
> 作书与鲂鲢，相教慎出入。

枯鱼，怎么能写信呢？两千多年来，凡读过这首民歌的人，都觉得很惊奇。[1] 这样奇特的想象，在书面文学里没有，在口头文学里也少见。似乎这是中国文学里的一个绝无仅有的孤例。

并不是这样。

偶读民歌选集，发现这样一首广西民歌：

> 石榴开花朵朵红，蝴蝶寄信给蜜蜂。
> 蜘蛛结网拦了路，水泡阳桥路不通。

---

[1]　黄节《汉魏乐府风笺》引陈胤倩曰："作意甚新。"

枯鱼作书，蝴蝶寄信，真是无独有偶。

两首民歌的感情不一样。前一首很沉痛。这是一个落难人的沉重的叹息，是从苦痛的津液中分泌出来的奇想。短短二十个字，概括了世途的险恶。后一首的调子是轻松的、明快的。红的石榴花、蝴蝶、蜜蜂、蜘蛛，这是一幅很热闹的图画，让人想到明媚的春光——哦，初夏的风光。这是一首情歌。他和她——蝴蝶和蜜蜂有约，受了意外的阻碍，然而这点阻碍是暂时的，不足为虑的，是没有真正的危险性的。这首民歌的内在的感情是快乐的、光明的，不是痛苦、绝望的。这两首民歌是不同时代的作品，不同生活的反映。但是其设想之奇特，则无二致。

沈德潜在《古诗源》里选了《枯鱼》，下了一个评语，道是："汉人每有此种奇想"。[1]其实应该说：民歌每有此种奇想，不独汉人。

汉代民歌里的动物题材

现存的汉代乐府诗里有几首动物题材的诗。它所反映的生活、思想，它的表现方法，在它以前没有，在它以后也少见。这是汉乐府里的一个独特的组成部分，是文学史上一个很值得注意的现象。除了《枯鱼过河泣》，有《雉子斑》、《乌生》、《蜨蝶行》。另，本辞不传，晋乐所奏的《艳歌何尝行》也可以算在里面。我们有理由相信，这是当时所流行的一种题材，散失不传的当会更多。

---

① 闻一多先生《乐府诗笺》也说"汉人常有此奇想"。

雉子班

> "雉子，
> 班如此！
> 之于雉梁。
> 无以吾翁孺，
> 雉子！"
> 知得雉子高蜚止。
> 黄鹄蜚，
> 之以千里王可思。
> 雄来蜚从雌，
> 视子趋一雉。
> "雉子！"
> 车大驾马滕，
> 被王送行所中。
> 尧羊蜚从王孙行。

一向都认为这首诗"言字讹谬，声辞杂书"，最为难读。余冠英先生的《乐府诗选》把它加了引号和标点，分清了哪些是剧中人的"对话"，哪些是第三者（作者）的叙述，这样，这首难读的诗几乎可以读通了。这是一个伟大的发现。我们说是"伟大的发现"，是因为用了这种方法，可以帮助我们把原来一些不很明白或者很不明白的古诗弄明白（古代的人如果学会用我们今天的标点符号，会使我们省很多事，用不着闭着眼睛捉迷藏）。余先生以为这首诗写的是一个野鸡家庭的生离死别的悲剧，也是卓越的创见。

但是这是一个什么样的悲剧，剧中人共有几人？悲剧的情节是怎样的？在这些方面，我的理解和余先生有些不同。

按余先生《乐府诗选》的注解，他似乎以为是一只小野鸡（雉子）被贵人捉获了，关在一辆马车里。老野鸡（性别不详）追随着马车　一面嘱咐小野鸡一些话。

按照这样的设想，有些辞句解释不通。

"之于雉梁"。"雉梁"可以有不同解释，但总是指的某个地方。"之于"是去到的意思。"之于雉梁"是去到某个地方。小野鸡已经被捉了，怎么还能叫它去到某个地方呢？

"知得雉子高蜚止"。这一句本来不难懂，是说知道雉子高飞远走了。余先生断句为"知得雉子，高蜚止"，说是知道雉子被人所得，老雉高飞而来，不无勉强。

尤其是，按余先生的设想，"雄来蜚从雌"这一句便没有着落。这是一句很关键性的话。这里明明说的是"雄来飞从雌"，不是"雉来飞从雉子"呀。

因此，我觉得有必要在余先生的生动的想象的基础上向前再迈一步。

问题：

一、这里一共有几个人物——几个野鸡？我以为一共有三只：雄野鸡、雌野鸡、小野鸡。　二、被捉获的是谁？——是雌野鸡，不是小野鸡。

对几个词义的猜测：

"班"，旧说同"斑"。"班如此"就是这样的好看。在如此紧张的生离死别的关头，还要来称赞自己的孩子毛羽斑斓，无此情理。"班"疑当即"乘马班如"、"班师回朝"的"班"，即是回去。贾谊《吊屈原赋》："股纷纷其离此邮兮"，朱熹《集注》云："音班，……股，反也"，"班"即"股"。

"翁孺"，余先生以为是老人与小孩，泛指人类。"孺"本训小，但可引伸为小夫人，乃至夫人。占代的"孺子"往往指的是小老婆，清俞正燮《癸巳类稿·释小补楚语笄内则总角义》辨之甚详。[①]我以为"翁孺"是夫妇，与北朝的《捉搦歌》"愿得两个成翁妪"的"翁妪"是一样的意思。"吾翁孺"即"我们老公母俩"。"无以吾翁孺"，以，依也，意思是你不要靠我们老公母俩了。"吾"字不必假借为"俉"，解为"迎也"。

"黄鹄蜚，之以千里王可思"，我怀疑是衍文。

上述词意的猜测，如果不十分牵强，我们就可以对这首剧诗的情节有不同于余先生的设想：

野鸡的一家三口：雄野鸡、雌野鸡、小野鸡，一同出来游玩。忽然来了一个王孙公子，捉获了雌野鸡。小野鸡吓坏了，抹头一翅子就往回飞。难为了雄野鸡。它舍不下老的，又搁不下小的。它看见小野鸡飞回去了，就扬声嘱咐："雉崽呀，往回飞，就这样飞回去，一直飞到野鸡居住的山梁，别管我们老公母俩！雉崽！"知道小野鸡已经高高飞走，雄野鸡又飞来追随着雌野鸡。它还忍不住再回头看看，好了，看见小野鸡跟上另一只野鸡，有了照应了，它放了心了。但这也是最后的一眼了，它惨痛地又叫了一声："雉崽！——"车又大，马又飞跑，（雌雉）被送往王孙的行在所了。雄雉翱翔着追随着王孙的车子，飞，飞……

---

① 俞正燮此文甚长，征引繁浩，其略云："小妻曰妾，曰孺，曰姬，曰侧室，曰次室，曰偏房，曰如夫人，曰如君，曰姨娘，曰姬娘，曰旁妻，曰庶妻，曰次妻，曰下妻，曰少妻，曰姑娘，曰孺子……"。《汉书艺文志·中山王孺子妾歌》注云：'孺子，王妾之有名号者。'……秦策志云：'某夕，某孺子纳某士'。《汉书·王子侯表》：'东城侯遗为孺子所杀。'则王公至士庶妾通名孺子'。"

乌生

乌生八九子，

端坐秦氏桂树间。——唶我！

秦氏家有游邀荡子，

工用睢阳强、苏合弹。

左手持彊彊两丸，

出入乌东西。——唶我！

一九即发中乌身，

乌死魂魄飞扬上天：

"阿母生乌子时，

乃在南山岩石间，——唶我！

人民安知乌子处？

蹊径窈窕安从通？"

"白鹿乃在上林西苑中，

射工尚复得白鹿脯，——唶我！

黄鹄摩天极高飞，

后宫尚复得烹煮之。

鲤鱼乃在洛水深渊中，

钓钩尚得鲤鱼口。——唶我！

人民生各各有寿命，

死生何须复道前后？"

这是中弹身亡的小乌鸦的魂魄和它的母亲的在天之灵的对话。这首诗的特别处是接连用了五个"唶我"。闻一多先生以为"唶我"应该连读，旧读"我"属下，大谬。这样一来，就把一首因为后人断句的错误而变得很奇怪别扭的诗又变得十分明白晓畅，还了它的本来面目，厥功至伟。闻先生以为"喏"是大声，"我"是语尾助词。是语尾助词。我觉得，干脆，这是一个词，是一个状声词，这就是乌鸦的叫声。通篇充满了乌鸦的喊叫，增加诗的凄怆悲凉。

婕蝶行

蝶之邀游东园，
奈何卒逢三月养子燕，
接我首蓿间。
持之我入紫深宫中，
行缠之傅榯栌间。
崔来燕。
燕子见衔哺来，
摇头鼓翼何轩奴轩。

剔除了几个"之"字，这首诗的意思是明白的：一只快快活活的蝴蝶，被哺雏的燕子叼去当作小燕子的一口食了。

这几首动物题材的乐府诗有以下几个共同的特点：

一、它们是一种独特题材的诗，不是通常所说的（散体和诗体的）"动物故事"。"动物故事"，或名寓言，意在教训，是以物为喻，说明某种道理。它是哲学的、道德的。"动物故事"的作者对于其所借喻的动物的态度大都是超然的、旁观的，有时是嘲谑的。这些乐府诗是抒情的，写实的。作者对于所描写的动物寄予很深的同情。他们对于这些弱

104

小的动物感同身受。实际上，这些不幸的动物，就是作者自己。

二、这些诗大都用动物自己的口吻，用第一人称的语气讲话。《蜨蝶行》开头虽有客观的描叙，但是自"接我苜蓿间"之后，仍是蜨蝶眼中所见的情景，仍是第一人称。这些诗的主要部分是动物的独白或对话。它们又都有一个简单然而生动的情节。这是一些小小的戏剧。而且，全是悲剧。这些悲剧都是突然发生的。蜨蝶在苜蓿园里遨游，乌鸦在桂树上端坐，原来都是很暇豫安适，自乐其生的，可是突然间横祸飞来，弄得妻离子散，家破人亡。《枯鱼过河泣》、《雉子班》虽未写遇祸前的景况，想象起来，亦当如是。朱矩堂曰"祸机之伏，从未有不于安乐得之"，对于这些诗来说，是贴切的。

三、为什么汉代会产生这样一些动物题材的民歌？写动物是为了写人。动物的悲剧是人民的悲剧的曲折的反映。对这些猝然发生的惨祸的陈述，是企图安居乐业的人民遭到不可抗拒的暴力的摧残因而发出的控诉。动物的痛苦即是人的痛苦。这一类诗多用第一人称，不是偶然的。

这些痛苦是由谁造成的？谁是这些惨剧的对立面？《枯鱼》未明指。《蜨蝶行》写得很隐晦。《雉子班》和《乌生》就老实不客气地点出了是"王孙"和"游遨荡子"，是享有特权的贵族王侯。这些动物诗，实际上写的是特权阶层对小民的虐害。我们知道，汉代的权豪贵戚是非常的横暴恣睢、无所不为的。权豪作恶，成为汉代政治上的一个大问题。这些诗，是当时的社会生活的很深刻的反映。

这些写动物诗，应当联系当时的社会生活来看，应当与一些写人的诗参照着看，——比如《平陵东》（这是一首写五陵年少绑架平民的诗，因与本题无关，故从略）。

民歌中的哲理

民歌，在本质上是抒情的。

民歌当中有没有哲理诗？

湖南古丈有一首描写插秧的民歌：

> 赤脚双双来插田，低头看见水中天。
>
> 行行插得齐齐整，退步原来是向前。

首先，这是民歌么？论格律，这是很工整的绝句。论意思，"退步原来是向前"，是所谓"见道之言"。这很像是晚唐和宋代的受了禅宗哲学影响的诗人搞出来的东西。然而细读全诗，这的确是劳动人民的作品。没有亲身参加过插秧劳动的人，是不可能有这样真切的体会的。这不是像白居易《观刈麦》那样只是以旁观者的身份在那里发一通感想。

或者，这是某个既参加劳动，也熟悉民歌的诗人所制作的拟民歌。刘禹锡、黄遵宪的某些诗和民歌放在一起，是几乎可以乱真的。但是我们还没有听说过古丈曾出过像刘禹锡、黄遵宪这样的诗人。

是从别的地方把拟作的民歌传进来的？古丈是个偏僻的地方，过去交通很不方便，这种可能性也不大。

看来，我们只能相信，这是民歌，这是出在古丈地方的民歌。

或者说，这是民歌，但无所谓哲理。"退步原来是向前"，是记实，插秧都是倒退着走的，值不得大惊小怪！不能这样讲吧。多少人插过秧，可谁想到过进与退之间的辩证关系？唱出这样的民歌的农民，确实是从实践中悟出一番道理。清代的湖南，出过几个农民出身的唯物主义的哲学家。莫非，湖南的农民特别长于思辨？吁，非所知矣。

何况前面还有一句"低头看见水中天"呢。抬头看天，是常情；低头看天，就有点哲学意味。有这一句，就证明"退步原来是向前"不是孤立的，突如其来的。从总体看，这首民歌弥漫着一种内在的哲理性。——同时又是生机活泼的，生动形象的，不像宋代某些"以理为诗"的作品那样平板枯燥。

民歌，在本质上是抒情的，但不排斥哲理。

民歌中有没有哲理诗，是一个值得探讨下去的题目。

《老鼠歌》与《硕鼠》

藏族民歌里有一首《老鼠歌》：

> 从星星还没有落下的早晨，
> 耕作到太阳落土的晚上；
> 用疲劳翻开这一锄锄的泥土，
> 见太阳升起又落下山岗。
>
> 收的谷子粒粒是血汗，
> 耗子在黑夜里把它往洞里搬；
> 这种冤枉有谁知道谁可怜，
> 唉，累死累活只剩下自己的辛酸。
>
> 我们的皇帝他不管，他不管，
> 我们的朋友只有月亮和太阳；
> 耗子呀，可恨的耗子呀，

什么时候你才能死光。

　　读了这首民歌，立刻让人想到《诗经》里的《硕鼠》。现代研究《诗经》的人，都认为《硕鼠》是劳动者对于统治阶级加在他们头上的不堪忍受的沉重的剥削所发出的怨恨，诸家都无异词。这首《老鼠歌》可以作为一个有力的旁证。如果看了周良沛同志的附注，《诗经》的解释者对于他们的解释就更有信心了：

　　"这支歌是清末的一个藏族农民劳动时的即兴之作。他以耗子的形象来影射统治者对人民的剥削。这支歌流行很广，后遭禁唱。一九三三年人民因唱这支歌，曾遭到反动统治者的大批屠杀。"

　　不同的时代，不同的地区，不同的民族，却用同样的形象，同样影射的方法来咒骂压在他们头上的剥削者，这是很有意思的事。其实也不奇怪，人同此心而已。他们遭受的痛苦是一样的。夺去他们的劳动果实的，有统治者，也有像田鼠一样的兽类。他们用老鼠来比喻统治者，正是"能近取譬"。硕鼠，即田鼠，偷盗粮食是很凶的。我在沽源，曾随农民去挖过田鼠洞。挖到一个田鼠洞，可以找到上斗的粮食。而且储藏得很好：豆子是豆子，麦子是麦子，高粱是高粱。分门别类，毫不混杂！这是一个典型的不劳而食者的粮仓。而且，田鼠多得很哪！

　　《硕鼠》是魏风。周代的魏进入了什么社会形态，我无所知。周良沛同志所搜集的藏族民歌，好像是云南西部的。那个地区的社会形态，我也不了解。"附注"中说这是一个"农民"的即兴之作。是自由农民呢，还是农奴呢？"统治者"是封建地主呢，还是农牧主呢？这些都无从判断。根据直觉的印象，这两首民歌都像是农奴制时代的产物。大批地屠杀唱歌人，这种事只有农奴主才干得出来。而《硕鼠》的"逝（誓）将去汝，适彼乐土"很容易让人想到农奴的逃亡。——封建农民是没有这种思想的。有人说"适彼乐土"只是空虚渺茫的幻想，其实这是十分现实的打算。这首诗分三节，三节的最后都说："逝将去汝"，这是带有积极的行动意味的。而且感情是强烈的。"逝将"乃决绝之词，并无保留，也不软弱。在农奴制社会里，逃亡，是当时仅能做到的反抗。我们不能用今天工人阶级的觉悟去苛求几千年前的农奴。这一点，我和一些《硕鼠》的解释者的看法，有些不同。

"花儿"的格律

——兼论新诗向民歌学习的一些问题

在用汉语歌唱的民歌当中，"花儿"的形式是很特别的。其特别处在于：一个是它的节拍，多用双音节的句尾；一个是它的用韵，用仄声韵的较多，而且很严格。这和以七字句为主体的大部分汉语民歌很不相同。

一

迟同志最近发表的谈诗的通讯里，几次提到仿民歌体新诗的三字尾的问题。他提的这个问题是值得注意的。民歌固多三字尾，这是不以人的意志为转移的客观事实。

并非从来就是如此。《诗经》时代的民歌基本上是四言的，其节拍是"二——二"，即用两字尾。《诗经》有三言、五言、七言的句子，但是较为少见，不是主流。

三字尾的出现，盖在两汉之际，即在五言的民歌和五言诗的形成之际。五言诗的特点不在于多了一个字，而是节拍上起了变化，由"二——二"变成了"二——三"，也就是由两字尾变成了三字尾。

从乐府诗可以看出这种变化的痕迹。乐府多用杂言。所谓杂言，与其说是字数参差不齐，不如说是节拍多变，三字尾和两字尾同时出现，而其发展的趋势则是三字尾逐渐占了上风。西汉的铙歌尚多四字句，到了汉末的《孔雀东南飞》，则已是纯粹的五字句，句句是三字尾了。

中国诗体的决定因素是句尾的音节，是双音节还是三个音节，即是两字尾还是三字尾。特别是双数句，即"下句"的句尾的音节。中国诗（包括各体的韵文）的格律的基本形式是分上下句。上句，下句，一开一阖，形成矛盾，推动节奏的前进。一般是两句为一个单元。而在节拍上起举足轻重的作用的，是下句。尽管诗体千变万化，总逃不出三字尾和两字尾这两种格式。

三字尾一出现，就使中国的民歌和诗在节拍上和以前诗歌完全改观。这是一个划时代的变化。

从五言发展到七言，是顺理成章的必然趋势。五言发展到七言，不像四言到五言那样的费劲。只要在五言的基础上向前延伸两个音节就行了。五言的节拍是"二——三"，七言的节拍是"二——二——三"。七言的民歌大概比七言诗早一些。我们相信，先有"柳枝"、"竹枝"这样的七言的四句头山歌，然后才有七言绝句。

七言一确立，民歌就完全成了三字尾的一统天下。

词和曲在节拍上是对五、七言诗的一个反动。词、曲也是由三字尾的句子和两字尾的句子交替组织而成的。它和乐府诗的不同是乐府由两字尾向三字尾过渡，而词、曲则是有意识地在三字尾的句子之间加进了两字尾的句子。《花间集》所载初期的小令，还带有浓厚的五七言的痕迹。越到后来，越让人感觉到，在词曲的节拍中起着骨干作用的，是那些两字尾的句子。试看柳耆卿、周美成等人的慢词和元明的散曲和剧曲，便可证明这点。词、曲和诗的不同正在前者杂入了两字尾。李易安说苏、黄之词乃"字句不葺"的小诗。所谓"字句不葺",是因为其中有两字尾。

词、曲和民歌的关系,我们还不太清楚。一些旧称来自"民间"的词曲牌,如"九张机"、"山坡羊"之类,从严格的意义上讲,能不能算是民歌,还很难说。似乎词、曲自在城市的里巷酒筵之间流行,而山村田野所唱的,一直仍是七言的民歌。

"柳枝"、"竹枝",未尝绝续。直到今天,中国大部分地区的民歌仍以七言为主,基本上是七言绝句。大理白族的民歌多用"七、七、七、五"或"三、七、七、五",实是七绝的一种变体。湖南的五句头山歌是在七绝的后面加了一个"搭句",即找补了一句,也可说是七绝的变休。有些地区的民歌,一首只有两句,而且每句的字数比较自由,比如陕北的"信天游"和内蒙的"爬山调",但其节拍仍然是"二——二——三",可以说这是"截句"之截,是半首七绝。总之,一千多年以来,中国的民歌,大部分是七言,四句,以致许多人一提起民歌,就以为这是说七言的四句头山歌。在许多人的心目中,"民歌"和四句头山歌几乎是同一概念。民歌即七言,七言即三字尾,"民歌"和"三字尾"分不开。因此,许多仿民歌体的新诗多用三字尾,不是没有来由的。徐迟同志的议论即由此而发,他似乎为此现象感到某种不安。

但不是所有的民歌都是三字尾。"花儿"就不是这样。

"花儿"给人总的印象是双字尾。

我分析了《民间文学》一九七九年第一期发表的《莲花山"花儿"选》,发现"花儿"的格式有这样几种:

①句,每句都用双音节的语词作为句尾,如:

尕梯子搭在(者)蓝天上,双手把星星摘上,风云雷电都管上，党中央给下的胆量。

除去一些衬字，这实际上是一首六言诗。

②四句，每句的句尾用双音节语词，而在句末各加一个相同的语气助词，如：

政策回到山坳呢，社员起黑贪早呢，
赶着日月赛跑呢，尕日子越过越好呢。

除去四个"呢"字，还是一首六言诗。

菊花盅里斟酒哩，人民心愿都有哩，
敬给伟大的共产党，一心紧跟你走哩。

这里"有"、"走"本是单音节语词，但在节拍上，"都有"、"尔走"连在一起，给人一种双音节语词的感觉。这一首第三句是三字尾，于是使人感到在节拍上很像是"西江月"。

③四句，上句是三字尾，下句是两字尾：

黑云里闪出个宝蓝天，开红了园里的牡丹；
党中央清算了"四人帮"的债，人民（们）心坎上喜欢。

④上句是七字句，下句是五字句，七、五、七、五。但下句加一个语气助词，这个助词有延长感，当重读（唱），与前面的一个单音节吾词相连，构成双音节的节拍，如：

山上的松柏绿油油地长，风吹（者）叶叶儿响哩；
人民的总理人民爱，由不眼泪（吆）淌哩。

⑤四句，上句的句尾是双音节语词加语气助词，下句为单音节语词加助词。同上，下句的单音节语词与语气助词相连，构成双音节的节拍，如：

南山的云彩里有雨哩，地下青草（们）长哩；
毛主席的恩情暖在心里哩，年年（吧）月月地想哩。

⑥五句，在四句体的第三句后插入一个三音节的短句，或各句都是两字尾，或上句是三字尾，下句是两字尾：

党的阳光照上了，
山里飞起凤凰了，
心上的"花儿"唱上了，
有好政策，
才有了六月的会场了。
画了南昌（者）画延安，
常青松画在个高山，
叶帅的功德高过天，
危难时，
把毛主席的旗帜肘端。

⑦六句，即在四句体的两个上句之后各插入一个三音节的短句。上

句常为三字尾，下句或用双音节语词，或以单音节语词加语气助词构成双音节：

> 云消雾散的满天霞，
> 彩云飘，
> 花儿开红（者）笑吓；
> 群众拥护敌人怕，
> 邓副主席，
> 拔乱反正的胆大。

> 祁连山高（者）云雾绕，
> 雪山水，
> 清亮亮流出个油哩！
> 叶帅八十（者）不服老，
> 迈大步，
> 新长征要带个头哩！

⑧六句、七句，下句句尾或用双音节语词，或以单音节语词加一语气助词构成双音节。

总之，"花儿"的节拍是以双音节、两字尾为主干的。我们相信，如果联系了曲调来考察，这种双字尾的感觉会更加突出。"花儿"和三字尾的七言民歌显然不属于一个系统。如果说七字句的民歌和近体诗相近，那么"花儿"则和词曲靠得更紧一些。"花儿"的格律比较严谨，很像是一首朴素的小令。四句的"花儿"就其比兴、抒情、叙事的结构看，往往可分为两个单元，这和词的分为上下两片，也很相似。这是一个很奇怪的现象。"花儿"是用汉语的少数民族（东乡族、回族）的民歌，为什么它有这样独特的节拍，为什么它能独立存在，自成系统，其间的来龙去脉，我们现在还一无所知。但这是一个很值得探讨，并且非常有趣的问题。

二

另一问题是"花儿"的用韵，更准确一点说是它的"调"——四声。

中国话的分四声，在世界语言里是一个很特别的现象。它在中国的诗律——民歌、诗、词曲、戏曲的格律里又占着很重要的位置。离开四声，就谈不上中国韵文的格律。然而这是一个非常麻烦的问题。

首先是它的历史情况。四声是什么时候开始有的，众说不一。清代的语言学家就为此聚讼不休。争论的焦点是古代有无上去两声。直到近代，尚无定论。有人以为古代只有平入两声，上去是中古才分化出来的（如王了一）；有的以为上去古已有之（如周祖谟）。从作品看，我觉得至少《诗经》和《楚辞》时代已经有了四声——有了上去两声了，民歌的作者已经意识到，并在作品中体现了他们的认识。

比如《卿云歌》：

> 卿云烂兮，糺缦缦兮，
> 日月光华，旦复旦兮。

小时读这首民歌，还不完全懂它的意思，只觉得一片光明灿烂，欢畅喜悦，很受感动。这种华丽的艺术效果，无疑地是由一连串的去声韵脚所造成的。

又如《九歌·礼魂》：

> 成礼兮会鼓，
> 传芭兮代舞，
> 姱女倡兮容与，
> 春兰兮秋菊，
> 长无绝兮终古。

年轻时读到这里，不仅听到震人肺腑的沉重的鼓声，也感受到对于受享的诸神的虔诚的诵颂之情。这种堂皇的艺术效果，也无疑地是由一连串的上声韵脚所造成的。

古今音不同，我们不能完全真切地体会到这两首民歌歌词的音乐性，但即以现代的语音衡量，这两首民歌的声音之美，是不容怀疑的。

从实践上看，上去两声的存在是相当久远的事，两者的调值也是有明显的区别的。至于平声、入声的存在，自不待言。

麻烦出在把四声分成平仄。这不知道究竟是什么时候的事。旧说沈约的《四声谱》把上去入归为仄声。不知道有什么根据。中国的语言从来不统一，这样的划分不知是根据什么时代、什么地区的语音来定的。我们设想，也许古代语言的平声没有分化成为阴平阳平，它是平的——"平声平道莫低昂"。入声古今变化似较小，它是促音，"入声短促急收藏"。上去两声，从历来的描模，实在叫人摸不着头脑。也许在一定时期，上去入是"不平"的，即有升有降的。但是平仄的规定，是在律诗确定的时候。或者更准确的说，是在唐代以律诗取士的时候。我很怀疑，这是官修的韵书所定，带有很大的人为的成分。我就不相信说四川话（当时的四川话）的李白和说河南话的杜甫，对于四声平仄的耳感是一致的。

就现代语言说，"平仄"对举是根本讲不通的。大都分方言平声已经分化成为阴平阳平。阴平在很多地区是高平调，可以说是平声。但有些地区是降调，既不高，也不平，如天津话和扬州话。阳平则多数地区都不"平"。或为升调，如北京话；或为降调，如四川、湖南话。现在还把阴平阳平算作一家，有些勉强。至于上去两声，相距更远。拿北京话来说，上声是降升调，去声是降调，说不出有共同之处。把上去入三声挤在一个大院里，更是不近情理。

因此，我们说平仄是一个带有人为痕迹的历史现象，在现代民歌和诗的创作里沿用平仄的概念，是一个不合实际的习惯势力。

沿用平仄的概念带来了不好的后果，一个是阴平阳平相混；一个是仄声通押，特别是上去通押。

阴平、阳平相混，问题小一些。因为有相当地区的阳平调值较高，与阴平比较接近。

大部分民歌和近体诗都是押平声韵的。为什么会这样，照王了一先生猜想，以为大概是因为它便于"曼声歌唱"。乍听似乎有理。但是细想一下，也不尽然。上去两声在大部地区的语言里都是可以延长，不妨其为曼声歌唱的。要说不便于曼声歌唱的，其实只有入声，因为它很短促。然而词曲里偏偏有很多押入声韵的牌子，这是什么道理？然而，民歌、诗，乃至词曲，平声韵多，这是事实。如果阴平、阳平有某种相近之处，听起来或者不那么别扭。

麻烦的是还有一些仄韵的民歌和近体诗。

本来这是不成问题的。照唐以前的习惯，仄韵诗中上去入不能通押。王了一先生在《汉语诗律学》里说："汉字共有平上去入四个声调；平仄格式中虽只论平仄，但是做起仄韵诗来，仍然应该分上去入。上声和上声为韵，去声和去声为韵，入声和入声为韵；偶然有上去通押的例子，都是变例。"不但近体诗是这样，古体诗也是这样。杜甫和李颀的许多多到几十韵的长篇歌行，都没有上去通押。白居易的《琵琶行》和《长恨歌》，照今天的语音读起来。间有上去通押处，但极少。

由此而见，唐人认为上去有别，上去通押是不好听的。

"花儿"的歌手也是意识到这一点的。我统计了一下《民间文学》一九七九年第一期发表的"花儿"，用平韵的十首，用仄韵的三十四首，仄韵多于平韵。仄韵中上去通押的也有，但不多，绝大部分是上声押上声，去声押去声。试看：

> 五月端阳插柳哩，牡丹开在路口哩，
> 共产党英明领导哩，精神咋能不有哩？
> 榆木安了镢把了，一切困难不怕了，
> 共产党的恩情记下了，劳动劲头越大了。

这样的严别上去，在民歌里显得很突出。

"花儿"的押韵还有一个十分使人惊奇的现象，是它有间行为韵这一体，上句和上句押，下句和下句押，就是西洋诗里的ABAB，如：

> 南山的云彩里有雨哩，
> 地下的青草（们）长哩；
> 毛主席的恩情暖在心底哩，
> 年年（吧）月月地想哩。

"雨"和"底"协，"长"和"想"协。

东拐西弯的洮河水，（A）

不停（哈）流，（X）

把两岸的庄稼（们）浇大；（B）

南征北战的老前辈，（A）

朱委员长，（X）

把您的功德（者）记下。（B）

千年的苦根子毛主席拔了，（A）

高兴（者）把'花儿'漫了；（B）

"四人帮"就像黑霜杀，（A）

我问你，（X）

唱'花儿'，把啥法犯了？！（B）

这样的间行为韵，共有七首，约占《民间文学》这一期发表的"花儿"总数的六分之一，不能说是偶然的现象。我后来又翻阅了《民间文学集刊》和过去的《民间文学》发表的"花儿"，证实这种押韵方式大量存在，这是"花儿"押韵的一种定格，无可怀疑。

间句为韵的一种常见的办法是两个上句或两个下句的句尾语词相同，如：

麦子拔下了草丢下，麻雀抱两窝蛋呢；

阿哥走了魂丢下，小妹妹做两天伴呢。

石崖吧头上的穗穗草，风刮着摆天下呢；

身子边尕妹的岁数小，疼模样占天下呢。

"花儿"还有一种非常精巧的押韵格式：四句的句尾押一个韵；而上句和上句的句尾的语词，下句和下句句尾前的语词又互相押韵。无以名之，姑且名之曰"复韵"，如：

　　　　冰冻三尺口子开，雷响了三声（者）雨来；
　　　　爱情缠住走不开，坐下是无心肠起来。

　　这里"开"、"来"为韵，"口"和"走"为韵，"雨"和"起"又为韵。

　　　　十样景装的（者）箱子里，小圆镜装的（者）柜子里；
　　　　我冤枉装的（者）腔子里，我相思病的（者）内里。

　　这里四个"里"字是韵，"箱子"、"腔子"为韵，"柜"、"内"又为韵。

　　间句为韵，古今少有。苏东坡有一首七律，除了双数句押韵外，单数句又互押一个韵，当时即被人认为是"奇格"。苏东坡写这样的诗是偶一为之，但这说明他意识到这样的押韵是有其妙处的。象"花儿"这样大量运用间行为韵，而且押得这样精巧，押出这样多的花样，真是令人惊叹！这样的间行为韵有什么好处呢？好处当然是有的，这就是比双句入韵、单句不入韵可以在声音上造成更为鲜明的对比，更大幅度的抑扬。我很希望诗人、戏曲作者能在作品里引进这种ABAB的韵格。在常见的AAXA和XAXA的两种押韵格式之外，增加一种新的（其实是本来就有的）格式，将会使我们的格律更丰富一些，更活泼一些。

　　"花儿"押韵的一个优点是韵脚很突出。原因是一句的韵脚也就是一句的逻辑和感情的重音。有些仿民歌体的新诗，也用了韵了，但是不那么突出，韵律感不强，虽用韵仍似无韵，诗还是哑的。原因之一，就是意思是意思，韵是韵，韵脚不在逻辑和感情重点上，好像是附加上去的。"花儿"的作者是非常懂得用韵的道理的，他们长于用韵，善于用韵，用得很稳，很俏，很好听，很醒脾。韵脚，是"花儿"的灵魂。删掉或者改掉一个韵脚，这首"花儿"就不存在了。

三

综上所述，我们可以为"花儿"的格律作一小结，以赠有志向民歌学习的新诗人：

（1）"花儿"多用双音节的句尾，即两字尾。学习它，对突破仿民歌体新诗的三字尾是有帮助的。汉语的发展趋势是双音节的词汇逐渐增多，完全用三字尾作诗，有时不免格格不入。有的同志意识到这一点，出现了一些吸收词曲格律的新诗，如朔望同志的某些诗，使人感到面目一新。向词曲学习，是突破三字尾的一法，但还有另一法，是向"花儿"这样的民歌学习。我并不同意完全废除三字尾，三字尾自有其方兴未艾的生命。我只是主张增入两字尾，使民歌体的新诗的格律更丰富多样一些。

（2）"花儿"是四声的。它没有把语言的声调笼统地分为平仄两大类。上去通押极少。上声和上声为韵，去声和去声为韵，在声音上取得很好的效果。上去通押，因受唐以来仄声说的影响，在多数诗人认为是名正言顺、理所当然的事。其实这是一种误会，这在耳感上是不顺的，是会影响艺术效果的。希望诗人在押韵时能注意到这一点。

（3）"花儿"的作者对于语言、格律、声韵的感觉是非常敏锐的。他们不觉得守律、押韵有什么困难，这在他们一点也不是负担。反之，离开了这些，他们就成了被剪去翅膀的鸟。据剑虹同志在《试谈"花儿"》中说："每首'花儿'的创作时间顶多不能超过三十秒钟。"三十秒钟！三十秒钟，而能在声韵、格律上如此的精致，如此的讲究，真是难能之至！其中奥妙何在呢？奥妙就在他们赖以思维的语言，就是这样有格律的、押韵的语言。他们是用诗的语言来想的。莫里哀戏剧里的汝尔丹先生说了四十多年的散文，民歌的歌手一辈子说的（想的和唱的）是诗。用合乎格律、押韵的、诗的语言来思维（不是想了一个散文的意思再翻译为诗）。这是我们应该向民歌手学习的。我们要学习他们，训练自己的语感、韵律感。

我对于民歌和诗的知识都很少，对语言声韵的知识更是等于零，只是因为有一些对于民歌和诗歌创作的热情，发了这样一番议论。

我希望，能加强对于诗和民歌的格律的研究。

谈谈风俗画

　　有几位评论家都说我的小说里有风俗画。这一点是我原来没有意识到的。经他们一说，我想想倒是有的。有一位文学界的前辈曾对我说："你那种写法是风俗画的写法。"并说这种写法很难。风俗画的写法是怎样一种写法？这种写法难么？我不知道。有人干脆说我是一个风俗画作家……

　　我是很爱看风俗画的。十七世纪荷兰学派的画，日本的浮世绘，我都爱看。中国的风俗画的传统很久远了。汉代的很多画像石刻、画像砖都画（刻）了迎宾、饮宴、耍杂技——倒立、弄丸、弄飞刀……有名的说书俑，滑稽中带点愚蠢，憨态可掬，看了使人不忘。晋唐的画以宗教画、宫廷画为大宗。但这当中也不是没有风俗画，敦煌壁画中的杰作《张义潮出巡图》就是。墓葬中的笔致粗率天真的壁画，也多涉及当时的风俗。宋代风俗画似乎特别的流行，《清明上河图》是一个突出的例子。我看这幅画，能够一看看半天。我很想在清明那天到汴河上去玩玩，那一定是非常好玩的。南宋的画家也多画风俗。我从马远的《踏歌图》知道"踏歌"是怎么回事，从而增加了对"桃花潭水深千尺，不及汪伦送我情"的理解。这种"踏歌"的遗风，似乎现在朝鲜还有。我也很爱李嵩、苏汉臣的《货郎图》，它让我知道南宋的货郎担上有那么多卖给小孩子们的玩意，真是琳琅满目，都蛮有意思。元明的风俗画我所知甚少。清朝罗两峰的《鬼趣图》可以算是风俗画。幸好这时兴起了年画。杨柳青、桃花坞的年画大部分都是风俗画，连不画人物只画动物的也都是，如《老鼠嫁女》。我很喜欢这张画，如鲁迅先生所说，所有俨然穿着人的衣冠的鼠类，都尖头尖脑的非常有趣。陈师曾等人都画过北京市井的生活。风俗画的雕塑大师是泥人张。他的《钟馗嫁妹》、《大出丧》，是近代风俗画的不朽的名作。

我也爱看讲风俗的书。从《荆楚岁时记》直到清朝人写的《一岁货声》之类的书都爱翻翻。还是上初中的时候，一年暑假，我在祖父的尘封的书架上发现了一套巾箱本木活字聚珍版的丛书，里面有一册《岭表录异》，我就很感兴趣地看起来，后来又看了《岭外代答》。从此就对讲地理的书、游记，产生了一种嗜好。不过我最有兴趣的是讲风俗民情的部分，其次是物产，尤其是吃食。对山川疆域，我看不进去，也记不住。宋元人笔记中有许多是记风俗的，《梦溪笔谈》、《容斋随笔》里有不少条记各地民俗，都写得很有趣。明末的张岱特长于记述风物节令，如记西湖七月半、泰山进香，以及为祈雨而赛水浒人物，都极生动。虽然难免有鲁迅先生所说的夸张之处，但是绘形绘声，详细而不琐碎，实在很叫人向往。我也很爱读各地的竹枝词，尤其爱读作者自己在题目下面或句间所加的注解。这些注解常比本文更有情致。我放在手边经常看看的一本书是古典文学出版社出的《东京梦华录》（外四种——《都城纪胜》、《西湖老人繁胜录》、《梦粱录》、《武林旧事》）。这样把记两宋风俗的书汇为一册，于翻检上极便，是值得感谢的，只是断句断错的地方太多。这也难怪。有一位历史学家就说过《东京梦华录》是一本难读的书。因为对当时的情形和语言不明白，所以不好断句。

我对风俗有兴趣，是因为我觉得它很美。我曾经在一篇文章里说过："我以为风俗是一个民族集体创作的生活的抒情诗"（《大淖记事》是怎样写出来的》）。这是一句随便说说的话，没有任何学术意义。但也不是一点道理没有。我以为，风俗，不论是自然形成的，还是包含一定的人为的成分（如自上而下的推行），都反映了一个民族对生活的挚爱，对"活着"所感到的欢悦。他们把生活中的诗情用一定的外部的形式固定下来，并且相互交流，溶为一体。风俗中保留一个民族的常绿的童心，并对这种童心加以圣化。风俗使一个民族永不衰老。风俗是民族感情的重要的组成部分。斯大林把民族感情列为民族的要素之一。民族感情是抽象的，看不见摸不着，但它确实存在着。民族感情常常体现在风俗中。风俗，是具体的。一种风俗对维系民族感情的作用是不可估量的，如那达慕、刁羊、麦西来甫、三月街……。

所谓风俗，主要指仪式和节日。仪式即"礼"。礼这个东西，未可厚非。据说辜鸿铭把中国的"礼"翻译成英语时，译为"生活的艺术"。这传闻不知是否可靠，但却很有意思。礼是具有艺术性的，很好玩的，假如我们抛开其中迷信和封建的内核，单看它的形式。礼，包括婚礼和丧礼。很多外国的和中国少数民族的民间舞蹈常常以"××人的婚礼"作题目，那是在真实的婚礼的基础上加工而成的。结婚，对一个少女来说，意味着迈进新的生活，同时也意味着向过去的一切告别了。因此，这一类的舞蹈大都既有喜悦，又有悲哀，混和着复杂的感情，其动人处，也在此。中国西南几个民族都有"哭嫁"的习俗。临嫁的姑娘要把要好的姊妹约来哭（唱）一夜甚至几夜。那歌词大都是充满了真情，很美的。我小时候最爱参加丧礼，不管是亲戚家还是自己家的。我喜欢那种平常没有的"当大事"的肃穆的气氛，所有的人好像一下子都变得雅起来，多情起来了，大家都像在演戏，扮演一种角色，很认真地扮演着。我喜欢"六七开吊"，那是戏的顶点。我们那里开吊都要"点主"。点主，就是在亡人的牌位上加点。白木的牌位上事先写好了某某人之"神王"，要在王字上加一点，这才成了"神主"，点主不是随随便便点的，很隆重。要请一位有功名的老辈人来点。点主的人就位后，生喝道："凝神，——想象，请加墨主！"点主人用一枝新墨笔在"王"字上点一点；然后再："凝神，——想象，请加硃主！"点主人再用朱笔点一点，把原来的墨点盖住。这样，那个人的魂灵就进了这块牌位了。"凝神——想象"，这实在很有点抒情的意味，也很有戏剧性。我小时看点主，很受感动，至今印象很深。

至于节日，那更不用说了。试想一下，如果没有那样多的节，我们的童年将是多么贫乏，多么缺乏光彩呀。日本人对传统的节日非常重视。多么现代化的大企业，到了盂兰盆节这一天，也要停产放假，举行集体的娱乐活动。这对于培养和增强民族的自信，无疑是会有好处的。

风俗，仪式和节日，是历史的产物，它必然是要消亡的。谁也不会提出恢复所有的传统的风俗，但是把它们记录下来，给现在的和将来的人看看，是有着各方面的意义的。我很希望中国民俗学会能编出两本书，一本《中国婚丧礼俗》，一本《中国的节日》。现在着手，还来得及。否则，到了"礼失而求于野"，要到穷乡僻壤去访问搜集，就费事了。

为什么要在小说里写进风俗画？前已说过，我这样做原是无意的。只是因为我的相当一部分小说是写的家乡的，写小城的生活，平常的人事，每天都在发生，举目可见的小小悲欢，这样，写进一点风俗，便是很自然的事了。"人情"和"风土"原是紧密关联的。写一点风俗画，对增加作品的生活气息、乡土气息，是有帮助的。风俗画和乡土文学有着血缘关系，虽然二者不是一回事。很难设想一部富于民族色彩的作品而一点不涉及风俗。鲁迅的《故乡》、《社戏》，包括《祝福》，是风俗画的典范。《朝花夕拾》每篇都洋溢着罗汉豆的清香。沈从文的《边城》如果不是几次写到端午节赛龙船，便不会有那样浓郁的色彩。"风俗画小说"，在一般人的概念里，不是一个贬词。

风俗画小说的文体几乎都是朴素的。风俗本身是自自然然的。记述风俗的书原来不过是聊资谈助，大都是随笔记之，不事雕饰。幽兰居士孟元老《东京梦华录序》云："此录语言鄙俚，不以文饰者，盖欲上下通晓耳，观者幸详焉。"用华丽的文笔记风俗的人好像还很少。同样，风俗画小说所记述的生活也多是比较平实的，一般不太注重强烈的戏剧化的情节。写风俗而又富于浪漫主义的戏剧性的情节的，似乎只有梅里美一人。但他所写的往往是异乡的奇俗（如世代复仇），而且通常是不把梅里美列在风俗画作家范围内的。风俗画小说，在本质上是现实主义的。

记风俗多少有点怀旧，但那是故国神游，带抒情性，并不流于伤感。风俗画给予人的是慰藉，不是悲苦。就我所见过的风俗画作品来看，调子一般不是低沉的。

小说里写风俗，目的还是写人。不是为写风俗而写风俗，那样就不是小说，而是风俗志了。风俗和人的关系，大体有这样三种：

一种是以风俗作为人的背景。

一种是把风俗和人结合在一起，风俗成为人的活动和心理的契机。比如：

去年元夜时，

花市灯如昼，

月上柳梢头，

人约黄昏后。

又如苏北民歌《探妹》：

> 正月里探妹正月正，
> 我带小妹子看花灯，
> 看灯是假的，
> 妹子呀，试试你的心。

《边城》几次写端午节赛龙船，和翠翠的情绪的发育和感情的变化是紧紧扣在一起的，并且是情节发展不可缺少的纽带。

也有时，看起来是写风俗，实际上是在写人。我的小说里写风俗占篇幅最长的大概是《岁寒三友》里描写放焰火的一段。因为这篇小说见到的人不是很多，我把这一段抄录在下面：

> 这天天气特别好。万里无云，一天皓月。阴城的正中，立起一个四丈多高的架子。有人早早吃了晚饭，就扛了板凳来等着了。各种卖小吃的都来了。卖牛肉高粱酒的，卖回卤豆腐干的，卖五香花生米的、芝麻灌香糖的，卖豆腐脑的，卖煮荸荠的，还有卖河鲜——卖紫皮鲜菱角和新剥鸡头米的……到处是"气死风"的四角玻璃灯，到处是白蒙蒙的热气、香喷喷的茴香八角气味。人们寻亲访友，说短道长，来来往往，亲亲热热。阴城的草都被踏倒了。人们的鞋底也叫秋草的浓汁磨得滑溜溜的。
>
> 忽然，上万双眼睛一齐朝着一个方向看。人们的眼睛一会

儿睁大，一会儿眯细；人们的嘴一会儿张开，一会儿又合上；一阵阵叫喊，一阵阵欢笑，一阵阵掌声。——陶虎臣点着了焰火了。

中间还有一段具体描写几种焰火，文长不录。

……火光炎炎，逐渐消隐，这时才听到人们呼唤：

"二丫头，回家咧！"

"四儿，你在哪儿哪？"

"奶奶，等等我，我鞋掉了！"

人们摸摸板凳，才知道：呀，露水下来了。

这里写的是风俗，没有一笔写人物，但是我自己知道笔笔都着意写人，写的是焰火的制造者陶虎臣。我是有意在表现人们看焰火时的欢乐热闹气氛中表现生活一度上升时期陶虎臣的愉快心情，表现用自己的劳作为人们提供欢乐，并于别人的欢乐中感到欣慰的一个善良人的品格的。这一点，在小说里明写出来，也是可以的，但是我故意不写，我把陶虎臣隐去了，让他消融在欢乐的人群之中。我想读者如果感觉到看焰火的热闹和欢乐，也就会感觉到陶虎臣这个人。人在其中，却无觅处。

写风俗，不能离开人，不能和人物脱节，不能和故事情节游离。写风俗不能留连忘返，收不到人物的身上。风俗画小说是有局限性的。一是风俗画小说往往只就人事的外部加以描写，较少刻画人物的内心世界，不大作心理描写，因此人物的典型性较差。二是，风俗画一般是清新浅易的，不大能够概括十分深刻的社会生活内容，缺乏历史的厚度，也达不到史诗一样的恢宏的气魄。因此，风俗画小说常常不能代表一个时代的文学创作的主流。这一点，风俗画小说作者应该有自知之明，不要因为自己的作品没有受到重视而气愤。

因此，我希望自己，也希望别人，不要只是写风俗画。并且，在写风俗画小说时也要有所突破，向生活的深度和广度掘进和开拓。

我和民间文学

前年在兰州听一位青年诗人告诉我，他有一次去参加花儿会，和婆媳二人同坐在一条船上。这婆媳二人一路交谈，她们说的话没有一句不是押韵的！这媳妇走进一个奶奶庙去求子。她跪下来祷告。那祷告词是：

> 今年来了，我是跟您要着哩，
> 明年来了，我是手里抱着哩，
> 咯咯嘎嘎地笑着哩！

这使得青年诗人大为惊奇了。我听了，也大为惊奇。这样的祷词是我听到过的最美的祷词。群众的创造才能真是不可想象！生活中的语言精美如此，这就难怪西北几省的"花儿"押韵押得那样巧妙了。

去年在湖南桑植听（看）了一些民歌。有一首土家族情歌：

> 姐的帕子白又白，
> 你给小郎分一截。
> 小郎拿到走夜路，
> 如同天上娥眉月。

我认为这是我看到的一本民歌集的压卷之作。不知道为什么，我立刻想起王昌龄的《长信秋词》："玉颜不及寒鸦色，犹带昭阳日影来"。二者所写的感情完全不同，但是设想的奇特有其相通处。帕子和月光，妙在似与不似之间。民歌里有一些是很空灵的，并不都是质实的。一个作家读一点民间文学有什么好处？我以为首先是涵泳其中，从群众那里吸取甘美的诗的乳汁，取得美感经验，接受民族的审美教育。

我曾经编过大约四年《民间文学》，后来写了短篇小说。要问我从民间文学里得到什么具体的益处，这不好回答。这不能像《阿诗玛》里所说的那样：吃饭，饭进到肉里；喝水，水进了血里。要指出我的哪篇小说受了哪几篇民间文学的影响，是不可能的。不过有两点可以说一说。一是语言的朴素、简洁和明快。民歌和民间故事的语言没有含糊费解的。我的语言当然是书面语言，但包含一定的口头性。如果说我的语言还有一点口语的神情，跟我读过上万篇民间文作品是有关系的。其次是结构上的平易自然，在叙述方法上致力于内在的节奏感。民间故事和叙事诗较少描写。偶尔也有，便极精彩。如孙剑冰同志所记内蒙故事中的"鱼哭了，流出长长的眼泪"。一般的故事和民间叙事诗多侧重于叙述。但是叙述的节奏感很强。"三度重叠"便是民间文学的一种常见的美学法则。重叙述，轻描写，已经成为现代小说的一个显著特点。在这一点上，小说需要向民间文学学习的地方很多。

我认为，一个作家要想使自己的作品具有鲜明的民族风格、民族特点，离开学习民间文学是绝对不行的。

我的话说得很直率，但确是由衷之言，肺腑之言。

谈读杂书

　　我读书很杂，毫无系统，也没有目的。随手抓起一本书来就看。觉得没意思，就丢开。我看杂书所用的时间比看文学作品和评论的要多得多。常看的是有关节令风物民俗的，如《荆楚岁时记》、《东京梦华录》。其次是方志、游记，如《岭表录异》、《岭外代答》。讲草木虫鱼的书我也爱看，如法布尔的《昆虫记》，吴其濬的《植物名实图考》、《花镜》。讲正经学问的书，只要写得通达而不迂腐的也很好看，如《癸巳类稿》。《十驾斋养新录》差一点，其中一部分也挺好玩。我也爱读书论、画论。有些书无法归类，如《宋提刑洗冤录》，这是讲验尸的。有些书本身内容就很庞杂，如《梦溪笔谈》、《容斋随笔》之类的书，只好笼统地称之为笔记了。

　　读杂书至少有以下几种好处：第一，这是很好的休息。泡一杯茶懒懒地靠在沙发里，看杂书一册，这比打扑克要舒服得多。第二，可以增长知识，认识世界。我从法布尔的书里知道知了原来是个聋子，从吴其濬的书里知道古诗里的葵就是湖南、四川人现在还吃的冬苋菜，实在非常高兴。第三，可以学习语言。杂书的文字都写得比较随便，比较自然，不是正襟危坐，刻意为文，但自有情致，而且接近口语。一个现代作家从古人学语言，与其苦读《昭明文选》、"唐宋八家"，不如多看杂书。这样较易溶入自己的笔下。这是我的一点经验之谈。青年作家，不妨试试。第四，从杂书里可以悟出一些写小说、写散文的道理，尤其是书论和画论。包世臣《艺舟双楫》云："吴兴书笔，专用平顺，一点一画，一字一行，排次顶接而成。古帖字体，大小颇有相径庭者，如老翁携幼孙行，长短参差，而情意真挚，痛痒相关。吴兴书如士人入隘巷，鱼贯徐行，而争先竞后之色，人人见面，安能使上下左右空白有字哉！"他讲的是写字，写小说、散文不也正当如此吗？小说、散文的各部分，应该"情意真挚，痛痒相关"，这样才能做到"形散而神不散"。

谈廉价书

文章滥贱，书价腾踊。我已经有好多年不买书了。这一半也是因为房子太小，买了没有地方放。年轻时倒也有买书的习惯。上街，总要到书店里逛逛，挟一两本回来。但我买的，大都是便宜的书。读廉价书有几样好处：一是买得起，掏出钱时不肉痛；二是无须珍惜，可以随便在上面圈点批注；三是丢了就丢了，不心疼。读廉价书亦有可记之事，爱记之。

一折八扣书

一折八扣书盛行于三十年代。中学生所买的大都是这种书。一折，而又打八扣，即定价如是一元，实售只是八分钱。当然书后面的定价是预先提高了的。但是经过一折八扣，总还是很便宜的。为什么不把定价压低，实价出售，而用这种一折八扣的办法呢，大概是投合买书人贪便宜的心理：这差不多等于白给了。

一折八扣书多是供人消遣的笔记小说，如《子不语》、《夜雨秋灯录》、《续齐谐》等等。但也有文笔好、内容有意思的，如余澹心的《板桥杂记》、冒辟疆的《影梅庵忆语》。也有旧诗词集。我最初读到的《漱玉词》和《断肠词》就是这种一折八扣本。《断肠词》的样子我到现在还记得，封面是砖红色的，一侧画一枝滴下两滴墨水的羽毛笔。一折八扣书都很薄，但也有较厚的，《剑南诗钞》即是相当厚的两本。这书的封面是米黄色的铜版纸，王西神题签。这在一折八扣书中是相当贵的了。

星期天，上午上街，买买东西（毛巾、牙膏、袜子之类），吃一碗脆鳝面或辣油面（我读高中在江阴，江阴的面我以为是做得最好的，真是细若银丝，汤也极好）、几只猪油青韭馅饼（满口清香），到书摊上挑一两本一折八扣书，回校。下午躺在床上吃粉盐豆（江阴的特产），喝白开水，看书，把三角函数、化学分子式暂时都忘在脑后，考试、分数，于我何有哉，这一天实在过得蛮快活。

一折八扣书为什么卖得如此之贱？因为成本低。除了垫出一点纸张油墨，就不须花什么钱。谈不上什么编辑，选一个底本，排印一下就是。大都只是白文，无注释，多数连标点也没有。

我倒希望现在能出这种无前言后记，无注释、评语、考证，只印白文的普及本的书。我不爱读那种塞进长篇大论的前言后记的书，好像被人牵着鼻子走。读了那样板着面孔的前言和啰嗦的后记，常常叫人生气。而且加进这样的东西，书就卖得很贵了。

扫叶山房

扫叶山房是龚半千的斋名，我在南京，曾到清凉山看过其遗址。但这里说的是一家书店。这家书店专出石印线装书，白连史纸，字颇小，但行间加栏，所以看起来不很吃力。所印书大都几册作一部，外加一个蓝布函套。挑选的都是内容比较严肃、有一定学术价值的古籍，这对于置不起善本的想做点学问的读书人是方便的。我不知道这家书店的老板是何许人，但是觉得是个有心人，他也想牟利，但也想做一点于人有益的事。这家书店在什么地方，我不记得了，印象中好像在上海四马路。扫叶山房出的书不少，嘉惠士林，功不可泯。我希望有人调查一下扫叶山房的始末，写一篇报告，这在中国出版史上将是有意思的一笔，虽然是小小的一笔。

我买过一些扫叶山房的书，都已失去。前几年架上有一函《景德镇匋录》，现在也不知去向了。

旧书摊

昆明的旧书店集中在文明街，街北头路西，有几家旧书店。我们和这几家旧书店的关系，不是去买书，倒是常去卖书。这几家旧书店的老板和伙计对于书都不大内行，只要是稍微整齐一点的书，古今中外，文法理工，都要，而且收购的价钱不低。尤其是工具书，拿去，当时就付钱。我在西南联大时，时常断顿，有时日高不起，拥被坠卧。朱德熙看我到快十一点钟还不露面，便知道我午饭还没有着落，于是挟了一本英文字典，走进来，推推我："起来起来，去吃饭！"到了文明街，出脱了字典，两个人便可以吃一顿破酥包子或两碗闷鸡米钱，还可以喝二两酒。

工具书里最走俏的是《辞源》。有一个同学发现一家书店的《辞源》的收售价比原价要高出不少，而拐角的商务印书馆的书架就有几十本崭新的《辞源》，于是以原价买到，转身即以高价卖给旧书店。他这种搬运工作干了好几次。

我应当在昆明旧书店也买过几本书，是些什么书，记不得了。

在上海，我短不了逛逛旧书店。有时是陪黄裳去，有时我自己去。也买过几本书。印象真凿的是买过一本英文的《威尼斯商人》。其时大概是想好好学学英文，但这本《威尼斯商人》始终没有读完。

　　我倒是在地摊上买到过几本好书。我在福煦路一个中学教书。有一个工友，姑且叫他老许吧，他管打扫办公室和教室外面的地面，打开水，还包几个无家的单身教员的伙食。伙食极简便，经常提供的是红烧小黄鱼和炒鸡毛菜。他在校门外还摆了一个书摊。他这书摊是名副其实的"地摊"，连一块板子或油布也没有，书直接平摊在人行道的水泥地上。老许坐于校门内侧，手里做着事，择菜和清除洋铁壶的水碱，一面拿眼睛向地摊上瞟着。我进进出出，总要蹲下来看看他的书。我曾经买过他一些书，——那是和烂纸的价钱差不多的，其中值得纪念的有两本。一本是张岱的《陶庵梦忆》，这本书现在大概还在我家不知哪个角落里。一本在我来说，是很名贵的：万有文库汤显祖评本《董解元西厢记》。我对董西厢一直有偏爱，以为非王西厢所可比。汤显祖的批语包括眉批和每一出的总批，都极精彩。这本书字大，纸厚，汤评是照手书刻印的。汤显祖字似欧阳率更《张翰贴》，秀逸处似陈老莲，极可爱。我未见过临川书真迹，得见此影印刻本，而不禁神往不置。"万有文库"算是什么稀罕版本呢？但在我这个向不藏书的人，是视同珍宝的。这书跟随我多年，约10年前为人借去不还，弄得我想引用汤评时，只能于记忆中得其仿佛，不胜怅怅！

小镇书遇

　　我戴了右派帽子，下放张家口沙岭子劳动。沙岭子是宣化至张家口之间的一个小站。这里有一个镇，本地叫做"堡"（读如"捕"）。每逢星期天，节假日，没有什么地方可去，我们就去堡里逛逛。堡里有一个供销社（卖红黑灯芯绒、凤穿牡丹被面、花素直贡呢，动物饼干、果酱面包、油盐酱醋、韭菜花、青椒糊、臭豆腐），一个山货店，一个缝纫社，一个木业生产合作社，一个兽医站。若是逢集，则有一些卖茄子、辣椒、疙瘩白的菜担，一些用绳络网在筐里的小猪秧子。我们就怀了很大的兴趣，看凤穿牡丹被面，看铁锅，看扫帚，看茄子，看辣椒，看猪秧子。

堡里照例还有一个新华书店。充斥于书架上的当然是毛选，此外还有些宣传计划生育的小册子、介绍化肥农药配制的科普书、连环画《智取威虎山》、《三打白骨精》。有一天，我去逛书店，忽然在一个书架的最高层发现了几本书：《梦溪笔谈》、《容斋随笔》、《癸巳类稿》、《十驾斋养新录》。我不无激动地搬过一张凳子，把这几册书抽下来，请售货员计价。售货员把我打量了一遍，开了发票。

"你们这个书店怎么会进这样的书？"

"谁知道！也除是你，要不然，这几本书永远不会有人要。"

不久，我结束劳动，派到县上去画马铃薯图谱。我就带了这几本书，还有一套郭茂倩的《乐府诗集》，到沽源去了。白天画图谱，夜晚灯下读书，如此右派，当得！

这几本书是按原价卖给我的，不是廉价书。但这是早先的定价，故不贵。

鸡蛋书

赵树理同志曾希望他的书能在农村的庙会上卖，农民可以拿几个鸡蛋来换。这个理想一直未见实现。用实物换书，有一定困难，因为鸡蛋的价钱是涨落不定的。但是便宜到只值两三个鸡蛋，这样的书原先就有过。

我家在高邮北市口开了一爿中药店万全堂。万全堂的廊下常年摆着一个书摊。两张板凳支三块门板，"书"就一本一本地平放在上面。为了怕风吹跑，用几根削方了的木棍横压着。摊主用一个小板凳坐在一边，神情古朴。这些书都是唱本，封面一色是浅紫色的很薄的标语纸的，上面印了单线的人物画，都与内容有关，左边留出长方的框，印出书名：《薛丁山征西》、《三请樊梨花》、《李三娘挑水》、《孟姜女哭长城》……里面是白色有光纸石印的"文本"，两句之间空一字，念起来不易串行。我曾经跟摊主借阅过。一本"书"一会儿就看完了，因为只有几页，看完一本，再去换。这种唱本几乎千篇一律，开头总是："自从盘古开天地，三皇五帝到如今"，三皇五帝是和什么故事都挨得上的。唱词是没有多大文采的，但却文从字顺，合辙押韵（七字句和十字句）。当中当然有许多不必要的"水词"。老舍先生曾批评旧曲艺有许多不必要的字，如"开言有语叫张生"，"叫张生"就得了嘛，干嘛还要"开言"还"有语"呢？不行啊，不这样就凑不足七个字，而且韵也押不好。这种"水词"在唱本中比比皆是，也自成一种文理。我倒想什么时候有空，专门研究一下曲艺唱本里的"水词"。不是开玩笑，我觉得我们的新诗里所缺乏的正是这种"水词"，字句之间过于拥挤，这是题外话。我读过的唱本最有趣的一本是《王婆骂鸡》。

这种唱本是卖给农民的。农民进城，打了油，撕了布，称了盐，到万全堂买了治牙疼的"过街笑"、治肚子疼的暖脐膏，顺便就到书摊上翻翻，挑两本，放进捎码子，带回去了。

农民拿了这种书，不是看，是要大声念的。会唱"送麒麟"、"看火戏"的还要打起调子唱。一人唱念，就有不少人围坐静听。自娱娱人，这是家乡农村的重要文化生活。

唱本定价一百二十文左右，与一碗宽汤饺面相等，相当于三个鸡蛋。

这种石印唱本不知是什么地方出的（大概是上海），曲本作者更不知道是什么人。

另外一种极便宜的书是"百本张"的鼓曲段子。这是用毛边纸手抄的，折叠式、不装订，书面写出曲段名，背后有一方长方形的墨印"百本张"的印记（大小如豆腐干）。里面的字颇大，是蹩脚的馆阁体楷书，而皆微扁。这种曲本是在庙会上卖的。我曾在隆福寺买到过几本。后来，就再看不见了。这种唱本的价钱，也就是相当于三个鸡蛋。

附带想到一个问题。北京的鼓词俗曲的资料极为丰富，可是一直没有人认真地研究过。孙楷第先生曾编过俗曲目录，但只是目录而已。事实上这里可研究的东西很多，从民俗学的角度，从北京方言角度，当然也从文学角度，都很值得钻进去，搞十年八年。一般对北京曲段多只重视其文学性，重视罗松窗、韩小窗，对于更俚俗的不大看重。其实有些极俗的曲段，如"阔大奶奶逛庙会"、"穷大奶奶逛庙会"，单看题目就知道是非常有趣的。车王府有那么多曲本，一直躺在首都图书馆睡觉，太可惜了！

沈括的幽默

在拉萨八角街一家卖草药的铺子里看到一只颜色发了红的小小的干螃蟹，放在一只黑漆的盘子里，很惊奇。卖药的一定以为这个奇形怪状的东西会有神异的力量。这东西大概不是西藏所产，物稀则贵。我忽然想起了《梦溪笔谈》。《笔谈》四百六十七条：

> "关中无螃蟹。元丰中，予在陕西，闻秦州人家收得一干蟹，土人怖其形状，以为怪物，每人家有病疟者，则借去挂门户上，往往遂差。不但人不识，鬼亦不识也。"

沈括是我很佩服的人。他学识丰富，文笔整洁，这是大家都知道的。从《笔谈》里，我看出他是一个恬淡和平的人。《笔谈》自序云："以之为言则甚卑，以予为无意于言，可也。"因为他是用这样的无功利的态度来写作的，所以才能写得这样的洒脱。这才是真正的随笔。我尤其喜欢的，是他还很有幽默感。如四百○九条记"凌床"；四百一十三条记石曼卿赴考黜落为一绝句；四百四十六条记北方人用麻油煎带壳生蛤蜊，读之都使人莞然。这一条记秦州人不识螃蟹是其最著者。"不但人不识，鬼亦不识也"，是沈括所发的议论。如此议论，真是妙绝。我每次一想起，都要一个人哈哈大笑。如有人选一本《中国幽默文选》，此则当可压卷。

我在拉萨会忽然想起沈括，这件事也怪有意思。

张大千和毕加索

　　杨继仁同志写的《张大千传》是一本有意思的书。如果能挤去一点水分，控制笔下的感情，使人相信所写的多是真实的，那就更好了。书分上下册。下册更能吸引人，因为写得更平实而紧凑。记张大千与毕加索见面的一章（《高峰会晤》）写得颇精彩，使人激动。

　　……毕加索抱出五册画来，每册有三四十幅。张大千打开画册，全是毕加索用毛笔水墨画的中国画，花鸟鱼虫，仿齐白石。张大千有点纳闷。毕加索笑了："这是我仿贵国齐白石先生的作品，请张先生指正。"

　　张大千恭维了一番，后来就有点不客气了，侃侃而谈起来："毕加索先生所习的中国画，笔力沉劲而有拙趣，构图新颖，但是有一个很大的问题，就是不会使用中国的毛笔，墨色浓淡难分。"

　　毕加索用脚将椅子一勾，搬到张大千对面，坐下来专注地听。

　　"中国毛笔与西方画笔完全不同。它刚柔互济，含水量丰，曲折如意。善使用者'运墨而五色具'。墨之五色，乃焦、浓、重、淡、清。中国画，黑白一分，自现阴阳明暗；干湿皆备，就显苍翠秀润；浓淡明辨，凹凸远近，高低上下，历历皆人人眼。可见要画好中国画。首要者要运好笔，以笔为主导，发挥墨法的作用，才能如兼五彩。"

　　这一番运笔用墨的道理，对略懂一点国画的人，并没有什么新奇。

然在毕加索，却是闻所未闻。沉默了一会，毕加索提出：

"张先生，请你写几个中国字看看，好吗？"

张大千提起桌上一支日本制的毛笔，蘸了碳素墨水，写了三个字："张大千。"

（张大千发现毕加索用的是劣质毛笔，后来他在巴西牧场从五千只牛耳朵里取了一公斤牛耳毛，送到日本，做成八支笔，送了毕加索两支。他回赠毕加索的画画的是两株墨竹，——毕加索送张大千的是一张西班牙牧神，两株墨竹一浓一淡，一远一近，目的就是在告诉毕加索中国画阴阳向背的道理。）

毕加索见了张大千的字，忽然激动起来：

"我最不懂的，你们中国人为什么跑到巴黎来学艺术！"

"……在这个世界谈艺术，第一是你们中国人有艺术；其次为日本，日本的艺术又源自你们中国；第三是非洲人有艺术。除此之外，白种人根本无艺术，不懂艺术！"

毕加索用手指指张大千写的字和那五本画册，说："中国画真神奇。齐先生画水中的鱼，没一点色，一根线画水，却使人看到了江河，嗅到水的清香。真是了不起的奇迹。……有些画看上去一无所有，却包含着一切。连中国的字，都是艺术。"这话说得很一般化，但这是毕加索说的，故值得注意。毕加索感伤地说："中国的兰花墨竹，是我永远不能画的。"这话说得很有自知之明。

"张先生，我感到，你是一个真正的艺术家。"

毕加索的话也许有点偏激，但不能说是毫无道理。

毕加索说的是艺术，但是搞文学的人是不是也可以想想他的话？

有些外国人说中国没有文学，只能说他无知。有些中国人也跟着说，叫人该说他什么好呢？

童歌小议

少年谐谑

我的孩子（他现在已经当了爸爸了）曾在一个"少年之家""上"
过。有一次唱歌比赛，几个男孩子上了台。指挥是一个姓肖的孩子，
"预备——齐！"几个孩子放声歌唱：

排起队，
唱起歌，
拉起大粪车。
花园里，
花儿多，
马蜂螫了我！

表情严肃，唱得很齐。

少年之家的老师傻了眼了：这是什么歌？

一个时期，北京的孩子（主要是女孩子）传唱过一首歌：

小孩小孩你别哭，

前面就是你大姑。

你大姑罗圈腿，

走起路来扭屁股，

——扭屁股哎嗨哟哦⋯⋯

这首歌是用山东柳琴的调子唱的，歌词与曲调结合得恰好，而且有山东味儿。

这些歌是孩子们"胡编"出来的。如果细心搜集，单是在北京，就可以搜集到不少这种少年儿童信口胡编的歌。

对于孩子们自己编出来的这样的歌，我们持什么态度？

一种态度是鼓励。截至现在为止，还没有听到一位少儿教育专家提出应该鼓励孩子们这样的创造性。 第二种态度是禁止。禁止不了，除非禁止人没有童年。

第三种态度是不管，由它去。少年之家的老师对淘气的男孩子唱那样的歌，不知如何是好，只是傻了眼。"傻了眼"不失为一种明智的态度。

第四种态度是研究它，我觉得孩子们编这样的歌反映了一种逆反心理，甚至是对于强加于他们的过于严肃的生活规范，包括带有教条意味的过于严肃的歌曲的抗议。这些歌是他们自己的歌。

第五种态度是向他们学习。作家应该向孩子学习。学习他们的信口胡编。第一是信口。孩子对于语言的韵律有一种先天的敏感。他们自己编的歌都非常"顺"，非常自然，一听就记得住。现在的新诗多不留意韵律，朦胧诗尤其是这样。我不懂，是不是朦胧诗就非得排斥韵律不可？我以为朦胧诗尤其需要韵律。李商隐的不少诗很难"达诂"，但是听起来很美。戴望舒的《雨巷》说的是什么？但听起来很美。听起来美，便受到感染，于是似乎是懂了。不懂之懂，是为真懂。其次，是"胡编"。就是说，学习孩子们的滑稽感，学习他们对于生活的并不恶毒的嘲谑态度。直截了当地说：学习他们的胡闹。

但是胡闹是不易学的。这需要才能，我们的胡闹才能已经被孔夫子和教条主义者敲打得一干二净。我们只有正经文学，没有胡闹文学。再过二十年，才许会有。

儿歌的振兴

近些天楼下在盖房子，电锯的声音很吵人。电锯声中，想起有关儿歌的问题。

拉大锯，

扯大锯。

姥姥家，

唱大戏。

接闺女，

请女婿，

小外孙子也要去，

……

这是流传于河北一带的儿歌。流传了不知有几百年了。

拉锯，

送锯。

你来，

我去。

拉一把，

推一把，

哗啦哗啦起风啦

……

这首歌是有谱，可以唱的。我在幼儿园时就唱过，我上幼儿园是五岁，今年六十六了。我的孙女现在还唱这首歌。这首歌也至少有了五十多年的历史了。

这两首儿歌都是"写"得很好的。音节好听，很形象。前一首"拉大锯"是"兴也"，只是起个头，主要情趣在"姥姥家，唱大戏……"。后一首则是"赋也"，更具体地描绘了拉大锯的动作。拉大锯是过去常常可以见到的。两根短木柱，搭起交叉的架子，上面卡放了一根圆木，圆木的一头搭在地上；圆木上弹了墨线；两个人，一个站在圆木上，两腿一前一后，一个盘腿坐在下面，两人各持大锯的木把，"噌、噌、噌"地锯起来，锯末飞溅，墨线一寸一寸减短，圆木"解"成了板子。"拉大锯，扯大锯"，"拉锯，送锯，你来，我去"，如果不对拉锯作过仔细的观察，是不能"写"得如此生动准确的。

但是现在至少在大城市已经难得看见拉大锯的了。现在从外地到北京来给人家打家具的木工，很多都自带了小电锯，解起板子来比鲁班爷传下来的大锯要快得多了。总有一天，大锯会绝迹的。我的孙女虽然还唱、念我曾经唱过、念过的儿歌，但已经不解歌词所谓。总有一天，这样的儿歌会消失的。

旧日的儿歌无作者，大都是奶奶、姥姥、妈妈顺口编出来的，也有些是幼儿自己编的，是所谓"天籁"，所以都很美。美在有意无意之间，富于生活情趣，而皆朗朗上口。儿歌引导幼儿对于生活的关心，有助于他们发挥想象，启发他们对语言的欣赏，使他们得到极大的美感享受。儿歌是一个人最初接触的并且影响到他毕生的艺术气质的纯诗。

"拉锯，送锯"可能原有一首只念不唱的儿歌的底子，但也可能是某一关心幼儿教育的作家的作品。如果是专业作家的作品，那么这位作家是了不起的作家。旧儿歌消亡了，将有新儿歌来代替。现在的儿歌大都是创作的。我读了不少我的孙女的"幼儿读物"，觉得新编的儿歌好的不多。政治性太强，过分强调教育意义，概念化，语言，不美，声音不好听。看来有些儿歌作者缺乏艺术感，语言功力不够，我希望新儿歌的作者能熟读几百首旧儿歌。我希望有兼富儿童心和母性的大诗人能写写儿歌。

知识分子的知识化

这个题目似乎不通。顾名思义，"知识分子"，当然是有知识的，有什么"知识化"的问题？这里所谓"知识"，不是指对某一学科的专业知识，而是指全面的文化修养。

四十多年前，在昆明华山南路一家裱画店看到一幅字，一下子把我吸引住了。是一个窄长的条幅，浅银红蜡笺，写的是《前赤壁赋》。地道的，纯正的文徵明体小楷，清秀潇洒，雅韵欲流。现在能写这样文徵明体小楷的不多了！看看后面的落款，是"吴兴赵九章"！这太出乎我的意料了！赵九章是当时少有的或仅有的地球物理学家，竟然能写这样漂亮的小字，他真不愧是吴兴人！我们知道华罗庚先生是写散曲的（他是金坛人，写的却是北曲，爱用"俺"字），有一次我在北京市委党校附近的商场看到华先生用行书写的招牌，也奔放，也蕴藉，较之以写字赚大钱的江湖书法家的字高出多矣！我没有想到华先生还能写字。一看，就知道：这是一个有学问的人写的字。我们知道，严济慈先生，苏步青先生都写旧体诗。严先生的书法也极有功力。如果我没有记错，"欧美同学会"的门匾的笔力坚挺的欧体大字，就是严先生的手笔（欧体写成大字，很要力气）。我们大概四二、四三年间，在昆明云南大学成立了一个曲社，有时做"同期"。参加"同期"的除了文科师生，常有几位搞自然科学的教授、讲师。许宝骙先生是数论专家，但许家是昆曲世家，许先生的曲子唱得很讲究。我的《刺虎》就是他亲授的。崔芝兰先生（女）是生物系教授，几十年都在研究蝌蚪的尾巴，但是酷爱昆曲，每"期"必到，经常唱的是《西厢记·楼会》。吴征镒先生是植物分类学专家，是唱老生的。他当年嗓子好，中气足，能把《弹词》的"九转货郎儿"唱到底，有时也唱《扫秦》。现在，他还在唱，只是当年曲友风流云散，找一个撇笛的也不易了。

解放以后的教育过于急功近利。搞自然科学的只知埋头于本科，成了一个科技匠，较之上一代的科学家的清通渊博风流儒雅相去远矣。

自然科学界如此，治人文科学者也差不多。

就拿我们这行来说。写小说的只管写小说，写诗的只管写诗，搞理论的只管搞理论，对一般的文化知识兴趣不大。前几年王蒙同志提出作家学者化，看来确实有这个问题。拿写字说，前一代，郭老、茅公、叶圣老、王统照的字都写得很好。闻一多先生的金文旷绝一代，沈从文先生的章草自成一格。到了我们这一辈就不行了。比我更年轻的作家的字大部分都拿不出手。作家写的字不像样子，这点不大说得过去。

提高知识分子的文化修养，这不是问题么？

知识分子的文化修养普遍地提高了，这对提高我们全民族的文化修养将会起很大的推动作用。反之，如果知识分子的文化修养不提高，全民族的文化水平将会不堪设想。

西窗雨

　　很多中国作家是吃狼的奶长大的。没有外国文学的影响，中国文学不会像现在这个样子，很多作家也许不会成为作家。即使有人从来不看任何外国文学作品，即使他一辈子住在连一条公路也没有的山沟里，他也是会受外国文学的影响的，尽管是间接又间接的。没有一个作家是真正的"土著"，尽管他以此自豪，以此标榜。

　　高中三年级的时候，我为避战乱，住在乡下的一个小庵里，身边所带的书，除为了考大学用的物理化学教科书外，只有一本《沈从文选集》，一本屠格涅夫的《猎人日记》。可以说，是这两本书引我走上文学道路的。屠格涅夫对人的同情，对自然的细致的观察给我很深的影响。我在大学里读的是中文系，但是课外所看的，主要是翻译的外国文学作品。

　　我喜欢在气质上比较接近我的作家。不喜欢托尔斯泰。一直到一九五八年我被划成右派下放劳动，为了找一部耐看的作品，我才带了两大本《战争与和平》，费了好大的劲才看完。不喜欢陀思妥耶夫斯基那样沉重阴郁的小说。非常喜欢契诃夫。托尔斯泰说契诃夫是一个很怪的作家，他好像把文字随便丢来丢去，就成了一篇作品。我喜欢他的松散自由、随便、起止自在的文体；喜欢他对生活的痛苦的思索和一片温情。我认为契诃夫是一个真正的现代作家。从契诃夫后，俄罗斯文学才进入一个新的时期。

苏联文学里，我喜欢安东诺夫。他是继承契诃夫传统的。他比契诃夫更现代一些，更西方一些。我看了他的《在电车上》，有一次在文联大楼开完会出来，在大门台阶上遇到萧乾同志，我问他："这是不是意识流？"萧乾说："是。但是我不敢说！"五十年代，在中国提起意识流都好像是犯法的。

我喜欢苏克申，他也是继承契诃夫的。苏克申对人生的感悟比安东诺夫要深，因为这时的苏联作家已经摆脱了斯大林的控制，可以更自由地思索了。

法国文学里，最使当时的大学生着迷的是Ａ·纪德。在茶馆里，随时可以看到一个大学生捧着一本纪德的书在读，从优雅的、抒情诗一样的情节里思索其中哲学的底蕴。影响最大的是《纳葬思解说》、《田园交响乐》。《窄门》、《伪币制造者》比较枯燥。在《地粮》的文体影响下，不少人写起散文诗日记。

波特莱尔的《恶之花》、《巴黎之烦恼》是一些人的袋中书——这两本书的开本都比较小。

我不喜欢莫泊桑，因为他做作，是个"职业小说家"。我喜欢都德，因为他自然。

我始终没有受过《约翰·克里斯多夫》的诱惑，我宁可听法朗士的怀疑主义的长篇大论。

英国文学里，我喜欢弗吉尼亚·伍尔芙。她的《到灯塔去》、《浪》写得很美。我读过她的一本很薄的小说《狒拉西》，是通过一只小狗的眼睛叙述伯朗宁和伯朗宁夫人的恋爱过程，角度非常别致。《狒拉西》似乎不是用意识流方法写的。

我很喜欢西班牙的阿左林，阿左林的意识流是覆盖着阴影的，清凉的，安静透亮的溪流。

意识流有什么可非议的呢？人类的认识发展到一定阶段，就会发现人的意识是流动的，不是那样理性，那样规整，那样可以分切的。意识流改变了作者和人物的关系。作者对人物不再是旁观，俯视，为所欲为。作者的意识和人物的意识同时流动。这样，作者就更接近人物，也更接近生活，更真实了。意识流不是理论问题，是自然产生的。林徽音显然就是受了弗吉尼亚·伍尔芙的影响，废名原来并没有看过伍尔夫的作品，但是他的作品却与伍尔夫十分相似。这怎么解释？

意识流造成传统叙述方法的解体。

我年轻时是受过现代主义、意识流方法的影响的。

太阳晒着港口，把盐味敷到坞边的杨树的叶片上。海是绿的，腥的。

一只不知名的大果子，有头颅那样大，正在腐烂。

贝壳在沙粒里逐渐变成石灰。

浪花的白沫上飞着一只鸟，仅仅一只，太阳落下去了。

黄昏的光映在多少人的额头上，在他们的额头上涂了一半金。

多少人逼向三角洲的尖端。又转身分散。

人看远处如烟。

自在烟里，看帆篷远去。

来了一船瓜，一船颜色和欲望。

一船是石头，比赛着棱角。也许—— 一船鸟，一船百合花。

深巷卖杏花。骆驼。

骆驼的铃声在柳烟中摇荡。鸭子叫，一只通红的蜻蜓。

惨绿的雨前的磷火。

一城灯！

——《复仇》

这是什么？大概是意识流。

我的文艺思想后来有所发展。八十年代初，我宣布过"回到现实主义，回到民族传统"。但是立即补充了一句："我所说的现实主义是能容纳各种流派的现实主义，我所说的民族传统是能吸收任何外来影响的民族传统。"

抗日战争时期。昆明小西门外。米市，菜市，肉市。柴驮子，炭驮子。马粪。粗细瓷碗，沙锅铁锅。焖鸡米线，烧饵块。金钱片腿，牛干巴。炒菜的油烟，炸辣子呛人的气味。红黄蓝白黑，酸甜苦辣咸。

每个人带着一生的历史，半个月的哀乐，在街上走。……

——《钓人的孩子》

这大概不能算是纯粹的民族传统。中国虽然也有"鸡声茅店月，人迹板桥霜"，有"古道西风瘦马，枯藤老树昏鸦"，但是堆砌了一连串的名词，无主语，无动词，是少见的。这也可以说是意识流。有人说这是意象主义，也可以吧。总之，这样的写法是外来的。

有一种说法：越是民族的，就越是世界的。这话我不知道是什么意思。如果说越写出民族的特点，就越有世界意义，可以同意。如果用来作为拒绝外来影响的借口，以为越土越好，越土越洋，我觉得这会害了自己，也害了别人。

我想对《外国文学评论》提几点看法。

希望能研究一下外国文学研究的最终目的是什么？我以为应该是推动、影响、刺激中国的当代创作。要考虑刊物的读者是什么人，我以为应是中国作家、中国的文学爱好者，当然，也包括中国的外国文学研究者。不要为了研究而研究，不要脱离中国文学的实际，要有的放矢，顾及社会的和文学界的效应。

评论要和鉴赏结合起来，要更多介绍一点外国作家和作品，不要空谈理论。现在发表的文章多是从理论到理论。评介外国的作家和作品，得是一个中国的研究者的带独创性的意见，不宜照搬外国人的意见。可以考虑开一个栏目：外国作家对中国作家的影响，比如魏尔兰之于艾青，T.S·艾略特、奥登之于九叶派诗人……这似乎有点跨进了比较文学的范围。但是我觉得一个外国文学研究者多多少少得是一个比较文学研究者，否则易于架空。

最后，希望文章不要全是理论语言，得有点文学语言。要有点幽默感。完全没有幽默感的文章是很烦人的。

徐文长论书画

文长书画的来源 徐文长善书法。陶望龄《徐文长传》谓：

> 渭于行草书尤精奇伟杰。尝言吾书第一，诗二，文三，画
> 四，识者许之。

袁宏道《徐文长传》云：

> 文长喜作书，笔意奔放如其诗，苍劲中姿媚跃出。予不能
> 书，而谬谓文长书决当在王雅宜、文徵仲之上。不论书法而论
> 书神，先生者诚八法之散圣，字林之侠客也。

陶望龄谓文长"其论书主于运笔，大概仿诸米氏云。""黄汝亨《徐
文长集序》谓："书似米颠，而棱棱散散过之，要皆如其人而止。"文长
书受米字的影响是明显的，但不主一家。文长题跋，屡次提到南宫，但
并不特别地推崇，以为是天下一人。他对宋以后诸家书的评价是公正客
观的，不立门户。《徐文长逸稿·评字》：

黄山谷书如剑戟，构密是其所长，潇散是其所短。苏长公书专以老朴胜，不似其人之潇洒，何耶？米南宫一种出尘，人所难及，但有生熟，差不及黄之匀耳。蔡书近二王，其短者略俗耳。劲净而匀，乃其所长。孟頫虽媚，犹可言也。其似算子，率俗书，不可言也。尝有评吾书者，以吾薄之，岂其然乎？倪瓒书从隶入，辄在钟元常荐季直表中夺舍投胎。古而媚，密而散，未可以近而忽之也。吾学索靖书，虽梗概亦不得。然人并以章草视之，不知章稍逸而近分，索则超而仿篆。……

文后有小字一行："先生评各家书，即效各家体，字画奇肖，传有石文。"这行小字大概是逸稿的编集者张宗子注的。据此，可以知道他是遍览诸家书，且能学得很像的。

徐文长原来是不会画画的。《书刘子梅谱二首》题有小字："有序。此予未习画之作。"他的习画，始于何时，诗文中皆未及。他是跟谁学的画，亦不及。他的画受林良的影响是有目共睹的。他对林良是钦佩的，《刘巢云雁》诗劈头两句就是："本朝花鸟谁第一？左广林良活欲逸。"林良喜画松鹰大幅，气势磅礴。文长小品秀逸，意思却好。如画海棠题诗："海棠弄春垂紫丝，一枝立鸟压花低。去年二月如曾见，却是谁家湖石西"。"一枝立鸟压花低"，此林良所不会。文长诗也提到吕纪，但其画殊不似吕。文长也画人物。集中有《画美人》诗，下注："湖石、牡丹、杏花，美人睹飞燕而笑"，诗是：

牡丹花对石头开，
雨燕低飞杏杪来。

勾引美人成一笑，

画工难处是双腮。

　　这诗不知是题别人的画还是题自己的画的。我非常喜欢"画工难处是双腮"，此前人所未道。我以为这是徐渭自己的画，盖非自己亲画，不能体会此中难处。即此中妙处。文长亦偶作山水，不多，但对山水画有精深的赏鉴。他给沈石田写过几首热情洋溢的诗。对倪云林有独特的了解。《书吴子所藏画》："闽吴子所藏红梅双鹊画，当是倪元镇笔，而名姓印章则并主王元章，岂当时倪适在王所，戏成此而遂用其章耶？"倪元镇画花鸟，世少见，文长的猜测实在是主观武断，但非深知云林者不能道也。此津津于印章题款之鉴赏家所能梦见者乎！但是文长毕竟是花卉画家，他的真正的知交是陈道复。白阳画得熟，以熟胜。青藤画得生，以生胜。

论书与画的关系

《书八渊明卷后》云：

　　览渊明貌，不能灼知其为谁，然灼知其为妙品也。往在京邸，见顾恺之粉本曰断琴者，殆类是。盖晋时顾陆辈笔精，勾圆劲净，本古篆书家象形意。其后为张僧繇、阎立本，最后乃有吴道子、李伯时，即稍变，犹知宗之。迨草书盛行，乃始有写意画，又一变也。卷中貌凡八人，而八犹一，如取诸影，僮仆策杖，亦靡不历历可相印，其不苟如此，可以想见其人矣。

"书画同源"、"书画相通"，已成定论，研究美学，研究中国美术史者都会说，但说不到这样原原本本。"迨草书盛行，乃始有写意画"，尤为灼见。探索写意画起源的，往往东拉西扯，徒乱人意，总不如文长一刀切破，干净利索。文长是画写意画的，有人至奉之为写意花卉的鼻祖，扬州八家的先河，则文长之语可谓现身说法，夫子自道矣。袁宏道说："先生者诚八法之散圣，字林之侠客也。间以其馀旁溢为花草竹石，皆超逸有致是直以写意画为行草字之馀，不吾欺也。"

论庄逸工草

文长字画皆豪放。陶望龄谓其行草书"尤精奇伟杰"；袁宏道谓其书"奔放如其诗"。其作画，是有意识的写意，笔墨淋漓，取快意于一时，不求形似，自称曰"涂"，曰"抹"，曰"扫"，曰"狂扫"。《写竹赠李长公歌》："山人写竹略形似，只取叶底潇潇意。譬如影里看丛梢，那得分明成个字！"《画百花卷与史甥，题曰漱老谑墨》："葫芦依样不胜揩，能如造化绝安排，不求形似求生韵，根拨皆吾五指栽。胡为乎，区区枝剪而叶裁？君莫猜，墨色淋漓而拨开！"他画的鱼甚至有三个尾巴。《偶旧画鱼作此》："元镇作墨竹，随意将墨涂（自注音搽），凭谁呼画里，或芦或呼麻。我昔画尺鳞，人问此何鱼。我亦不能答，张颠狂草书。"

《书刘子梅谱二首序》云：

> 刘典宝一日持所谱梅花凡二十有二以过余请评。予不能画，而画之意则稍解。至于诗则不特稍解，且稍能矣。自古咏梅诗以千百计，大率刻深而求似多不足，而约略而不求似者多

有余。然则画梅者得无亦似之乎？典宝君之谱梅，其画家之法必不可少者，予不能道之，至若其不求似而有余，则予之所深取也。

"不足"、"有余"之说甚精。求似会失去很多东西，而不求似则能保留更多东西。

但他并不主张全无法度。写字还得从规矩入门。《跋停云馆帖》云：

> 待诏文先生讳徵明摹刻停云馆帖，装之，多至十二本。虽时代人品，各就其资之所近，自成一家，不同矣。然其入门，必自分间布白，未有不同者也。舍此则书者为痹，品者为盲。

《评字》亦云："分间有白，指实掌虚，以为入门。"在此基础上，方能求突破。"迨布匀而不必匀，笔态入净媚，天下无书矣"。

徐文长不太赞成字如其人。《大苏所书金刚经石刻》云："论书者云，多似其人。苏文忠人逸也，而书则壮。"《评字》云："苏长公书专以老朴胜，不似其人之潇洒，何耶？"他自作了解释："壮和逸不是绝对的，壮中可以有逸。"文忠书法颜，至比杜少陵之诗、昌黎之文，吴道子之画。盖颜之书，即壮亦未尝不逸也（《大苏所书金刚经石刻》）。

同样，他认为工与草也是相对的，有联系的。《书沈徵君周画》：

> 世传沈徵君画多写意，而草草者倍佳，如此卷者乃其一也。然予少客吴中，见其所为渊明对客弹阮，两人躯高可二尺许，数古木乱云霭中，其高再倍之，作细描秀润，绝类赵文敏、杜惧男。比又见姑苏八景卷，精致入丝毫，而人吵小止一

豆。唯工如此，此草者之所以益妙也。不然将善趋而不善走，有是理乎？

"善趋而不善走，有是理乎？"是一句大实话，也是一句诚恳的话。然今之书画家不善走而善趋者亦众矣，吁！

论"侵让"·李北海和赵子昂

《书李北海帖》：

> 李北海此帖，遇难布处，字字侵让，互用位置之法，独高于人。世谓集贤师之，亦得其皮耳。盖详于肉而略于骨，辟如折枝海棠，不连铁干，添妆则可，生意却亏。

"侵让"二字最为精到，谈书法者似未有人拈出。此实是结体布行之要诀。有侵，有让，互相位置，互相照应。则字字如亲骨肉，字与字之关系出。"侵让"说可用于一切书法家，用之北海，觉尤切。如字字安分守己，互不干涉，即成算子。如此书家，实是呆鸟。"折枝海棠，不连铁干"，也是说字是单摆浮搁的。

徐文长对赵子昂是有微词的，但说得并不刻薄。《赵文敏墨迹洛神赋》云：

> 古人论真行与篆隶，辨圆方者，微有不同。真行始于动，中以静，终以媚。媚者盖锋稍溢出，其名曰姿态。锋太藏则媚隐，太正则媚藏而不悦，故大苏宽之以侧笔取妍之说。赵文敏

师李北海，净均也。媚则赵胜李，动则李胜赵。夫子建见甄氏而深悦之，媚也。后人未见甄氏，读子建赋无不深悦之者，赋之媚亦胜也。

徐文长这段话说得恍恍惚惚，简直不知道是褒还是贬。"媚"总是不好的。子昂弱处正在媚。文长指出这和他的生活环境有关。《书子昂所写道德经》云：

世好赵书，女取其媚也，责以古服劲装可乎？盖帝胄王孙，裘马轻纤，足称其人矣。他书率然，而道德经为尤媚。然可以为橘涩顽粗，如世所称枯柴蒸饼者之药。

论变

书画家不会总是一副样子，往往要变。《跋书卷尾二首·又》记了一个有趣的故事：

董文尧章一日持二卷命书，其一沈微君画，其一祝京兆希哲行书，钳其尾以余试。而祝此书稍谨敛奔放，不折梭。余久乃得之曰："凡物神者则善变，此祝京兆变也，他人乌能办。"丈驰其尾，坐客大笑。

"变"常是不期然而得之，如窑变。《书陈山人九皋氏三卉后》云：

陶者间有变，则为奇品。更欲效之，则画薪竭钧，而不可复。予见山人卉多矣，曩在日遗予者，不下十数纸，皆不及此三品之佳。淊然而云，莹然而雨，泫泫然而露也。殆所谓陶之变耶？

书画豪放者，时亦温婉。《跋陈白阳卷》：

陈道复花卉豪一世，草书飞动似之。独此帖既纯完，又多而不败。盖余尝见闽楚壮士裘马剑戟，则凛然若黑，及解而当绣刺之绷，亦颓然若女妇，可近也。此非道复之书与染耶？

谈题画

　　题画是中国特有的东西。西方画没有题字的。日本画偶有题句，是受了中国的影响，中国的题画并非从来就有，唐画无题字者，宋人画也极少题字。一直到明代的工笔画家如吕纪，也只有在画幅不引人注意的地方写上一个名字。题画之风开始于文人画、写意画兴起之时。王冕画梅，是题诗的。徐文长题画诗可编为一卷。至扬州八怪，几乎每画必题。吴昌硕、齐白石题画时有佳句。

　　题画有三要。

　　一要内容好。内容好无非是两个方面：要有寄托；有情趣。郑板桥画竹，题诗："客窗卧听萧萧竹，疑是民间疾苦声。些许吾曹州县吏，一枝一叶总关情。"关心民瘼，出于至性。齐白石一小方幅，画浅蓝色藤花，上下四旁飞着无数野蜂，一边用金冬心体题了几行字："借山吟馆后有野藤一株，花时游蜂无数。孙幼时曾为蜂螫。今孙亦能画此藤花矣。静思往事，如在目底"（白石此画只是匆匆过眼，题记凭记忆录出，当有讹字）。这实在是一则很漂亮的小品文。白石为荣宝斋画笺纸，一朵淡蓝色的牵牛花，两片叶子，题曰："梅畹华家牵牛花碗大，人谓外人种也。余画其最小者。"此老幽默。寻常画家，哪得有此！

　　二要位置得宜。徐文长画长卷，有时题字几占一半。金冬心画六尺梅花横幅，留出右侧一片白地，极其规整地写了一篇题记。郑板桥有时在丛篁密竹竿之间由左向右题诗一首。题画无一定格局，但总要字画相得，掩映成趣，不能互相侵夺。

三最重要的是，字要写得好一些。字要有法，有体。黄瘿瓢题画用狂草，但结体皆有依据，不是乱写一气。郑板桥称自己的字是"六分半书"，他参照一些北碑笔意，但是长撇大捺，底子仍是黄山谷。金冬心的漆书和方块字是自己创出来的，但是不习汉隶，不会写得那样均。

近些年有不少中青年画家爱在中国画上题字。画面常常是彩墨淋漓，搞得很脏，题字尤其不成样子，不知道为什么，爱在画的顶头上横写，题字的内容很无味，字则是叉脚舞手，连起码的横平竖直都做不到，几乎不成其为字。这样的题字不是美术，是丑术。我建议美术学院的中国画系要开两门基础课，一是文学课，要教学生把文章写通，最好能做几句旧诗；二是书法课，要让学生临贴。

语文短简

普通而又独特的语言

鲁迅的《高老夫子》中高尔础说："女学堂越来越不像话，我辈正经人确乎犯不着和他们酱在一起"（手边无鲁迅集，所引或有出入）。"酱"字甚妙。如果用北京话说：犯不着和他们一块掺和，味道就差多了。沈从文的小说，写一个水手，没有钱，不能参加赌博，就"镶"在一边看别人打牌。"镶"字甚妙。如果说是"靠"在一边，"挤"在一边，就失去原来的味道。"酱"字、"镶"字，大概本是口语，绍兴人（鲁迅是绍兴人）、凤凰人（沈从文是湘西凤凰人），大概平常就是这样说的。但是在文学作品里没有人这样用过。

屠格涅夫的散文诗写伐木，有句云"大树缓慢地，庄重地倒下了"。"庄重"不仅写出了树的神态，而且引发了读者对人生的深沉、广阔的感慨。

阿城的小说里写"老鹰在天上移来移去"，这非常准确。老鹰在高空，是看不出翅膀搏动的，看不出鹰在"飞"，只是"移来移去"。同时，这写出了被流放在绝域的知青的寂寞的心情。

我曾经在一个果园劳动，每天下工，天已昏暗，总有一列火车从我们的果园的"树墙子"外面驰过，车窗的灯光映在树墙子上，我一直想写下这个印象。有一天，终于抓住了。

> 车窗蜜黄色的灯光连续地映在果树东边的树墙子上，一方
> 块，一方块，川流不息地追赶着……

"追赶着"，我自以为写得很准确。这是我长期观察、思索，才捕捉到的印象。

好的语言，都不是奇里古怪的语言，不是鲁迅所说的"谁也不懂的形容词之类"，都只是平常普通的语言，只是在平常语中注入新意，写出了"人人心中所有，而笔下所无"的"未经人道语"。

平常而又独到的语言，来自于长期的观察、思索、捉摸。

读诗不可抬杠

苏东坡《崇惠小景》诗云："春江水暖鸭先知"，这是名句，但当时就有人说："鸭先知，鹅不能先知耶？"这是抬杠。

林和靖咏梅诗："疏影横斜水清浅，暗香浮动月黄昏"，是千古名句。宋代就有人问苏东坡，这两句写桃、杏亦可，为什么就一定写的是梅花？东坡笑曰："此写桃杏诚亦可，但恐桃杏不敢当耳！"

有人对"红杏枝头春意闹"有意见，说："杏花没有声音，'闹'什么？""满宫明月梨花白"，有人说："梨花本来是白的，说它干什么？"

跟这样的人没法谈诗。但是，他可以当副部长。

想象

　　闻宋代画院取录画师，常出一些画题，以试画师的想象力。有些画题是很不好画的。如"踏花归去马蹄香"，"香"怎么画得出？画师都束手。有一画师很聪明，画出来了。他画了一个人骑了马，两只蝴蝶追随着马蹄飞。"深山藏古寺"，难的是一个"藏"字，藏就看不见了，看不见，又要让人知道有一座古寺在深山里藏着。许多画师的画都是在深山密林中露一角檐牙，都未被录取。有一个画师不画寺，画了一个小和尚到山下溪边挑水。和尚来挑水，则山中必有寺矣。有一幅画画昨夜宫人饮酒闲话。这是"昨夜"的事，怎么画？这位画师画了一角宫门，一大早，一个宫女端着笸箩出来倒果壳，荔枝壳、桂元壳、栗子壳、鸭脚（银杏）壳……这样，宫人们昨夜的豪华而闲适的生活可以想见。

　　老舍先生曾点题请齐白石画四幅屏条，有一条求画苏曼殊的一句诗："蛙声十里出山泉。"这很难画。"蛙声"，还要从十里外的山泉中出来。齐老人在画幅两侧用浓墨画了直立的石头，用淡墨画了一道曲曲弯弯的山泉，在泉水下边画了七八只摆尾游动的蝌蚪。真是亏他想得出！

　　艺术，必须有想象，画画是这样，写文章也是这样。

学话常谈

惊人与平淡

杜甫诗云："语不惊人死不休"，宋人论诗，常说"造语平淡"。究竟是惊人好，还是平淡好？

平淡好。

但是平淡不易。

平淡不是从头平淡，平淡到底。这样的语言不是平淡，而是"寡"。山西人说一件事、一个人、一句话没有意思，就说："看那寡的！"

宋人所说的平淡可以说是"第二次的平淡"。

苏东坡尝有书与其侄云：

> "大凡为文，当使气象峥嵘，五色绚烂。渐老渐熟，乃造平淡。"

葛立方《韵语阳秋》云：

> "大抵欲造平淡，当自绚丽中来，然后可造平淡之境。落

其华芬，然后可造平淡之境。"

平淡是苦思冥想的结果。欧阳修《六一诗话》说："（梅）圣俞平生苦于吟咏，以闲远占淡为意，故其构思极限。"

《韵语阳秋》引梅圣俞和晏相诗云：

"因今适性情，稍欲到平淡。苦词未圆熟，刺口剧菱芡。"

言到平淡处其难也。

运用语言，要有取舍，不能拿起笔来就写。姜白石云：

"人所易言，我寡言之。人所难言，我易言之，自不俗。"

作诗文要知躲避。有些话不说。有些话不像别人那样说。至于把难说的话容易地说出，举重若轻，不觉吃力，这更是功夫。苏东坡作《病鹤》诗，有句"三尺长胫□瘦躯"，抄本缺第五字，几位诗人都来补这个字，后来找来旧本，这个字是"搁"，大家都佩服。杜甫有一句诗"身轻一鸟□"，刻本末一字模糊不清，几位诗人猜这是个什么字。有说是"飞"，有说是"落"……后来见到善本，乃是"身轻一鸟过"，大家也都佩服。苏东坡的"搁"字写病鹤，确是很能状其神态，但总有点"做"，终觉吃力，不似杜诗"过"字之轻松自然，若不经意，而下字极准。

平淡而有味，材料、功夫都要到家。四川菜里的"开水白菜"，汤清可以注砚，但是并不真是开水煮的白菜，用的是鸡汤。

方言

　　作家要对语言有特殊的兴趣，对各地方言都有兴趣，能感觉、欣赏方言之美，方言的妙处。

　　上海话不是最有表现力的方言，但是有些上海话是不能代替的。比如"辣辣两记耳光！"这只有用上海方音读出来才有劲。曾在报纸上读一纸短文，谈泡饭，说有两个远洋轮上的水手，想念上海，想念上海的泡饭，说回上海首先要"杀杀搏搏吃两碗泡饭！""杀杀搏搏"说得真是过瘾。

　　有一个关于苏州人的笑话，说两位苏州人吵了架，几至动武，一位说："阿要把倷两记耳光搭搭？"用小菜佐酒，叫做"搭搭"。打人还要征求对方的同意，这句话真正是"吴侬软语"，很能表现苏州人的特点。当然，这是个夸张的笑话，苏州人虽"软"，不会软到这个样子。

　　有苏州人、杭州人、绍兴人和一位扬州人到一个庙里，看到"四大金刚"，各说了一句有本乡特点的话，扬州人念了四句诗：

> 四大金刚不出奇，
> 里头是草外头是泥。
> 你不要夸你个子大，
> 你敢跟我洗澡去！

　　这首诗很有扬州的生活特点。扬州人早上皮包水（上茶馆吃茶），晚上"水包皮"（下澡塘洗澡）。四大金刚当然不敢洗澡去，那就会泡烂了。这里的"去"须用扬州方音，读如ki。

　　写有地方特点的小说、散文，应适当地用一点本地方言。我写《七里茶坊》，里面引用黑板报上的顺口溜："天寒地冻百不咋，心里装着全天下"，"百不咋"就是张家口一带的话。《黄油烙饼》里有这样几句："这车的样子真可笑，车轱辘是两个木头饼子，还不怎么圆，骨鲁鲁，骨鲁鲁，往前滚。"这里的"骨鲁鲁"要用张家口坝的音读，"骨"字读入声。如用北京音读，即少韵味。

幽默

《梦溪笔谈》载：

> "关中无螃蟹。元丰中，予在陕西，闻秦州人家收得一干蟹，土人怖其形状，以为怪物，每人家用病疟者，则借去挂门户上，往往遂差。不但人不识，鬼亦不识也。"

过去以为生疟疾是疟鬼作祟，故云："不但人不识，鬼亦不识也。"说得非常幽默。这句话如译为口语，味道就差一些了，只能用笔记体的比较通俗的文言写。有人说中国无幽默，噫，是何言欤！宋人笔记，如《梦溪笔谈》、《容斋随笔》，有不少是写得很幽默的。

幽默要轻轻淡淡，使人忍俊不禁，不能存心使人发笑，如北京人所说"胳肢人"。

创作的随意性

我有一次到中国美术馆看齐白石画展。有一幅尺页，画的是荔枝，其时李可染恰恰在我的旁边，说："这张画我是看着他画的。荔枝是红的，忽然画了两颗黑的，真是神来之笔！"这是"灵机一动"，可以说是即兴，也可以说是创作过程中的随意性。

作画，总得先有个想法，有一片思想，一团感情，一个大体的设计，然后落笔，一般说，都是意在笔先。但也可以意到笔到。甚至笔在意先，跟着感觉走。

叶燮论诗，谓如泰山出云，如果事前想好先出那一朵，后出哪一朵，怎样流动，怎样堆积，那泰山就出不成云了，只是随意而出，自成文章。这说得有点绝对，但是写诗作画，主要靠情绪，不能全凭理智。这是对的。

郑板桥反对"胸有成竹"，说胸中之竹，已非眼中之竹，笔下之竹又非胸中之竹。事实也正是这样，如果把胸中的成竹一枝一叶原封不动地移在纸上，那竹子是画不成的。即文与可也并不如是。文与可的竹子是比较工整的，但也看出有"临场发挥"处，即有随意性。

写字、作诗、作画完成之后，不会和构思时完全一样。"殆其篇成，半折心始"。

也有这样的画家，技巧熟练，对纸墨的性能掌握得很好，清楚地知道，这一笔落到纸上，会有什么样的效果，作画是很理智的。这样的画，虽是创作，实同临摹。

诗与数字

　　杜牧诗："千里莺啼绿映红，水村山郭酒旗风。南朝四百八十寺，多少楼台烟雨中。"杨升庵以为"千里"当作"十里"，千里之外，莺声已不可闻。杨升庵是才子，著书甚多，但常有很武断的话。"千里"是宏观。诗题是《江南春》，泛指江南，并非专指一个地区。"四百八十寺"也是极言其多，未必真是四百八十座庙。诗里的数字大都宏观。"千山鸟飞绝，万壑人踪灭"、"千岩万壑赴荆门"，"千"、"万"，都不是实数。"千里江陵一日还"，也不是整整一千里（郦道元《水经注》："有时朝发白帝，暮到江陵，其间千二百里"）。

　　以数字入诗，好像是中国诗的特有现象，非常普遍。骆宾王尤喜用数字，被称为"算博士"，但即是骆宾王，所用数字也未必准确。有的诗里的数字倒可能是确数，如"故乡七十五长亭"。

文人与书法

自古以来很多文人的字是写得很好的。

李白的《上阳台诗》是不是真迹还有争议，但杜牧的《张好好诗》没问题。宋四家都是文学家兼书法家。有人认为中国的书法一坏于颜真卿，再坏于宋四家，未免偏颇。宋人是很懂书法之美的。苏东坡自己说得很明确："我虽不善书，晓书莫如我。"他本人确实懂字。他的字很多，我觉得不如蔡京的，蔡京字好人不好，但不能因人废书。

也有文人的字写得不好。我见过司马光的一件作品，字不好。四川乐山有他一块碑，写得还可以。他不算书法家，但他的字很有味，是大学问家写的字。大学问家字写得不好的还有不少，如龚定庵。他一生没当过翰林，就是因为书法不行。他中过进士，但没点翰林。他的字虽然不好，但很有味。这种文人书法的"味"，常常不是职业书法家所能达到的。

我觉得要重视书法。我到过台湾，有一个感觉。台湾的牌匾，大部分是欧体，不像我们这里的字龙飞凤舞、非隶非篆。台湾是欧体、唐楷居多，他们"故宫博物院"的说明书也全是欧体。这使我想到一个问题，写字还要从楷书学起。楷书比较规整的是欧体。如果一开始就写颜体，容易叫小孩把字写坏了。茅盾的字有点欧味，有人说像成亲王，茅公说他没学过成亲王。扬州有人考证茅公的字是从欧字来的，但不是九成宫那类楷书，而是欧的行书体。

书法的发展不是孤立的，应该以传统文化为基础。台湾对传统文化比较重视。台湾的书法比较端正。台湾很多作家能背很多古文。台湾的教科书中没有白话文，全是文言文。这样做不一定对。但是从我们的语文教材比例看，文言文的比重比较少。我认为，作为一个作家，不熟读若干古文，是不适于写散文的，小说另当别论。

现在，有那么多人喜欢书法，爱好字，这是件好事。写字应该从小抓起，但现在的小学生很麻烦，因为老师就不懂书法，写的都是印刷体、仿宋体。写字还得从楷书入手。

还有个麻烦，就是换笔问题。我是换不了笔的。相当多年以前，我是用毛笔写稿的，写的是竖行。后来改成横写，别扭了好几年。到现在我也很难想象怎样用电脑写作，我认为电脑写作是机器在写作而不是我在写作，感觉不一样。我至少在相当长的时间里办不到这一点。当然写几十万字的长篇小说也可能用电脑更方便，我因为不写长东西，所以还是喜欢用笔。换笔对于书法发展的影响，也是一个值得注意的问题。

现在有一个书协，会员那么多，成就那么大，这是很令人欣慰的事。要写好字，有必要强调基本功。现在写篆隶，有的人是有真功夫的，有的是花架子。应该首先把楷书、行书写好。有人写很大的篆隶，题款不像样子，行书都不会写。现在还有人鼓励小孩子篆隶，我以为不妥，还是先写楷书为好。

中国的毛笔应该怎样做，也很值得商讨。唐以前用的不是羊毫，但现在硬毫太少了，羊毫长锋盛行。日本书法多是狼毫写的，我们现在的笔是大肥肚子，写不了多少字就掉毛。毛笔制作也要不拘一格，这样才有利于书法的发展。早年胡小石在昆明时，正赶上灭鼠运动，他借机攒了不少鼠须用来制笔，他的字有不少就是用鼠须笔写的。

书到用时

我曾经想写一短文，谈中国人的吃葱，想引用两句谚语："宁吃一斗葱，莫逢屈突通"。说明中国有些人是怕吃葱的。屈突通想必是个很残暴的人。但是他是哪一朝代的人，他做过什么事，为什么叫人望而生畏，却不甚了了。这一则谚语只好放弃。好像是《梦溪笔谈》上说过，对于读书"用即不错，问却不会"。很多人也像我一样，对于人物、典故能用，但是出处和意义不明白，记不住，知其然而不知其所以然。这样读书实在是把时间白白地浪费了。

我曾有过一本影印的汤显祖评点本《董西厢》，我很喜欢这本书。汤显祖是大戏曲作家，又是大戏曲评论家。他的评点非常深刻，非常生动。他的语言也极富才华，单是读评点文章，就是很大的享受，比现在的评论家不知道要强多少倍，——现在的评论家的文章特点，几乎无一例外：噜嗦！汤显祖谈《董西厢》的结尾有两种。一是"煞尾"，一是"度尾"。"煞尾"如"骏马收缰，寸步不移"；"度尾"如"画舫笙歌，从远处来，过近处，又向远处去"。这样用比喻写感受，真是妙喻！我很喜欢"汤评"，经常要翻一翻。这本书为一戏曲史家借去不还。我不蓄图书，书丢了就丢了，这本书丢了却叫我多年耿耿，因为在写文章时不能准确的引用，只能凭记忆背出来，字句难免有出入。——汤显祖为文是字字都精致讲究的。

为什么读书？是为了写作。朱光潜先生曾说，为了写作而读书，比平常地读书的理解、记忆要深刻，这是非常正确的经验之谈。即使是写写随笔、笔记，也比空过了强。毛泽东尝言：不动笔墨不读书。肯哉斯言。

张郎且莫笑郭郎

　　我从小就爱看漫画。家里订了老《申报》,《申报》有杂文版,杂文版每天有一幅漫画,漫画的作者是杨清馨和丁悚。丁悚即丁聪的父亲,人称"老丁"。丁聪所以被称为"小丁",大概和他的令尊称为"老丁"有关。杨清馨和丁悚好像是包了这块地盘,"轮流值班",一天不落。他们作画都很勤,而画风互异,一望而知。杨清馨用笔柔细飘逸,而丁悚则比较奔放老辣,于人事有较深的感慨。我曾经见过一张老丁的画,画面简练:一个人在扬袖而舞;另一人据案饮酒,神情似在对舞者的嘲笑。画之右侧题诗一首:

> 张郎当筵笑郭郎,
> 笑他舞袖太郎当。
> 若教张郎当筵舞,
> 恐更郎当舞袖长。

　　不知道是谁的诗,是老丁自己的大作还是借用别人的?诗是通俗好懂的,但是很有意思,读起来也很好听,因此我看过就记住了,差不多过了七十年了,还记得。人的记忆也很怪。不过主要还是因为诗和画都好。

现在能画这样的画——笔意在国画和漫画之间，能题这样也深也浅，富于阅历的诗的画家似乎没有了。这样的画家要具备两个条件：一是得是画家，二是得是诗人。

我曾把老丁题画诗抄给小丁，他说他一点印象也没有，岂有此理！

小丁说他对老大人的画，一张也没有保留下来。我建议丁聪在其"家长"协助下，把丁悚的作品搜集搜集，出一本《丁悚画集》。这对丁悚是个纪念，同时也可供医学界研究小丁身上的遗传基因是怎样来的。

文集自序

《汪曾祺短篇小说选》自序

　　近年来有人称我为老作家了，这对我是新鲜事。老则老矣，已经六十一岁；说是作家，则还很不够。我多年来不觉得我是个作家。我写得太少了。 我写小说，是断断续续，一阵一阵的。开始写作的时间倒是颇早的。第一篇作品大约是一九四〇年发表的。那是沈从文先生所开"各体文习作"课上的作业，经沈先生介绍出去的。大学时期所写，都已散失。此集中所收的第一篇《复仇》，可作为那一时期的一个代表，虽然写成时我已经离开大学了。一九四六、一九四七年在上海，写了一些，编成一本《邂逅集》。此集的前四篇即选自《邂逅集》。这次编集时都作了一些修改，但基本上保留了原貌。解放后长期担任编辑，未写作。一九五七年偶然写了一点散文和散文诗。一九六一年写了《羊舍一夕》。因为少年儿童出版社约我出一个小集子（听说是萧也牧同志所建议），我又接着写了两篇。一九七九年到一九八一年写得多一些，这都是几个老朋友怂恿的结果。没有他们的鼓励、催迫、甚至责备，我也许就不会再写小说了。深情厚谊，良可感念，于此谢之。

　　我的一些小说不大像小说，或者根本就不是小说。有些只是人物素描。我不善于讲故事。我也不喜欢太像小说的小说。即故事性很强的小说。故事性太强了，我觉得就不大真实。我的初期的小说，只是相当客观地记录对一些人的印象，对我所未见的，不了解的，不去以意为之作过多的补充。后来稍稍展开一些，有较多的虚构，也有一点点情节。

有人说，小说跟散文很难区别，是的。我年轻时曾想打破小说、散文和诗的界限。《复仇》就是这种意图的一个实践。后来在形式上排除了诗，不分行了，散文的成分是一直明显地存在着的。所谓散文，即不是直接写人物的部分。不直接写人物的性格、心理、活动。有时只是一点气氛。但我以为气氛即人物。一篇小说要在字里行间都浸透了人物。作品的风格，就是人物性格。

我的小说的另一个特点是：散。这倒是有意为之。我不喜欢布局严谨的小说，主张信马由缰，为文无法。苏轼说："大略如行云流水，初无定质，但常行于所当行，常止于所不可不止。文理自然，姿态横生"（《答谢民师书》）；又说："吾文如万斛泉源，不择地而出，在平地滔滔汩汩，虽一日千里无难。及其与山石曲折，随物赋形而不可知也"（《文说》）。虽不能至，心向往之。

我的小说的题材，大都是不期然而遇，因此我把第一个集子定名为"邂逅"。因此，我的创作无计划可言。今后写什么，一点不知道。但如果身体还好，总还能再写一点吧。恐怕也还是断断续续，一阵一阵的。

是为序。

《晚饭花集》自序

一九八一年下半年至一九八三年下半年所写的短篇小说都在这里了。

集名《晚饭花集》，是因为集中有一组以《晚饭花》为题目的小说。不是因为我对这一组小说特别喜欢，而是觉得其他各篇的题目用作集名都不太合适。我对自己写出的作品都还喜欢，无偏爱。读过我的作品的熟人，有人说他喜欢哪一两篇，不喜欢哪一两篇；另一个人的意见也许正好相反。他们问我自己的看法，我常常是笑而不答。

我对晚饭花这种花并不怎么欣赏。我没有从它身上发现过"香远益清"、"出淤泥而不染"之类的品德，也绝对到不了"不可一日无此君"的地步。这是一种很低贱的花，比牵牛花、凤仙花以及北京人叫做"死不了"的草花还要低贱。凤仙花、"死不了"，间或还有卖的。谁见过花市上卖过晚饭花？这种花公园里不种，画家不画，诗人不题咏。它的缺点一是无姿态，二是叶子太多，铺铺拉拉，重重叠叠，乱乱哄哄地一大堆，颜色又是浓绿的。就算是需要进行光合作用，取得养分，也用不着生出这样多的叶子呀，这真是一种毫无节制的浪费！三是花形还好玩，但也不算美，一个长柄的小喇叭。颜色以深胭脂红的为多，也有白和黄的。这种花很易串种。黄花、白花的瓣上往往有不规则的红色细条纹。花多，而细碎。这种花用"村"、"俗"来形容，都不为过。最恰当的还是北京人爱用一个字："怯"。北京人称晚饭花为野茉莉，实在是抬举它了。它跟茉莉可以说毫不相干。也一定不会是属于同一科，枝、叶、花形都不相似。把它和茉莉拉扯在一起，可能是因为它有一点淡淡的清香，——然而也不像茉莉的气味。只有一个"野"字它倒是当之无愧的。它是几乎不用种的。随便丢几粒种籽到土里，它就会赫然地长出了一大丛。结了籽，落进土中，第二年就会长了更大的几丛，只要有一点空地，全给你占得满满的，一点也不客气。它不怕旱，不怕涝，不用浇水，不用施肥，不得病，也没见它生过虫。这算是什么花呢？然而不是花又是什么呢？你总不能说它是庄稼，是蔬菜，是药材。虽然吴其濬说它的种籽的黑皮里有一囊白粉，可食；叶可为蔬，如马兰头；俚医用其根治吐血，但我没有见到有人吃过，服用过。那就还算它是一种花吧。

我的小说和晚饭花无相似处，但其无足珍贵则同。

我对于晚饭花还有一点好感，是和我的童年的记忆有关系的。我家的荒废的后园的一个旧花台上长着一丛晚饭花。晚饭以后，我常常到废园里捉蜻蜓，一捉能捉几十只。选两只放在帐子里让它吃蚊子（我没见过蜻蜓吃蚊子，但我相信它是吃的），其余的装在一个大鸟笼里，第二天一早又把他们全放了。我在别的花木枝头捉，也在晚饭花上捉。因此我的眼睛里每天都有晚饭花。看到晚饭花，我就觉得一天的酷暑过去了，凉意暗暗地从草丛里生了出来，身上的痱子也不痒了，很舒服；有时也会想到又过了一天，小小年纪，也感到一点惆怅，很淡很淡的惆怅。而且觉得有点寂寞，白菊花茶一样的寂寞。

我的儿子曾问过我："《晚饭花》里的李小龙是你自己吧？"我说："是的。"我就像李小龙一样，喜欢随处留连，东张西望。我所写的人物都像王玉英一样，是我每天要看的一幅画。这些画幅吸引着我，使我对生活产生兴趣，使我的心柔软而充实。而当我所倾心的画中人遭到命运的不公平的簸弄时，我也像李小龙那样觉得很气愤。便是现在，我也还常常为一些与我无关的事而发出带孩子气的气愤。这种倾心和气愤，大概就是我自己称之为抒情现实主义的心理基础。

这一集，从形式上看，如果说有什么特点，是有一些以三个小短篇为一组的小说。数了数，竟有六组。这些小短篇的组合，有的有点外部的或内部的联系。比如《故里三陈》写的三个人都姓陈；《钓人的孩子》所写的都是与钱有关的小故事。有的则没有联系，不能构成"组曲"，如《小说三篇》，其实可以各自成篇。至于为什么总是三篇为一组，也没有什么道理，只是因一篇太单，两篇还不足，三篇才够"一卖"。"事不过三"，三请诸葛亮，三戏白牡丹，都是三。一二三，才够意思。

我写短小说，一是中国本有用极简的笔墨摹写人事的传统，《世说新语》是突出的代表。其后不绝如缕。我爱读宋人的笔记甚于唐人传奇。《梦溪笔谈》、《容斋随笔》记人事部分我都很喜欢。归有光的《寒花葬志》、龚定庵的《记王隐君》，我觉得都可当小说看。

第二是我过去就曾经写过一些记人事的短文。当时是当作散文诗来写的。这一集中的有些篇，如《钓人的孩子》、《职业》、《求雨》，就还有点散文诗的味道。散文诗和小说的分界处只有一道篱笆，并无墙壁（阿左林和废名的某些小说实际上是散文诗）。我一直以为短篇小说应该有一点散文诗的成分。把散文诗编入小说集，并非自我作古，我看到有些外国作家就这样办过。

第三，这和作者的气质有关。倪云林一辈子只能画平远小景，他不能像范宽一样气势雄豪，也不能像王蒙一样烟云满纸。我也爱看金碧山水和工笔重彩人物，但我画不来。我的调色碟里没有颜色，只是墨，从渴墨焦墨到浅得像清水一样的淡墨。有一次以矮纸尺幅画初春野树，觉得需要一点绿，我就挤了一点菠菜汁在上面。我的小说也像我的画一样，逸笔草草，不求形似。又我的小说往往是应刊物的急索，短稿较易承命。书被催成墨未浓，殊难计其工拙。

这一集里的小说和《汪曾祺短篇小说选》（北京出版社一九八二年出版），在思想上和方法上有些什么不同？很难说。几年的工夫，很难看出一个作者的作品有多少明显的变化。到了我这样的年龄，很难像青年作家一样会产生飞跃。我不像毕加索那样多变。不过比较而言，也可以说出一些。

从思想情绪上说，前一集更明朗欢快一些。那一集小说明显地受了三中全会的间接影响。三中全会一开，全国人民思想解放，情绪活跃，我的一些作品（如《受戒》、《大淖记事》）的调子是很轻快的。现在到了扎扎实实建设社会主义的时候了，现在是为经济的全面起飞作准备的阶段，人们都由欢欣鼓舞转向深思。我也不例外，小说的内容渐趋沉着。如果说前一集的小说较多抒情性，这一集则较多哲理性。我的作品和政治结合得不紧，但我这个人并不脱离政治。我的感怀寄托是和当前社会政治背景息息相关的。必须先论世，然后可以知人。离开了大的政治社会背景来分析作家个人的思想，是说不清楚的。我想，这是唯物主义的方法。当然，说不同，只是相对而言。如果把这一集的小说编入上一集，或把上一集的编入这一集，皆无不可。大体上，这两集都可以说是一个不乏热情，还算善良的中国作家八十年代初期的思想的记录。

在文风上，我是更有意识地写得平淡的。但我不能一味地平淡。一味平淡，就会流于枯瘦。枯瘦是衰老的迹象。我还不太服老。我愿意把平淡和奇崛结合起来。我的语言一般是流畅自然的，但时时会跳出一两个奇句、古句、拗句，甚至有点像是外国作家写出来的带洋味儿的句子。老夫聊发少年狂，诸君其能许我乎？另一点，我是更有意识地吸收民族传统的，在叙述方法上有时简直有点像旧小说，但是有时忽然来一点现代派的手法，意象、比喻，都是从外国移来的。这一点和前一点其实是一回事。奇，往往就有点洋。但是，我追求的是和谐。我希望溶奇崛于平淡，纳外来于传统，能把它们揉在一起。奇和洋为了"醒脾"，但不能瞧着扎眼，"硌生"。

我已经六十三岁，不免有"晚了"之感，但思想好像还灵活，希望能抓紧时间，再写出一点。曾为友人画冬日菊花，题诗一首：

新沏清茶饭后烟，
自搔短发负晴暄。
枝头残菊开还好，
留得秋光过小年。

愿以自勉，且慰我的同代人。
如果继续写下去，应该写出一点更深刻，更有分量的东西。
是为序。

《晚翠文谈》自序

　　昆明云南大学的教授宿舍区有一处叫"晚翠园"，月亮门的石额上刻着三个字，字是胡小石写的，很苍劲。我们那时常到云大去拍曲子，常穿过这个园。为什么叫"晚翠园"呢？是因为园里种了大概有二三十棵大枇杷树。《千字文》云："枇杷晚翠"，用的是这个典。这句话最初出在哪里，我就不知道了，实在是有点惭愧。不过《千字文》里的许多四个字一句的话不一定都有出处。比如"海咸河淡"，只是眼前的一句大实话，考查不出来源。"枇杷晚翠"也可能是这样的。这也是一句实话，只不过字面上似乎有点诗意，不像"海咸河淡"那样平常得有点令人发笑。枇杷的确是晚翠的。它是常绿的灌木，叶片大而且厚，革质，多大的风也不易把它们吹得掉下来。不但经冬不落，而且愈是雨余雪后，愈是绿得惊人。枇杷叶能止咳润肺。我们那里的中医处方，常用枇杷叶两片（去毛）作药引子。掐枇杷叶大都是我的事。我的老家的后园有一棵枇杷树。它没有结过一粒枇杷，却长得一树浓密的叶子。不论什么时候，走近去，一伸手，就能得到两片。回来，用纸媒子的头子，把叶片背面的茸毛搓掉，整片丢进药罐子，完事。枇杷还有一个特点，是花期极长。头年的冬天就开始著花。花冠淡黄白色，外披锈色的长毛，远看只是毛乎乎的一个疙瘩，极不起眼，甚至根本不像是花，不注意是

193

不会发现的，不像桃花李花喊着叫着要人来瞧。结果也很慢。不知道什么时候，它的花落了，结了纽子大的绿色的果粒。你就等吧，要到端午节前它才成熟，变成一串一串淡黄色的圆球。枇杷呀，你结这么点果子，可真是费劲呀！

把近几年陆续写出的谈文学的短文编为一集，取个什么书名呢？想来想去，想出了一个《晚翠文谈》。这也像《千字文》一样，只是取其字面上有点诗意。这是"夫子自道"么？也可以说有那么一点。我自二十岁起，开始弄文学，蹉跎断续，四十余年，而发表东西比较多，则在六十岁以后，真也够"费劲"的。呜呼，可谓晚矣，晚则晚矣，翠则未必。

我把去年出的一本小说集命名为《晚饭花集》，现在又把这本书名之曰《晚翠文谈》，好像我对"晚"字特别有兴趣。其实我并没有多少迟暮之思。我没有对失去的时间感到痛惜。我知道，即使我有那么多时间，我也写不出多少作品，写不出大作品，写不出有份量、有气魄、雄辩、华丽的论文。这是我的气质所决定的。一个人的气质，不管是由先天还是后天形成，一旦形成，就不易改变。人要有一点自知。我的气质，大概是一个通俗抒情诗人。我永远只是一个小品作家。我写的一切，都是小品。就像画画，画一个册页、一个小条幅，我还可以对付；给我一张丈二匹，我就毫无办法。中国古人论书法，有谓以写大字的笔法写小字，以写小字的笔法写大字的。我以为这不行。把寸楷放成擘窠大字，无论如何是不像样子的，——现在很多招牌匾额的字都是"放"出来的，一看就看得出来。一个人找准了自己的位置，就可以比较"事理通达，心气平和"了。在中国文学的园地里，虽然还不能说"有我不多，无我不少"，但绝不是"谢公不出，如苍生何"。这样一想，多写一点，少写一点，早熟或晚成（我的一个朋友的女儿曾跟我开玩笑，说

"汪伯伯是大器晚成"），又有什么关系呢？我偶尔爱用"晚"字，并没有一点悲怨，倒是很欣慰的。我赶上了好时候。

三十多年来，我和文学保持一个若即若离的关系。有时甚至完全隔绝，这也是好处。我可以比较贴近地观察生活，又从一个较远的距离外思索生活。我当时没有想写东西，不需要赶任务，虽然也受错误路线的制约，但总还是比较自在，比较轻松的。我当然也会受到占统治地位的带有庸俗社会学色彩的文艺思想的左右，但是并不"应时当令"，较易摆脱，可以少走一些痛苦的弯路。文艺思想一解放，我年轻时读过的，受过影响的，解放后被别人也被我自己批判的一些中外作品在我的心里复甦了。或者照现在的说法，我对这些作品较易"认同"。我从弄文学以来，所走的路，虽然也有些曲折，但基本上能做到我行我素。经过三四十年缓慢的，有点孤独的思想，我对生活、对文学有我自己的一点看法，并且这点看法正像纽子大的枇杷果粒一样渐趋成熟。这也是应亥的。否则的话，不白吃了这么多年的饭了么？我不否认我有我的思维方式，也有那么一点我的风格。但是我不希望我的思想凝固僵化，成了一个北京人所说的"老悖晦"。我愿意接受新观念、新思想，愿意和年轻人对话，——主要是听他们谈话。希望他们不对我见外。太原晋祠有泉曰"难老"。泉上有亭，傅山写了一块竖匾："永锡难老"。要"难老"，只有向青年学习。我看有的老作家对青年颇多指责，这也不是，那也不是，甚至大动肝火，只能说明他老了。我也许还不那么老，这是沾了我"来晚了"的光。

这一集相当多的文章是写给青年作者看的。有些话倒是自己多年摸索的甘苦之言，不是零批转贩。我希望这里有点经验，有点心得。但是都是仅供参考。不是金针度人。孔子曰："以吾一日长乎尔，无吾以也。"

此集编排，未以文章写作、发表时间先后为序，而是按内容性质，分为四类：

第一辑是所谓"创作谈"；

第二辑是几篇文学评论；

第三辑是戏曲杂论；

第四辑是两篇民间文学论文。

"吾令羲和弭节兮，望崦嵫而勿迫。"套用孔乙己的一句话："晚乎哉，不晚也"，我还想再工作一个时期。

《汪曾祺自选集》自序

承漓江出版社的好意，约我出一个自选集。我略加考虑，欣然同意了。因为，一则我出过的书市面上已经售缺，好些读者来信问哪里可以买到，有一个新的选集，可以满足他们的要求；二则，把不同体裁的作品集中在一起，对想要较全面地了解我的读者和研究者方便一些，省得到处去搜罗。

自选集包括少量的诗，不多的散文，主要的还是短篇小说。评论文章未收入，因为前些时刚刚编了一本《晚翠文谈》，交给了浙江出版社，手里没有存稿。

我年轻时写过诗，后来很长时间没有写。我对于诗只有一点很简单的想法。一个是希望能吸收中国传统诗歌的影响（新诗本身是外来形式，自然要吸收外国的，——西方的影响）。一个是最好要讲一点韵律。诗的语言总要有一点音乐性，这样才便于记诵，不能和散文完全一样。

我的散文大都是记叙文。间发议论，也是夹叙夹议。我写不了像伏尔泰、叔本华那样闪烁着智慧的论著，也写不了蒙田那样渊博而优美的谈论人生哲理的长篇散文。我也很少写纯粹的抒情散文。我觉得散文的感情要适当克制。感情过于洋溢，就像老年人写情书一样，自己有点不好意思。我读了一些散文，觉得有点感伤主义。我的散文大概继承了一点明清散文和五四散文的传统。有些篇可以看出张岱和龚定庵的痕迹。

我只写短篇小说，因为我只会写短篇小说。或者说，我只熟悉这样一种对生活的思维方式。我没有写过长篇，因为我不知道长篇小说为何物。长篇小说当然不是篇幅很长的小说，也不是说它有繁复的人和事，有纵深感，是一个具有历史性的长卷……这些等等。我觉得长篇小说是另外一种东西。什么时候我摸得着长篇小说是什么东西，我也许会试试，我没有写过中篇（外国没有"中篇"这个概念）。我的小说最长的一篇大约是一万七千字。有人说，我的某些小说，比如《大淖记事》稍为抻一抻就是一个中篇。我很奇怪：为什么要抻一抻呢？抻一抻，就会失去原来的完整，原来的匀称，就不是原来那个东西了。我以为一篇小说未产生前，即已有此小说的天生的形式在，好像宋儒所说的未有此事物，先有此事物的"天理"。我以为一篇小说是不能随便抻长或缩短的。就像一个苹果，既不能把它压小一点，也不能把它泡得更大一点。压小了，泡大了，都不成其为一个苹果。宋玉说东邻之处子，增之一分则太长，减之一分则太短，施朱则太赤，敷粉则太白，说的虽然绝对了一些，但是每个作者都应当希望自己的作品修短相宜，浓淡适度。当他写出了一个作品，自己觉得：嘿，这正是我希望写成的那样，他就可以觉得无憾。一个作家能得到的最大的快感，无非是这点无憾，如庄子所说："提刀而立，为之四顾，为之踌躇满志。"否则，一个作家当作家，当个什么劲儿呢？

我的小说的背景是：我的家乡高邮、昆明、上海、北京、张家口。因为我在这几个地方住过。我在家乡生活到十九岁，在昆明住了七年，上海住了一年多，以后一直住在北京，——当中到张家口沙岭子劳动了四个年头。我的以这些不同地方为背景的小说，大都受了一些这些地方的影响，风土人情；语言——包括叙述语言，都有一点这些地方的特点。但我不专用这一地方的语言写这一地方的人事。我不太同意"乡土文学"的提法。我不认为我写的是乡土文学。有些同志所主张的乡土文学，他们心目中的对立面实际上是现代主义，我不排斥现代主义。

我写的人物大都有原型。移花接木，把一个人的特点安在另一个人的身上，这种情况是有的。也偶尔"杂取种种人"，把几个人的特点集中到一个人的身上。但多以一个人为主。当然不是照搬原型。把生活里的某个人原封不动地写到纸上，这种情况是很少的。对于我所写的人，会有我的看法，我的角度，为了表达我的一点什么"意思"，会有所夸大，有所削减，有所改变，会加入我的假设，我的想象，这就是现在通常所说的主体意识。但我的主体意识总还是和某一活人的影子相粘附的。完全从理念出发，虚构出一个或几个人物来，我还没有这样干过。

重看我的作品时，我有一点奇怪的感觉：一个人为什么要成为一个作家呢？这多半是偶然的，不是自己选择的。不像是木匠或医生，一个人拜师学木匠手艺，后来就当木匠；读了医科大学，毕业了就当医生。木匠打家具，盖房子；医生给人看病。这都是实实在在的事。作家算干什么的呢？我干了这一行，最初只是对文学有一点爱好，爱读读文学作品，——这种人多了去了！后来学着写了一点作品，发表了，但是我很长时期并不意识到我是一个"作家"。现在我已经得到社会承认，再说我不是作家，就显得矫情了。这样我就不得不慎重地考虑考虑：作家在社会分工里是干什么的？我觉得作家就是要不断地拿出自己对生活的看法，拿出自己的思想、感情，——特别是感情的那么一种人。作家是感情的生产者。那么，检查一下，我的作品所包涵的是什么样的感情？我自己觉得：我的一部分作品的感情是忧伤，比如《职业》、《幽冥钟》；一部分作品则有一种内在的欢乐，比如《受戒》、《大淖记事》；一部分作品则由于对命运的无可奈何转化出一种常有苦味的嘲谑，比如《云致秋行状》、《异秉》。在有些作品里这三者是混和在一起的，比较复杂。但是总起来说，我是一个乐观主义者。对于生活，我的朴素的信念是：人类是有希望的，中国是会好起来的。我自觉地想要对读者产生一点影响的，也正是这点朴素的信念。我的作品不是悲剧。我的作品缺乏崇高的、悲壮的美。我所追求的不是深刻，而是和谐。这是一个作家的气质所决定的，不能勉强。

重看旧作，常常会觉得：我怎么会写出这样一篇作品来的？——现在叫我来写，写不出来了。我的女儿曾经问我："你还能写出一篇《受戒》吗？"我说："写不出来了。"一个人写出某一篇作品，是外在的、内在的各种原因造成的。我是相信创作是有内部规律的。我们的评论界过去很不重视创作的内部规律，创作被看作是单纯的社会现象，其结果是导致创作缺乏个性。有人把政治的、社会的因素都看成是内部规律，那么，还有什么是外部规律呢？这实际上是抹煞内部规律。一个人写成一篇作品，是有一定的机缘的。过了这个村，没有这个店。为了让人看出我的创作的思想脉络，各辑的作品的编排，大体仍以写作（发表）的时间先后为序。

严格地说，这个集子很难说是"自选集"。"自选集"应该是从大量的作品里选出自己认为比较满意的。我不能做到这一点。一则是我的作品数量本来就少，挑得严了，就更会所剩无几；二则，我对自己的作品无偏爱。有一位外国的汉学家发给我一张调查表，其中一栏是："你认为自己最具有代表性的作品是哪几篇"，我实在不知道如何填。我的自选集不是选出了多少篇，而是从我的作品里剔除了一些篇。这不像农民田间选种，倒有点像老太太择菜。老太太择菜是很宽容的，往往把择掉的黄叶、枯梗拿起来再看看，觉得凑合着还能吃，于是又搁回到好菜的一堆里。常言说：拣到篮里的都是菜，我的自选集就有一点是这样。

《茱萸集题记》

"小学校的钟声"一九四六年在《文艺复兴》发表时，有一个副题："茱萸小集之一"。原来想继续写几篇，凑一个小集子，后来不知道为什么没有写下去，于是就只有"之一"，"之二"、"之三"都无消息了。现在要编一本给台湾乡亲看的集子，想起原拟的集名，因为篇数不算少，去掉一个"小"字，题为《茱萸集》。这也算完了一笔陈年旧账。

当初取名《茱萸小集》原也没有深意。我只是对这种植物，或不如说对这两个字的字形有兴趣。关于茱萸的典故是大家都知道的。《续齐谐记》："费长房谓桓曰：'九月九日，汝家有灾，急令家人各作绛囊盛茱萸系臂，登高，饮菊花酒。'"王维的诗也是大家都知道的："遥知兄弟登高处，遍插茱萸少一人。"我取茱萸为集名时自然也想到这些，有点怀旧的情绪，但这和小说的内容没有直接的关联。如果读者于此有所会心，自也不妨，但这不是我的本心。

我是江苏高邮人。关于我的家乡，外乡人所知道的，大概只有两件事。一是出过一个秦少游，二是出双黄鸭蛋。一九三九年，到昆明考入西南联大，读中国文学系，是沈从文先生的及门弟子。离校后教了几年中学。一九四九年以后，当了相当长时间的文学刊物的编辑。一九六二年起在北京京剧院担任京剧编剧，至今尚未离职。

我一九四〇年开始发表作品，当时我二十岁。大学时期所写诗文都已散佚。此集的第一篇"小学校的钟声"可以作为那一时期的代表。这篇东西大约写于一九四五年。一九四八年，我在巴金先生主编的文学丛刊中出过一本《邂逅集》。以后写作，一直是时断时续。一九六二年出过一本《羊舍的夜晚》。一九八二年出过一本《汪曾祺短篇小说选》，一九八五年出过小说集《晚饭花集》。近期将出版谈创作的文集《晚翠文谈》、《汪曾祺自选集》。散文尚未成集，须俟明春。

我的小说在中国当代文学中可以视为"别裁伪体"。我年轻时有意"领异标新"。中年时曾说过："凡是别人那样写过的，我就绝不再那样写。"现在我老了，我已无意把自己的作品区别于别人的作品。我的作品倘与别人有什么不同，只是因为我不会写别人那样的作品。

我希望台湾的读者能喜欢我的小说。

《聊斋新义》后记

　　我想做一点试验，改写《聊斋》故事，使它具有现代意识，这是尝试的第一批。

　　石能择主，人即是花，这种思想原来就是相当现代的。蒲松龄在那样的时候能有这样的思想，令人惊讶。《石清虚》我几乎没有什么改动。我把《黄英》大大简化了，删去了黄英与马子才结为夫妇的情节，我不喜欢马子才，觉得他俗不可耐。这样一来，主题就直露了，但也干净得多了。我把《蛐蛐》（《促织》）和《瑞云》的大团圆式的喜剧结尾改掉了。《促织》本来是一个具有强烈的揭露性的悲剧，原著却使变成蛐蛐的孩子又复活了，他的父亲也有了功名，发了财，这是一大败笔。这和前面一家人被逼得走投无路的情绪是矛盾的，孩子的变形也就失去使人震动的力量。蒲松龄和自己打了架。迫使作者于不自觉中化愤怒为慰安，于此可见封建统治的酷烈。我这样改，相信是符合蒲老先生的初衷的。《瑞云》的主题原来写的是"不以妍媸易念"。这是道德意识，不是审美意识。瑞云之美，美在性情，美在品质，美在神韵，不仅仅在于肌肤。脸上有一块黑，不是损其全体。（《聊斋》写她"丑状类鬼"很恶劣！）歌德说过：爱一个人，如果不爱她的缺点，不是真正的爱。"情人眼里出西施"，是很有道理的。昔人评《聊斋》就有指出"和生多事"

的。和生的多事不在在瑞云额上点了一指，而在使其靧面光洁。我这样一改，立意与《聊斋》就很不相同了。

前年我改编京剧《一捧雪》，确定了一个原则："小改而大动"，即尽量保存传统作品的情节，而在关键的地方加以变动，注入现代意识。

改写原有的传说故事，参以己意，使成新篇，这样的事早就有人做过，比如歌德的《新美露茜娜》。比起歌德来，我的笔下显然是过于拘谨了。

中国的许多带有魔幻色彩的故事，从六朝志怪到《聊斋》，都值得重新处理，从哲学的高度，从审美的视角。

我这只是试验，但不是闲得无聊的消遣。本来想写一二十篇以后再拿出来，《人民文学》索稿，即以付之，为的是听听反应。也许这是找挨骂。

《蒲桥集》自序

我写散文，是搂草打兔子，捎带脚。不过我以为写任何形式的文学，都得首先把散文写好。因此陆陆续续写了一些。

中国是个散文的大国，历史悠久。《世说新语》记人事，《水经注》写风景，精彩生动，世无其匹。唐宋以文章取士。会写文章，才能做官，别的国家，大概无此制度。唐宋八家，在结构上，语言上，试验了各种可能性。宋人笔记，简洁潇洒，读起来比典册高文更为亲切，《容斋随笔》可为代表。明清考八股，但要传世，还得靠古文。归有光、张岱，各有特点。"桐城派"并非都是谬种，他们总结了写散文的一些经验，不可忽视。龚定庵造语奇崛，影响颇大。"五四"以后，散文是兴旺的。鲁迅、周作人，沉郁冲淡，形成两支。朱自清的《背影》现在读起来还是非常感人。但是近二三十年，散文似乎不怎么发达，不知是什么原因。其实，如果一个国家的散文不兴旺，很难说这个国家的文学有了真正的兴旺。散文如同布帛麦菽，是不可须臾离开的。

"五四"以后的新文学的形式，如新诗、戏剧，是外来的。小说也受了外国很大的影响。独有散文，却是土产。那时翻译了一些外国的散文，如法国蒙田的、挪威的别伦·别尔生的、英国兰姆的，但是影响不大，很少人摹仿他们那样去写。屠格涅夫和波特莱尔的散文诗译过来了，有影响。但是散文诗是诗，不是散文。近十年文学，相当一部分努力接受西方影响，被称为新潮或现代派。但是，新潮派的诗、小说、戏剧，我们大体知道是什么样子，新潮派的散文是什么样子呢，想象不出。新潮派的诗人、戏剧家、小说家，到了他们写散文的时候，就不大看得出怎么新潮了，和不是新潮的人写的散文也差不多。这对于新潮派作家，是无可奈何的事。看来所有的人写散文，都不得不接受中国的传统。事情很糟糕，不接受民族传统，简直就写不好一篇散文。不过话说回来，既然我们自己的散文传统这样深厚，为什么一定要拒绝接受呢？我认为二三十年来散文不发达，原因之一，可能是对于传统重视不够。包括我自己。到我意识到的时候，已经晚了。老年读书，过目便忘。水过地皮湿，吸入不多，风一吹，就干了。假我十年以学，我的散文也许会写得好一些。

二三十年来的散文的一个特点，是过分重视抒情。似乎散文可以分为两大类：抒情散文和非抒情散文。即便是非抒情散文中，也多少要有点抒情成分，似乎非如此即不足以称散文。散文的天地本来很广阔，因为强调抒情，反而把散文的范围弄得狭窄了。过度抒情，不知节制，容易流于伤感主义。我觉得伤感主义是散文（也是一切文学）的大敌。挺大的人，说些小姑娘似的话，何必呢。我是希望把散文写得平淡一点，自然一点，"家常"一点的，但有时恐怕也不免"为赋新词强说愁"，感情不那么真实。

我写散文，是捎带脚，写的时候，没有想到要出一个集子，发表之后，剪存了一些，但是随手乱塞，散佚了不少。承作家出版社的好意，要我自己编一本散文集，只能将找得到的归拢归拢，成了现在的这样。我还会写写散文，如有机会出第二个集子，也许会把旧作找补一点回来。但这不知是哪年的事了。

我的住处在东蒲桥边，故将书名定为《蒲桥集》。东蒲桥在修立交桥，修成后是不是还叫东蒲桥，不知道。不过好赖总还是有一座桥的。即使桥没有了，叫做《蒲桥集》，也无妨。

《蒲桥集》再版后记

　　《蒲桥集》能够再版，是我没有想到的。去年房树民同志跟我提过一下，说这本书打算再版，我当时没有太往心里去，因为我觉得这是不可能的。不料现在竟成了真事，我很高兴，比初版时还要高兴。这说明有人愿意看我的书。有人是不愿意有较多的人看他的书的，他的书只写给少数有高度艺术修养的人看。日本有一位女作家到中国来，作协接待她的同志拿了她的书的译本送给她，对她说："很抱歉，这本书只印了两千册。"不料她大为生气，说："我的书怎么可能印得这样多。"她的书在国内，最多的只印七百本。中国古代有一个文人，刻了集子，只印了两本。我没有那样的孤高。当然，我也不希望我的书成为"畅销书"。

　　读者不会是对我一个人的散文特别感兴趣，我想这是对散文的兴趣普遍地有所提高。这大概有很深刻、很复杂的社会原因和文学原因。生活的不安定是一个原因。喧嚣扰攘的生活使大家的心情变得很浮躁，很疲劳，活得很累，他们需要休息，"民亦劳止，迄可小休"，需要安慰，需要一点清凉，一点宁静，或者像我以前说过的那样，需要"滋润"。人常会碰到不如意的事。有不如意事，便想寻找可与言人。他需要找人说说话，聊聊。听人说说，自己也说说。我始终认为读者读文章，是参与其中的。他一边读着，一边自己也就随时有自己的意见，自己的看法。阅读，是读者和作者在交谈。当然，散文的作者最好不是"语言无味，面目可憎"的角色。也许这说明读者对人，对生活，对风景，对习俗节令，对饮食，乃至对草木虫鱼的兴趣提高了，对语言，对文体的兴趣提高了，总之是文化素养提高了。果真是这样，那么这才是真正值得高兴的事。

上个月，有一个很年轻的从上海来的女编辑来访问我。她说我是文人文学或学者文学的一个代表。这大概是上海文艺界一部分同志的看法。在北京，我还没有听到有人这样说过。过去我只知道有"学者小说"、"学者散文"，还没有听说过笼统的"学者文学"。"学者小说"是小说中的一支，作者大都是大学教授，故亦称教授文学。这类小说的特点是在小说中谈学问，生活气息较少，不用方言俗话，语言讲究而往往深奥难懂。海明威、福克纳、斯坦因贝克……的小说是不能叫做"学者小说"的。亨利·詹姆斯的小说大概可以算是"学者小说"。那是我读过的最难读的小说。我的小说大概不是"学者小说"。"学者散文"的名声比"学者小说"要好一些。英国的许多Essay都是"学者散文"。法布尔的《昆虫记》可以说是"学者散文"，因为谈的是自然科学而文笔极好。中国的许多笔记，是"学者散文"，鲁迅的《二十四孝图》是"学者散文"，周作人的大部分散文都是"学者散文"。朱自清的《论雅俗共赏》等一系列论学之作，都可作很好的散文来读。"学者散文"在中国本来是有悠久传统的，大概在四十年代的后期中断了。唐弢同志在十多年前就说过中国现在没有"学者散文"，以为是一缺陷，这是具有历史眼光的见识。我愿于此少留意焉，然而未能至也。我没有学问。近年来我痛感读书太少，不系统，没有精思熟读，只是杂览而已，又不做札记，看过便忘。有时为了找一点材料，翻箱倒柜，好不容易找到了，有用的不过是两句，真是"所得不偿劳"。有时想用一个成语，一个典故，大体的意思是知道的，但是这出于何书，这句话最初是谁说的，就模糊了，正如宋朝人所说："用即不错，问却不会"。——连这句话是谁说的，我也记不清了，大概是洪迈。我倒乐于接受"学者散文作家"这样一个桂冠的，可惜来不及了。我已经七十岁，还能读多少书？

我在这本书的自序里强调了散文接受民族传统，这是不错的。但我对新潮或现代派说了一些不免轻薄的话。我说："新潮派的诗、小说、戏剧，我们大体知道是什么样子，新潮派的散文是什么样子呢，想象不出。新潮派的诗人、戏剧家、小说家，到了他们写散文的时候，就不大看得出怎么新潮了，和不是新潮的人写的散文也差不多。这对于新潮派作家，是无可奈何的事。"最近我看了两位青年作家的散文，很凑巧，两位都是女的。她们的散文，一个是用意识流的方法写的，一个受了日本新感觉派的影响，都是新潮，而且都写得不错。这真是活报应。本来，诗、小说、戏剧都可以新潮，唯有散文不能，这在逻辑上是讲不通的。这反映出我的文艺思想还是相当的狭窄，具有一定的排他性。我想和我一样狭窄的人，甚至比我还狭窄的人还有，在文艺创作上，大家都是平等的，谁也不要以权威自命。不要对自己看不惯，不对自己口味的作品随便抓起朱笔，来一道"红勒帛"，"秀才辣，试官刷"。至于有的把一切现代派、新潮的作品，无论是诗、小说、戏剧一概视为异端，必欲除之而后快的大人物，则宜另当别论。

校阅了一遍初版本，发现错字极少，这在目前的出版物中是难得的。于此，我要对这本书的责任编辑潘静同志，责任校对马云燕、华沙同志深致谢意。

捡石子儿（代序）

承人民文学出版社的好意，要出我一本选集，我很高兴。我出过的几本书，印数都很少，书店里买不到。很多人到我这里来要。我的存书陆续送人，所剩无几，已经见了缸底了。有一本新书，可以送送人。当然，还可以有一点稿费。

一本二十多万字的书，好像总得有一篇序什么的，不然就太秃了，因此，写几句。都是与本书有关的，不准备扯得太远。

都是些平平常常的话。

我以前外出，喜欢捡一些石头子儿。在海边，在火山湖畔，在沙滩上、沙漠上，倒是精心挑选的，当时觉得很新鲜。但是带回来之后看看，就失去了新鲜感，都没有多大意思。后来，我的孙女拿去过家家了。剩几颗，压水仙头。最后，都不知下落，没有了。也并不可惜。我的这篇代序里的话也就像那些石头子儿，没有什么保留价值。

关于空灵和平实

我的一些作品是写得颇为空灵的，比如《复仇》、《昙花·鹤和鬼火》、《天鹅之死》。空灵不等于脱离现实。《复仇》是现实生活的折射。

这是一篇寓言性的小说。只要联系一九四四年前后的中国的现实生活背景，不难寻出这篇小说的寓意。台湾佛光出版社把这篇小说选入《佛教小说选》，我起初很纳闷。去年读了一点佛经，发现我写这篇小说是不很自觉地受了佛教的"冤亲平等"思想的影响的。但是，最后两个仇人共同开凿山路，则是我对中国乃至人类所寄予的希望。我写《天鹅之死》，是对现实生活有很深的沉痛感的。《汪曾祺自选集》的这篇小说后面有两行附注：

一九八〇年十二月二十九日清晨
一九八七年六月七日校，泪不能禁。

我的感情是真实的。一些写我的文章每每爱写我如何恬淡、潇洒、飘逸，我简直成了半仙！你们如果跟我接触得较多，便知道我不是一个不食人间烟火的人。

在一次北京作协组织的我的作品座谈会上，最后，我作了一个简短的发言，题目是《回到现实主义，回到民族传统》，这可以说是我的文学主张。我说我所说的"现实主义"是能容纳各种流派的现实主义。现实主义不应该排斥、拒绝非现实主义。现实主义的作品，或多或少，都要掺进一点非现实主义的成分。这样的现实主义才能接收一点新的血液，获得生机。否则现实主义就会干枯，老化，乃至死亡。但是，我的作品的本体、是现实主义的。我对生活的态度是执著的。我不认为生活本身是荒谬的。不认为世间无一可取，亦无一可言。我所用的方法，尤其是语言，是平易的，较易为读者接受的。我的小说基本上是直叙。偶有穿插，但还是脉络分明的。我不想把事件程序弄得很乱。有这个必要么？我不大运用时空交错。我认为小说是第三人称的艺术。我认为小说如果出现"你",只能是接受对象,不能作为人物。"我"作为读者,和作品总是有个距离的。不管怎么投入,总不能变成小说中本来应该用"他"来称呼的人物,感觉到他的感觉。这样的做法不但使读者眼花缭乱,而且阻碍读者进入作品。至少是我,对这样的写法是反感的。有这个必要么?小说是写给读者看的,不能故意跟读者为难,使读者读起来过于费劲。修辞立其诚,对读者要诚恳一些,尽可能地写得老实一些。

但是,我最近写的一篇小说《小芳》引起了我对我的写作方法的一番思索。

《中国作家》有位编辑约我写一篇小说,写完了,我在电话里告诉他:"这篇小说写得非常平实。"我的女儿看了,说她不喜欢。"一点才华没有!这不像是你写的!"我也不知道我怎么会写出这样一篇如此平铺直叙的小说。我负气地说:"我就是要写得没有一点才华!"但是我禁不住要想一想:我七十一岁了,写了这样平实的小说,这说明了什么?是不是我在写作方法上发生了某些变化?以后,我的小说将会是什么样子的?

想了几天,似乎有所开悟(这些问题过去也不是没有想过):作品的空灵、平实,是现实主义,还是非现实主义,决定于作品所表现的生活。生活的样子,就是作品的样子。一种生活,只能有一种写法。《天鹅之死》的跳芭蕾舞的演员白蕤和天鹅,本来是两条线,只能交织着写。《小芳》里的小芳,是一个真人,我只能直叙其事。虚构、想象、夸张,我觉得都是不应该的,好像都对不起这个小保姆。一种生活,用一种方法写,这样,一个作家的作品才能多样化。我想我以后再写小说,不会都像《小芳》那样。都是那样,就说明确实是老了。

关于民族传统和外来影响

我的写作受过一些什么影响？古今中外，乱七八糟。

我在大学念的是中文系，但是课余时间看的多是中国的当代文学作品和外国文学的译本。俄国的、东欧的、英国的、法国的、美国的、西班牙的。如果不看这些外国作品，我不会成为作家。我对一种说法很反感，说年轻人盲目学习西方，赶时髦。说西方有什么新的学说，新的方法，他们就赶快摹仿。说有些东西西方已经过时了，他们还当着宝贝捡起来，比如意识流。有些青年作家摹仿西方，这有什么不好呢？我们年轻时还不都是这样过来的？有些方法，不是那样容易过时的，比如意识流。意识流是对古典现实主义一次重大的突破。普鲁斯特的作品现在也还有人看。指责年轻人的权威是在维护文学的正统，还是维护什么别的东西，大家心里明白。

有一种说法我不理解：越是民族的，就越是世界的。虽然这话最初大概是鲁迅说的。这在逻辑上讲不通。现在抬出这样的理论的中老年作家的意思我倒是懂得的。他们具有强烈的排他性，排斥外来的影响，排斥受外来影响较大的青年作家，以为自己的作品是最民族的，也是最世界的，是最好的，别的，都不行。

钱钟书先生提出一个说法："打通"。他说他这些年所做的工作，主要是打通。他所说的打通指的是中西文学之间的打通。我很欣赏打通说，中国当代文学和西方文学需要打通，不应该设障。

另一种打通是当代文学与古典文学（民族传统）之间的打通。毋庸讳言，中国当代文学和古典文学之间是相当隔阂的。这有两方面的原因。一方面，当代作家对古典文学重视得不够；另一方面，研究、教授古典文学的先生又极少考虑古典文学对当代创作的作用，——推动当代创作，应该是研究、教学古典文学的最终目的。还有一种打通，是当代文学、古典文学和民间文学之间的打通。我曾在湖南桑植读到一首民歌：

> 姐的帕子白又白，
> 你给小郎分一截。
> 小郎拿到走夜路，
> 好比天上峨眉月。

不知道为什么，我当时立刻想到王昌龄的《长信秋词》：

> 玉颜不及寒鸦色，
> 犹带昭阳日影来。

两者设想的超迈，有其相通处。这样的民歌，我想对于当代诗歌，乃至小说、散文的写作应该是有影响的。

《阿诗玛》说："吃饭，饭不到肉里；喝水，水不到血里。"我们读了西方文学、古典文学、民间文学，当然不能确指这进入哪一块肉，变成哪一滴血，但是多方吸收，总是好的。

我对古典、西方、民间都不很通。但是我以为，一个当代中国作家，应该是一个文学的通人。

关于笔记体小说

我的一些小说，在投寄刊物时自己就标明是笔记小说。笔记体小说是近年出来的文学现象。我好像成了这种文体的倡导者之一。但是我对笔记体小说的概念并不清楚。

中国古代小说有两个传统，唐人传奇和宋人笔记。唐人传奇本多是投之当道的"行卷"。因为要使当道者看得有趣，故情节曲折，引人入胜；又因为要使当道者赏识其才华，故文辞美丽，是有意为文。宋人笔记无此功利的目的，多是写给朋友们看看的，聊助谈资。有的甚至是写给自己看的。《梦溪笔谈》云"所与谈者，唯笔砚耳"。是无意为文。因此写得清淡自然，但自有情致。我曾在一篇序言里说过我喜欢宋人笔记胜于唐人传奇，以此。

两种传统，绵延不绝，《阅微草堂笔记》可以说是继承了笔记传统，《聊斋志异》则是传奇、笔记兼而有之。纪晓岚对蒲松龄很不满意，指责他：

> 今燕昵之词、媟狎之态，细微曲折，摹绘如生。使出自言，似无此理；使出作者代言，则何从而闻见之？

这问题其实很好回答：想象。

一般认为，所写之事是目击或亲闻的，是笔记，想象成分稍多者，即不是。这也有理。

按照这个标准，则我的《桥边小说三篇》的《茶干》是笔记小说；《詹大胖子》不完全是，张蕴之到王文蕙屋里去，并非我亲眼得见；《幽冥钟》更不是，地狱里的女鬼听到幽冥钟声，看到一个一个淡金色的光圈，我怎么能看到呢？这完全是想象，是诗。

我觉得这样的区分没有多大意思。

凡是不以情节胜，比较简短，文字淡雅而有意境的小说，不妨都称之为笔记体小说。

我并不主张有人专写笔记体小说，只写笔记体小说。也不认为这是最好的小说文体。只是有那么一小块生活，适合或只够写成笔记体小说，便写成笔记体，而已。我并没有"倡导"过什么。

关于中国魔幻小说

我看了几篇拉丁美洲的魔幻小说，第一个感想是：人家是把这样的东西也叫做小说的；第二个感想是：这样的小说中国原来就有过。所不同的是拉丁美洲的魔幻小说是当代作品，中国的魔幻小说是古代作品。我于是想改写一些中国古代魔幻小说，注入当代意识，使它成为新的东西。

中国是一个魔幻小说的大国，从六朝志怪到《聊斋》，乃至《夜雨秋灯录》，真是浩如烟海，可资改造的材料是很多的。改写魔幻小说，至少可以开拓一个新的写作领域。

有人会问：改写魔幻小说有什么意义？我们也可以反问一句：你所说的"意义"是什么意义？

关于本书体例

我以前出的几本书，在编排上都是以作品写作或发表的时间先后为序的。这回不这样，我把作品大体上归了归类。小说部分以地方背景分。我生活过的地方是：江苏高邮、昆明、北京、张家口。小说也就把以这几个地方为背景的归在一起。有些篇不能确指其背景是什么地方，就只好单独放着，如《复仇》、《小芳》。散文部分是这样分的：记人的，写风景的，和人生杂论。

这样的编排说不上有什么道理，只是为了一般读者阅读的方便。这对研究者可能造成一些困难。我不大赞成用"系年"的方法研究一个作者。我活了一辈子，我是一条整鱼（还是活的），不要把我切成头、尾、中段。何况，我是不值得"研究"的。"研究"这个词儿很可怕。

《菇蒲深处》自序

我是高邮人。高邮是个水乡。秦少游诗云：

吾乡如覆盂，
地处扬楚脊。
环以万顷湖，
天粘四无壁。

我的小说常以水为背景，是非常自然的事，记忆中的人和事多带有点泱泱的水气，人的性格亦多平静如水，流动如水，明澈如水。因此我截取了秦少游诗句中的四个字"菇蒲深处"作为这本小说集的书名。

这些小说写的是本乡本土的事，有人曾把我归入乡土文学作家之列。我并不太同意。"乡土文学"概念模糊不清，而且有很大的歧义。舍渥德·安特生的小说算是乡土文学，斯坦因倍克算是乡土文学，甚至有人把福克纳也划入乡土文学，但是我们看，他们之间的差别有多大！中国现在有人提倡乡土文学，这自然随他们的便。但是有些人标榜乡土文学，在思想上带有排他性，即排斥受西方影响较深的所谓新潮派。我并不拒绝新潮。我的一些小说，比如《昙花·鹤和鬼火》、《幽冥钟》，不管怎么说，也不像乡土文学。我的小说有点水气，却不那么有土气。还是不要把我纳入乡土文学的范围为好。

我写小说，是要有真情实感的，沙上建塔，我没有这个本事。我的小说中的人物有些是有原型的。但是小说是小说，小说不是史传。我的儿子曾随我的姐姐到过一次高邮，我写的《异秉》中的王二的儿子见到他，跟他说："你爸爸写的我爸爸的事，百分之八十是真的。"可以这样说，他的熏烧摊子兴旺发达，他爱听说书……这都是我亲眼所见，他说的"异秉"——大小解分清，是我亲耳所闻，——这是造不出来的。但是真实度达到百分之八十，这样的情况是很少的。《徙》里的高先生实有其人，我连他的名字也没有改，因为小说里写到他门上的一副嵌字格的春联，这副春联是真的。我们小学的校歌也确是那样。但高先生后来一直教中学，并没有回到小学教书。小说提到的谈甓渔，姓是我的祖父的岳丈的姓，名则是我一个做诗的远房舅舅的别号。陈小手有那么一个人，我没有见过，他的事是我的继母告诉我的，但陈小手并未被联军团长一枪打死。《受戒》所写的荸荠庵是有的，仁山、仁海、仁渡是有的（他们的法名是我给他们另起的），他们打牌、杀猪，都是有的，唯独小和尚明海却没有。大英子、小英子是有的。大英子还在我家带过我的弟弟。没有小和尚，则小英子和明海的恋爱当然是我编出来的。小和尚那种朦朦胧胧的爱，是我自己初恋的感情。世界上没有这样便宜的事，把一块现成的，完完整整的生活原封不动地移到纸上，就成了一篇小说。从眼中所见的生活到表现到纸上的生活，总是要变样的。我希望我的读者，特别是我的家乡人不要考证我的小说哪一篇写的是谁。如果这样索起隐来，我就会有吃不完的官司的。出于这种顾虑，有些想写的题材一直没有写，我怕所写人物或他的后代有意见。我的小说很少写坏人，原因也在此。

我的小说多写故人往事，所反映的是一个已经消逝或正在消逝的时代。我的家乡曾是一个比较封闭的小城。因为离长江不太远，自然也受了一些外来的影响。我小时看过清代不知是谁写的竹枝词，有一句"游女拖裙俗渐南"，印象很深，但是"渐南"而已，这里还保存着很多苏北的古风。我并不想引导人们向后看，去怀旧。我的小说中的感伤情绪并不浓厚。随着经济的发展，改革开放，人的伦理道德观念自然会发生变化，这是不可逆转，也是无可奈何的事。但是在商品经济社会中保存一些传统品德，对于建设精神文明，是有好处的。我希望我的小说能起一点微薄的作用。"再使风俗淳"，这是一些表现传统文化，被称为"寻根"文学的作者的普遍用心，我想。

　　谨以此书献给我的家乡。

文谭书序

沈从文和他的《边城》

　　《边城》是沈从文先生所写的唯一的一个中篇小说。说是中篇小说，是因为篇幅比较长，约有六万多字；还因它有一个有头有尾的故事，——沈先生的短篇小说有好些是没有什么故事的，如《牛》、《三三》、《八骏图》……都只是通过一点点小事，写人的感情、感觉、情绪。

　　《边城》的故事其实也很简单：茶峒山城一里外有一小溪，溪边有一弄渡船的老人。老人的女儿和一个兵有了私情，和那个兵一同死了，留下一个孤雏，名叫翠翠，老船夫和外孙女相依为命地生活着。茶峒城里有个在水码头上掌事的龙头大哥顺顺，顺顺有两个儿子，天保和傩送，两兄弟都爱上翠翠。翠翠爱二老傩送，不爱大老天保。大老天保在失望之下驾船往下游去，失事淹死；傩送因为哥哥的死在心里结了一个难解疙瘩，也驾船出外了。雷雨之夜，渡船老人死了，剩下翠翠一个人。傩送对翠翠的感情没有变，但是他一直没有回来。

　　就这样一个简单的故事，却写出了几个活生生的人物，写了一首将近七万字的长诗！

　　因为故事写得很美，写得真实，有人就认为真有那么一回事。有的华侨青年，读了《边城》，回国来很想到茶峒去看看，看看那个溪水、白塔、渡船，看看渡船老人的坟，看看翠翠曾在哪里吹竹管……

大概是看不到的。这故事是沈从文编出来的。

有没有一个翠翠？

有的。可她不是在茶峒的碧溪岨，是泸西县一个绒线铺的女孩子。《湘行散记》里说：

> "……在十三个伙伴中我有两个极好的朋友。……其次是那个年纪顶轻的，名字就叫'傩右'。一个成衣人的独生子，为人伶俐勇敢，希有少见。……这小孩子年纪虽小，心可不小！同我们到县城街转了三次，就看中一个绒线铺的女孩子，问我借钱向那女孩子买了三次白棉线草鞋带子……那女孩子名叫'翠翠'，我写《边城》故事时，弄渡船的外孙女，明慧温柔的品性，就从那绒线铺小女孩脱胎出来。"①

她是泸西县的么？也不是。她是山东崂山的。

看了《湘行散记》，我很怕上了《灯》里那个青衣女子同样的当，把沈先生编的故事信以为真，特地上他家去核对一回，问他翠翠是不是绒线铺的女孩子。他的回答是：

"我们（他和夫人张兆和）上崂山去，在汽车里看到出殡的，一个女孩子打着幡。我说：这个我可以帮你写个小说。"

幸亏他夫人补充了一句："翠翠的性格、形象，是绒线铺那个女孩子。"

沈先生还说："我平生只看过那么一条渡船，在棉花坡。"那么，

---

① 见《老伴》

碧溪的渡船是从棉花坡移过来的。棉花坡离碧溪岨不远，但总还有一个距离。

读到这里，你会立刻想起鲁迅所说的脸在那里，衣服在那里的那段有名的话。是的，作家酝酿人物形象和故事情节是一个很复杂的过程。一九五七年，沈先生曾经跟我说过："我们过去写小说都是真真假假的，哪有现在这样都是真事的呢。"有一个诗人很欣赏"真真假假"这句话，说是这说明了创作的规律，也说明了什么是浪漫主义。翠翠，《边城》，都是想象出来的。然而必须有丰富的生活经验，积累了众多的印象，并加上作者的思想、感情和才能，才有可能想象得真实，以至把创作变得好像是报导。

沈从文善于写中国农村的少女。沈先生笔下的湘西少女不是一个，而是一串。

三三、天天、翠翠，她们是那样的相似，又是那样的不同。她们都很爱娇，但是各因身世不同，娇得不一样。三三生在小溪边的碾坊里，父亲早死，跟着母亲长大，除了碾坊小溪，足迹所到最远处只是在堡子里的总爷家。她虽然已经开始有了一个少女对于"人生"朦朦胧胧的神往，但究竟是个孩子，浑不解事，娇得有点痴。天天是个有钱的桔子园主人的幺姑娘，一家子都宠着她。她已经订了婚，未婚夫是个在城里读书的学生。她可以背了一个特别精致的背篓，到集市上去采购她所中意的东西，找高手银匠洗她的粗如手指的银链子。她能和地方上的小军官从容说话。她是个"黑里俏"，性格明朗豁达，口角伶俐。她很娇，娇中带点野。翠翠是个无父无母的孤雏，她也娇，但是娇得乖极了。

用文笔描绘少女的外形，是笨人干的事。沈从文画少女，主要是画她的神情，并把她安置在一个颜色美丽的背景上，一些动人的声音当中。

……为了住处两山多竹篁，翠色逼人而来，老船夫随便给这个可怜的孤雏，拾取了一个近身的名字，叫做翠翠。

翠翠在风日里长养着，把皮肤变得黑黑的，触目为青山绿水，一对眸子清明如水晶，自然既长养她且教育她。为人天真活泼，处处俨然如一只小兽物。人又那么乖，和山头黄麂一样，从不想到残忍事情，从不发愁，从不动气。平时在渡船上遇陌生人对她有所注意时，便把光光的眼睛瞅着那陌生人，作成随时都可举步逃入深山的神气，但明白了面前的人无心机后，就又从从容容来完成任务了。

风日清和的天气，无人过渡，镇日长闲，祖父同翠翠便坐在门前大岩石上晒太阳；或把一段木头从高处向水中抛去，嗾使身边黄狗从岩石高处跃下，把木头衔回来；或翠翠与黄狗皆张着耳朵，听祖父说些城中多年以前的战争故事；或祖父同翠翠两人，各把小竹作成的竖笛，逗在嘴边吹着迎亲送女的曲子，过渡人来了，老船夫放下了竹管，独自跟到船边去横溪渡人。在岩上的一个，见船开动时，于是锐声喊着：

"爷爷，爷爷，你听我吹，你唱！"

爷爷到溪中央于是很快乐的唱起来，哑哑的声音，振荡在寂静的空气里，溪中仿佛也热闹了些。实则歌声的来复，反而使一切更加寂静。

篁竹、山水、笛声，都是翠翠的一部分。它们共同在你们心里造成这女孩子美的印象。

翠翠的美，美在她的性格。

《边城》是写爱情的，写中国农村的爱情，写一个刚刚进入青春期的农村女孩子的爱情。这种爱是那样的纯粹，那样不俗，那样像空气里小花、青草的香气，像风送来的小溪流水的声音，若有若无，不可捉摸，然而又是那样的实实在在，那样的真。这样的爱情叫人想起古人说得很好，但不大为人所理解的一句话：思无邪。

沈从文的小说往往是用季节的颜色、声音来计算时间的。

翠翠的爱情的发展是跟几个端午节联在一起的。

翠翠十五岁了。

端午节又快到了。

传来了龙船下水预习的鼓声。

蓬蓬鼓声掠水越山到了渡船头那里时，最先注意到的是那只黄狗。那黄狗汪汪的吠着，受了惊似的绕屋乱走；有人过渡时，便随船渡过河东岸去，且跑到那小山头向城里一方面大吠。

翠翠正坐在门外大石上用棕叶编蚱蜢、蜈蚣玩，见黄狗先在太阳下睡着，忽然醒来便发疯似的乱跑，过了河又回来，就问它骂它：

"狗、狗，你做什么！不许这样子！"

"可是一会儿那远处声音被她发现了，她于是也绕屋跑着，并且同黄狗一块儿渡过了小溪，站在小山头听了许久，让那点迷人的鼓声，把自己带到一个过去的节日里去。"两年前的一个节日里去。

作者这里用了倒叙。

两年前，翠翠才十三岁。

这一年的端午，翠翠是难忘的。因为她遇见了傩送。

翠翠还不大懂事。她和爷爷一同到茶峒城里去看龙船，爷爷走开了，天快黑了，看龙船的人都回家了，翠翠一个人等爷爷，傩送见了她，把她还当一个孩子，很关心地对她说了几句话，翠翠还误会了，骂了人家一句："你个悖时砍脑壳的！"及至傩送好心派人打火把送她回去，她才知道刚才那人就是出名的傩送二老，"记起自己先前骂人那句话，心里又吃惊又害羞，再也不说什么，默默地随了那火把走了"。到了家，"另外一件事，属于自己不关祖父的，却使翠翠沉默了一个夜晚"。这写得非常含蓄。

翠翠过了两个中秋，两个新年，但"总不如那个端午所经过的事甜而美"。

十五岁的端午不是翠翠所要的那个端午。"从祖父和那长年谈话里，翠翠听明白了二老是在下游六百里外沅水中部青浪滩过端午的。"未及见二老，倒见到大老天保。大老还送他们一只鸭子。回家时，祖父说："顺顺真是好人，大方得很。大老也很好。这一家人都好！"翠翠说："一家人都好，你认识他们一家人吗？"祖父不明白这句话的意思所在，聪明的读者是明白的。路上祖父说了假如大老请人来做媒的笑话，"翠翠着了恼，把火炬向路两旁乱晃着，向前快快的走去了"。

"翠翠，莫闹，我摔到河里去了，鸭子会走脱的！"

"谁也不希罕那只鸭子！"

翠翠向前走去，忽然停住了发闷：

"爷爷，你的船是不是正在下青浪滩呢？"

这一句没头没脑的问话，说出了这女孩子的心正在飞向什么所在。

端午又来了。翠翠长大了，十六了。

翠翠和爷爷到城里看龙船。

未走之前，先有许多曲折。祖父和翠翠在三天前业已预先约好，祖父守船，翠翠同黄狗过顺顺吊脚楼去看热闹。翠翠先不答应，后来答应了。但过了一天，翠翠又翻悔，以为要看两人去看，要守船两人守船。初五大早，祖父上城买办过节的东西。翠翠独自在家，看看过渡的女孩子，唱唱歌，心上浸入了一丝儿凄凉。远处鼓声起来了，她知道绘有朱红长线的龙船这时节已下河了。细雨下个不止，溪面一片烟。将近吃早饭时节，祖父回来了，办了节货，却因为到处请人喝酒，被顺顺把个酒葫芦扣下了。正像翠翠所预料的那样，酒葫芦有人送回来了。送葫芦回来的是二老。二老向翠翠说："翠翠，吃了饭，和你爷爷到我家吊脚楼上去看划船吧？"翠翠不明白这陌生人的好意，不懂得为什么一定要到他家中去看船，抿着小嘴笑笑。到了那里，祖父离开去看一个水碾子。翠翠看见二老头上包着红布，在龙船上指挥，心中便印着两年前的旧事。黄狗不见了，翠翠便离了座位，各处去寻她的黄狗。在人丛中却听到两个不相干的妇人谈话。谈的是砦子上王乡绅想把女儿嫁给二老，用水碾子作陪嫁。二老喜欢一个撑渡船的。翠翠脸发火烧。二老船过吊脚楼，失足落水，爬起来上岸，一见翠翠就说："翠翠，你来了，爷爷也来了吗？"翠翠脸还发烧，不便作声，心想"黄狗跑到什么地方去了呢？"二老又说："怎不到我家楼上去看呢？我已经要人替你弄了个好位子。"翠翠心想："碾坊陪嫁，希奇事情咧。"翠翠到河下时，小小心腔中充满一种说不分明的东西。翠翠锐声叫黄狗，黄狗扑下水中，向翠翠方面泅来。到身边时，身上全是水。翠翠说："得了，狗，装什么疯！你又不翻船，谁要你落水呢？"爷爷来了，说了点疯话。爷爷说："二老捉得鸭子，一定又会送给我们的。"话不及说完，二老来了，站在翠翠面前微微笑着。翠翠也不由不抿着嘴微笑着。

　　顺顺派媒人来为大老天保提亲。祖父说得问问翠翠。祖父叫翠翠，翠翠拿了一簸箕豌豆上了船。"翠翠，翠翠，先前那个人来作什么，你知道不知道？"翠翠说："我不知道。"说后脸同脖颈全红了。翠翠弄明白了，人来做媒的是大老！不曾把头抬起，心忡忡地跳着，脸烧得厉害，仍然剥她的豌豆，且随手把空豆荚抛到水中去，望着它们在流水中从从容容流去，自己也俨然从容了许多。又一次，祖父说了个笑话，说大老请保山来提亲，翠翠那神气不愿意；假若那个人还有个兄弟，想来为翠翠唱歌，攀交情，翠翠将怎么说。翠翠吃了一惊，勉强笑着，轻轻的带点恳求的神气说："爷爷，莫说这个笑话吧。"翠翠说："看天上的月亮，那么大！"说着出了屋外，便在那一派清光的露天中站定。

有个女同志，过去很少看过沈从文的小说，看了《边城》提出了一个问题："他怎么能把女孩子的心捉摸得那么透，把一些细微曲折的地方都写出来了？这些东西我们都是有过的，——沈从文是个男的。"我想了想，只好说："曹雪芹也是个男的。"

沈先生在给我们上创作课的时候，经常说的一句话，是："要贴到人物来写。"他还说："要滚到里面去写。"他的话不太好懂。他的意思是说：笔要紧紧地靠近人物的感情、情绪，不要游离开，不要置身在人物之外。要和人物同呼吸，共哀乐，拿起笔来以后，要随时和人物生活在一起，除了人物，什么都不想，用志不纷，一心一意。

首先要有一颗仁者之心，爱人物，爱这些女孩子，才能体会到她们的许多飘飘忽忽的，跳动的心事。

祖父也写得很好。这是一个古朴、正直、本分、尽职的老人。某些地方，特别是为孙女的事进行打听、试探的时候，又有几分狡猾，狡猾中仍带着妩媚。主要的还是写了老人对这个孤雏的怜爱，一颗随时为翠翠而跳动的心。

黄狗也写得很好。这条狗是这一家的成员之一，它参与了他们的全部生活，全部的命运。一条懂事的、通人性的狗。——沈从文非常善于写动物，写牛、写小猪、写鸡，写这些农村中常见的，和人一同生活的动物。

大老、二老、顺顺都是侧面写的，笔墨不多，也都给人留下颇深的印象。包括那个杨马兵、毛伙，一个是一个。

沈从文不是一个雕塑家，他是一个画家。一个风景画的大师。他画的不是油画，是中国的彩墨画，笔致疏朗，着色明丽。

沈先生的小说中有很多篇描写湘西风景的，各不相同。《边城》写酉水：

> 那条河水便是历史上知名的酉水，新名字叫作白河。白河下游到辰州与沅水汇流后，便略显浑浊，有出山泉水的意思。若溯流而上，则三丈五丈的深潭皆清澈见底。深潭为白日所映照，河底小小白石子，有花纹的玛瑙石子，全看得明明白白。水中游鱼来去，全如浮在空气里。两岸多高山，山中多可以造纸的细竹，长年作深翠颜色，逼人眼目。近水人家多在桃杏花里，春天时只需注意，凡有桃花处必有人家，凡有人家处必可沽酒。夏天则晒晾在日光下耀目的紫花布衣裤，可以作为人家所在的旗帜。秋冬来时，房屋在悬崖上的，滨水的，无不朗然入目。黄泥的墙，乌黑的瓦，位置则永远那么妥贴，且与四围环境极其调和，使人迎面得到的印象，实在非常愉快。

描写风景，是中国文学的一个悠久传统。晋宋时期形成山水诗。吴均的《与宋元思书》是写江南风景的名著。柳宗元的《永州八记》，苏东坡、王安石的许多游记，明代的袁氏兄弟、张岱，这些写风景的高手，都是会对沈先生有启发的。就中沈先生最为钦佩的，据我所知，是郦道元的《水经注》。

古人的记叙虽可资借鉴，主要还得靠本人亲自去感受，养成对于形体、颜色、声音、乃至气味的敏感，并有一种特殊的记忆力，能把各种印象保存在记忆里，要用时即可移到纸上。沈先生从小就爱各处去看，去听、去闻嗅。"我的心总得为一种新鲜声音、新鲜颜色、新鲜气味而跳。"（《从文自传》）

雨后放晴的天气，日头炙到人肩上、背上已有了点力量。溪边芦苇水杨柳，菜园中菜蔬，莫不繁荣滋茂，带着一种有野性的生气。草丛里绿色蚱蜢各处飞着，翅膀搏动空气时作声。枝头新蝉声音虽不成腔，却也渐渐宏大。两山深翠逼人的竹篁中，有黄鸟和竹雀、杜鹃交递鸣叫。翠翠感觉着，望着，听着，同时也思索着……

这是夏季的白天。

"月光如银子，无处不可照及，山上竹篁在月光下变成一片黑色。身边草丛中虫声繁密如落雨，间或不知从什么地方，忽然会有一只草莺"嘘！转着它的喉咙，不久之间，这小鸟儿又好像明白这是半夜，不应当那么吵闹，便仍然闭着那小小眼儿安睡了。

这是夏天的夜。

　　小饭店门前长案上常有煎得焦黄的鲤鱼豆腐，身上装饰了红辣椒丝，卧在浅口钵头里，钵旁大竹筒中插着大把朱红筷子……

这是多么热烈的颜色！

　　到了卖杂货的铺子里，有大把的粉条，大缸的白糖，有炮仗，有红蜡烛，莫不给翠翠一种很深的印象，回到祖父身边，总把这些东西说个半天。

粉条、白糖、炮仗、蜡烛，这都是极其常见的东西，然而它们配搭在一起，是一幅对比鲜明的画。

　　天已经快夜，别的雀子似乎都休息了，只杜鹃叫个不息，石头泥土为白日晒了一整天，草木为白日晒了一整天，到这时节各放散出一种热气。空气中有泥土气味，有草木气味，还有各种甲虫类气味。翠翠看着天上的红云，听着渡口飘来乡生意人的杂乱声音，心中有些儿薄薄的凄凉。

甲虫气味大概还没有哪个诗人在作品里描写过！

曾经有人说沈从文是个文体家。

　　沈先生曾有意识地试验过各种文体。《月下小景》叙事重复铺张，有意模仿六朝翻译的佛经，语言也多四字为句，近似偈语。《神巫之爱》

的对话让人想起《圣经》的《雅歌》和萨孚的情诗。他还曾用骈文写过一个故事。其他小说中也常有骈偶的句子，如"凡有桃花处必有人家，凡有人家处必可沽酒"，"地方像茶馆却不卖茶，不是烟馆却可以抽烟"。但是通常所用的是他的"沈从文体"。这种"沈从文体"用它自己的话，就是"充满泥土气息"和"文白杂糅"①。他的语言有一些是湘西话，还有他个人的口头语，如"即刻"、"照例"之类。他的语言里有相当多的文言成分——文言的词汇和文言的句法。问题是他把家乡话与普通话，文言和口语配置在一起，十分调和，毫不"格生"，这样就形成了沈从文自己的特殊文体。他的语言是从多方面吸取的。间或有一些当时的作家都难免的欧化的句子，如"……的我"，但极少。大部分语言是具有民族特点的。就中写人叙事简洁处，受《史记》、《世说新语》的影响不少。他的语言是朴实的，朴实而有情致；流畅的，流畅而清晰。这种朴实，来自于雕琢；这种流畅，来自于推敲。他很注意语言的节奏感，注意色彩，也注意声音。他从来不用生造的，谁也不懂的形容词之类，用的是人人能懂的普通词汇。但是常能对于普通词汇赋予新的意义。比如《边城》里两次写翠翠拉船，所用字眼不同。一次是：

> 有时过渡的是从川东过茶峒的小牛，是羊群，是新娘子的花轿，翠翠必争着作渡船夫，站在船头，懒懒的攀引缆索，让船缓缓的过去。

又一次是：

---

① 见一九五七年出版《沈从文小说选集》题记。

翠翠斜睨了客人一眼，见客人正盯着她，便把脸背过去，抿着嘴儿，不声不响，很自负的拉着那条横缆。

"懒懒的"，"很自负的"都是很平常的字眼，但是没有人这样用过，用在这里，就成了未经人道语了。尤其是"很自负的"你要知道，这"客人"不是别个，是傩送二老呀，于是"很自负的"，就有了很多很深的意思。这个词用在这里真是最准确不过了！

沈先生对我们说过语言的唯一标准是准确（契诃夫也说过类似的意思）。所谓"准确"，就是要去找，去选择，去比较。也许你相信这是"妙手偶得之"，但是我更相信这是"众里寻他千百度，蓦然回首，那人正在灯火阑珊处"。

《边城》不到七万字，可是整整写了半年。这不是得来全不费功夫。沈先生常说：人做事要耐烦。沈从文很会写对话。他的对话都没有什么深文大义，也不追求所谓"性格化的语言"，只是极普通的说话，然而写得如闻其声，如见其人。比如端午之前，翠翠和祖父商量谁去看龙船：

"见祖父不再说话，翠翠就说：'我走了，谁陪你？'

祖父说：'你走了，船陪我。'

翠翠把一对眉毛皱拢去苦笑着，'船陪你，嗨，嗨，船陪你。爷爷，你真是，只有这只宝贝船！'"

比如黄昏来时，翠翠心中无端地有些薄薄的凄凉，一个人胡思乱想，想到自己下桃源县过洞庭湖，爷爷要拿把刀放在包袱里，搭下水船去杀了她！她被自己的胡想吓怕起来了。心直跳，就锐声喊她的祖父：

"爷爷，爷爷，你把船拉回来呀！"

请求了祖父两次，祖父还不回来。她又叫：

"爷爷，为什么不上来？我要你！"

有人说沈从文的小说不讲结构。沈先生的某些早期小说诚然有失之散漫冗长的。《惠明》就相当散，最散的大概要算《泥涂》。但是后来的大部分小说是很讲结构的。他说他有些小说是为了教学需要而写的，为了给学生示范，"用不同方法处理不同问题"。这"不同方法"包括或极少用对话，或全篇都用对话（如《若墨医生》）等等，也指不同的结构方法。他常把他的小说改来改去，改的也往往是结构。他曾经干过一件事，把写好的小说剪成一条一条的，重新拼合，看看什么样的结构最好。他不大用"结构"这个词，常用的是"组织"、"安排"，怎样把材料组织好，位置安排得更妥贴。他对结构的要求是："匀称"。这是比表面的整齐更为内在的东西。一个作家在写一局部时要顾及整体，随时意识到这种匀称感。正如一棵树，一个枝子，一片叶子，这样长，那样长，都是必需的，有道理的。否则就如一束绢花，虽有颜色，终少生气。《边城》的结构是很讲究的，是完美地实现了沈先生所要求的匀称的，不长不短，恰到好处，不能增减一分。

有人说《边城》像一个长卷。其实像一套二十一开的册页，每一节都自成首尾，而又一气贯注。——更像长卷的是《长河》。

沈先生很注意开头，尤其注意结尾。

他的小说的开头是各式各样的。《边城》的开头取了讲故事的方式：

> 由四川过湖南去，靠东有一条官路，这官路将近湘西边境，到了一个地方名叫'茶峒'的小山城时，有一小溪，溪边有座白色小塔，塔下住了一户单独的人家。这人家只一个老人，一个女孩子，一只黄狗。

这样的开头很朴素，很平易亲切，而且一下子就带起全文牧歌一样的意境。

汤显祖评董解元《西厢记》，论及戏曲的收尾，说"尾"有两种，一种是"度尾"，一种是"煞尾"。"度尾"如画舫笙歌，从远地来，过近地，又向远地去；"煞尾"如骏马收缰，忽然停住，寸步不移，他说得很好。收尾不外这两种。《边城》各章的收尾，两种兼见。

> 翠翠正坐在门外大石上用棕叶编蚱蜢、蜈蚣玩，见黄狗先在太阳下睡着，忽然醒来便发疯似的乱跑，过了河又回来，就问它骂它：
>
> "狗，狗，你做什么！不许这样子！"
>
> 可是一会儿那远处声音被她发现了，她于是也绕屋跑着，并且同黄狗一块儿渡过了小溪，站在小山头听了许久，让那点迷人的鼓声，把自己带到一个过去的节日里去。

这是"度尾"。

> ……翠翠感觉着，望着，听着，同时也思索着：
>
> "爷爷今年七十岁……三年六个月的歌——谁送那只白鸭子呢？……得碾子的好运气，碾子得谁更是好运气……。"
>
> 痴着，忽地站起，半簸箕豌豆便倾倒到水中去了。伸手把那簸箕从水中捞起时，隔溪有人喊过渡。

这是"煞尾"。

全文的最后，更是一个精彩的结尾：

到了冬天，那个圮坍了的白塔，又重新修好了。那个在月下歌唱，使翠翠在睡梦里为歌声把灵魂轻轻浮起的年青人，还不曾回到茶峒来。

这个人也许永远不回来了，也许明天回来。

七万字一齐收在这一句话上。故事完了，读者还要想半天。你会随小说里的人物对远人作无边的思念，随她一同盼望着，热情而迫切。

我有一次在沈先生家谈起他的小说的结尾都很好，他笑眯眯地说："我很会结尾。"

三十年来，作为作家的沈从文很少被人提起（这些年他以一个文物专家的资格在文化界占一席位），不过也还有少数人在读他的小说。有一个很有才华的小说家对沈先生的小说存着偏爱。他今年春节，温读了沈先生的小说，一边思索着一个问题：什么是艺术生命？他的意思是说：为什么沈先生的作品现在还有蓬勃的生命？我对这个问题也想了几天，最后还是从沈先生的小说里找到了答案，那就是《长河》里的天天所说的："好看的应该长远存在。"

现在，似乎沈先生的小说又受到了重视。出版社要出版沈先生的选集，不止一个大学的文学系开始研究沈从文了。这是好事。这是"百花齐放"的一种体现。这对推动创作的繁荣是有好处的。我想。

漫评《烟壶》

　　叫我来评介邓友梅的《烟壶》，其实是不合适的。我很少写评论。记得好像是柯罗连科对高尔基说过，一个作家在谈到别人的作品时，只要说：这一篇写得不错，就够了，不需要更多的话。评论家可不能这样。一个评论家，要能一眼就看出一篇作品的历史地位。而我只能就小说论小说，谈一点读后的印象和感想。

　　友梅最初跟我谈起他要写一个关于鼻烟壶的小说的时候，我只是听着，没有表示什么。说老实话，我对鼻烟壶是没有什么好感的。这大概是受了鲁迅先生反对小摆设和"象牙微雕"的影响。我对内画尤其不感兴趣，特别是内画戏装人物，我觉得这是一种恶劣的趣味。读了《烟壶》，我的看法有些改变。友梅这篇小说的写法有点特别，开头一节是发了一大篇议论。他的那一番鼻烟优越论我是不相信的。闻鼻烟代替不了抽烟。蒙古人是现在还闻鼻烟的，但是他们同时也还要抽关东烟。这只能是游戏笔墨。但是他对作为工艺品的鼻烟壶的论赞，我却是拟同意的，因为这说的是真话，正经话。友梅好奇，到一个地方，总喜欢到处闲逛，收集一些具有民族特色、地方特色的工艺品。这表现了一个作家对于生活的广博的兴趣，对精美的工艺的赏悦，和对于制造工艺的匠师的敬爱。我想这是友梅写作《烟壶》的动机。他写这样的题材并不是找什么冷门。即使是找冷门，如果不是平日就有对于工艺美术的嗜爱 这样的冷门也是找不到的。

《烟壶》里的聂小轩师傅有一段关于他所从事的行业的具有哲理性的谈话：

> "打个比方，这世界好比个客店，人生如同过客。我们吃的用的多是以前的客人留下的。要从咱们这儿起，你也住我也住，谁都取点什么，谁也不添什么，久而久之，我们留给后人的不就成了一堆瓦砾了？反之，来往客商，不论多少，每人都留点什么，你栽棵树，我种棵草，这店可就越来越兴旺，越过越富裕。后来的人也不枉称你们一声先辈。辈辈人如此，这世界不就更有个恋头了？"

乍一听，这一番话的境界似乎太高了。一个手艺人，能说得出来么？然而这却是真实的，可信的。手工艺人我不太熟悉。我比较熟悉戏曲演员。戏曲演员到了晚年，往往十分热衷于授徒传艺。他们常说："我不能把我从前辈人学到的这点玩艺带走，我得留下点东西。""文化大革命"中冤死了一些艺人，同行们也总是叹惜："他身上有东西呀！"

"给后人留下点东西"，这是朴素的哲理，是他们的职业道德，也是他们立身做人的准则。从这种朴素的思想可能通向社会主义，通向爱国主义。许多艺人，往往是由于爱本行的那点"玩艺"，爱"中国人勤劳才智的结晶"，因而更爱咱们这个国家的。聂小轩的这一思想是贯串全篇的思想。内画也好，古月轩也好，这是咱们中国的玩艺，不能叫也从我这儿绝了。这才引出一大篇曲曲折折的故事。我想，这篇小说真正的爱国主义的"核"，应该在这里。

《烟壶》写的是庚子年间的事，距现在已经八十多年，邓友梅今年五十多岁，当然没有赶上。友梅不是北京人。然而他竟然写出一篇反映八十年前北京生活的小说，这简直有点不可思议！这还不比写历史小说（《烟壶》虽写历史，但在一般概念里是不把它划在历史小说范围里的）。历史小说，写唐朝、汉朝的事，死无对证，谁也不能指出这写得对还是不对。庚子年的事，说近不近，说远也不远。这最不好写。八十多岁的人现在还有健在的，七十多岁的也赶上那个时期的后尾。笔下稍稍粗疏，就会有人说："不像"然而友梅竟写了那个时期的那样多的生活场景，写得详尽而真切，使人如同身临其境。友梅小说的材料，是靠平时积累的，不是临时现抓的。临时现抓的小说也有，看得出来，不会有这样厚实。友梅有个特点，喜欢听人谈掌故，聊闲篇。三十多年前，我认识友梅时，他是从部队上下来的革命干部、党员，年纪轻轻的，可是却和一些八旗子弟、没落王孙厮混在一起。当时是有人颇不以为然的。然而友梅我行我素。友梅对他们不鄙视、不歧视，也不存什么功利主义。他和所有人的关系都是平等的。也正因为这样，许多老北京才乐于把他所知的掌故轶闻、人情风俗毫无保留地说给他听。他把听来的材料和童年印象相印证，再加之以灵活的想象，于是八十多年前的旧北京就在他心里活了起来。

　　《烟壶》是中篇小说，中篇总得有曲折的、富于戏剧性的情节、故事。情节，总要编。世界上没有一块天生就富于情节的生活的矿石。我相信《烟壶》的情节大部分也是编出来的。编和编不一样。有的离奇怪诞，破绽百出；有的顺理成章，若有其事。友梅能把一堆零散的生活素材，团巴团巴，编成一个完完整整的故事，虽然还不能说是天衣无缝，无可挑剔，但是不使人觉得如北京人所说的："老虎闻鼻烟——没有那宗事。"这真是一宗本事。我是不会编故事的，也不赞成编故事。但是故事编圆了，我也佩服。因此，我认为友梅的《烟壶》是一篇"力作"。

友梅写人物，我以为好处是能掌握分寸。乌世保知道聂小轩轧断了手，"他望着聂小轩那血淋淋的衣袖和没有血色的、微闭双眼的面容惊呆了，吓傻了。从屋里走到院子，从院子又回到屋里。想做什么又不知该做什么，想说话又找不到话可说。"这写得非常真实。这就是乌世保，一个由"它撒勒哈番"转成手工艺人的心地善良而又窝窝囊囊的八旗子弟活生生的写照。乌世保蒙冤出狱，家破人亡，走投无路，朋友寿明给他谋划了生计，建议他画内画烟壶，给他找了菜市口小客店安身，给他办了铺盖，还给他留下几两银子先垫补用，可谓周到之至。乌世保过意不去，连忙拦着说："这就够麻烦您的了，这银子可万万不敢收。"寿明说："您别拦，听我说。这银子连同我给您办铺盖，都不是我白给你的，我给不起。咱们不是搭伙作生意吗？我替你买材料卖烟壶，照理有我一份回扣，这份回扣我是要拿的。替你办铺盖、留零花，这算垫本，我以后也是要从您卖货的款子里收回来的，不光收回，还要收息，这是规矩。交朋友是交朋友，作生意是作生意，送人情是送人情，放垫本是放垫本，都要分清。您刚作这行生意，多有不懂的地方，我不能不点拨明白了。"好！这真是一个靠为人长眼跑合为生的穷旗人的口吻，不是一个为朋友两肋插刀的侠客。他也仗义，也爱财。既重友情，也深明世故。这一番话真是小葱拌豆腐，如刀切，如水洗，清楚明白，嘎嘣爽脆。这才叫通过对话写人物。邓友梅有两下子！

友梅很会写妇女。他的几篇写北京市井的小说里总有一个出身卑微，不是旗人，却支撑了一个败落的旗人家庭的劳动妇女。她们刚强正直，善良明理，坦荡磊落。《那五》里那位庶母，《烟壶》里的刘奶妈，都是这样。《烟壶》写得最成功的人物，我以为是柳娘（我这样说友梅也许会觉得伤心）。她俊俏而不俗气，能干而不咋唬，光彩照人，英气勃勃，有心胸，有作为，有决断，拿得起，放得下，掰得开，踢得动，不论遇到什么事都能沉着镇定，头脑清醒，方寸不乱，举措从容。这真是市井中难得的一方碧玉，挺立在水边的一株雪白雪白的马蹄莲，她的出场就不凡：

> ……这时外边大门响了两声，脆脆朗朗响起女人的声音："爹，我买了蒿子回来了。"寿明和乌世保知道是柳娘回来，忙站起身。聂小轩掀开竹帘说道："快来见客人，乌大爷和寿爷来了。"柳娘应了一声，把买的蒿子、线香、嫩藕等东西送进西间，整理一下衣服，进到南屋，向寿明和乌世保道了万福说："我爹打回来就打听乌大爷来过没有，今儿可算到了。寿爷您坐！哟，我们老爷子这是怎么了？大热的天让客人干着，连茶也没沏呀！您说话，我沏茶去！"这柳娘干嘣楞脆说完一串话，提起提梁宜兴大壶，挑帘走了出去。乌世保只觉着泛着光彩，散着香气的一个人影像阵清清爽爽的小旋风在屋内打了个旋又转了出去，使他耳目繁忙，应接不暇，竟没看仔细是什么模样。

寿明为乌世保做媒，聂小轩征求柳娘的意思，问她"咱们还按祖上的规矩，连收徒带择婿一起办好不好呢？"柳娘的回答是："哟，住了一场牢我们老爷子学开通了！可是晚了，这话该在乌大爷搬咱们家来以前问我。如今人已经住进来，饭已经同桌吃了，活儿已经挨肩做了，我要说不愿意，您这台阶怎么下？我这风言风语怎么听呢？唉！"

这里柳娘有点"放刁"了，当初把师哥接到家里来住，是谁的主意呀？你可事前也没跟老爷子商量过就说出口了！

友梅这篇小说基本上用的是叙述，极少描写。偶尔描写，也是插在叙述之间，不把叙述停顿下来，作静止的描写。这是史笔，这是自有《史记》以来中国文学的悠久的传统。但是不完全是直叙，时有补叙、倒叙，这也是《史记》笔法。因为叙述方法多变化，故质朴而不呆板，流畅而不浮滑，舒卷自如，起止自在。有时洋洋洒洒，下笔千言；有时戛然收住，多一句也不说。友梅是很注意语言的。近年功力大见长进。他的语言所以生动，除了下字准确，词达意显，我觉得还因为起落多姿，富于"语态"。"语态"的来源，我想是，一、作者把自己摆了进去了，在描述人物事件时带着叙述者的感情色彩，如梁任公所说："笔锋常带感情"；同时作者又置身事外，保持冷静和客观，不跳出来抒愤懑，发感慨。二、是作者在叙述时随时不忘记对面有个读者，随时要观察读者的反应，他是不是感兴趣，有没有厌烦？有的时候还要征求读者的意见，问问他对斯人斯事有何感想。写小说，是跟人聊天，而且得相信听你聊天的人是个聪明解事，通情达理，欣赏趣味很高的人，而且，他自己就会写小说，写小说的人要诚恳，谦虚，不矜持，不卖弄，对读者十分地尊重。否则，读者会觉得你侮辱了他！

这篇小说的不足之处，我觉得有这些：

一、对聂小轩以及乌世保、柳娘对古月轩的感情写得不够。小说较多写了古月轩烧制之难，而较少写这种瓷器之美。如果聂小轩的爱国主义感情是由对于这门工艺的深爱出发的，那么，应该花一点笔墨写一写他们烧制出一批成品之后的如醉如痴的喜悦，他们应该欣赏、兴奋、爱不释手，笑，流泪，相对如梦寐，忘乎所以。这篇小说一般只描叙人物的外部动作，不作心理描写。但是在写聂小轩想要砍去自己的右手时，应该写一写他的"广陵散从此绝矣"的悲怆沉痛的心情。因为聂小轩的这一行动不是正面描写的，而是通过柳娘和乌世保的眼睛来写的，不能直接写他的心理活动，但是事后如果有一两句揪肝抉胆、血泪交加的话也好。

二、乌世保应该写得更聪明，更有才气一些。这个人百无一用，但是应该聪明过人，他在旗人所玩的玩艺中，应该是不玩则已，一玩则精绝。这个人应该琴棋书画什么都能来两下。否则聂小轩就不会相中他当徒弟，柳娘也不会无缘无故地爱这样一个比棒槌多两个耳朵的凡庸的人了。柳娘爱他什么呢？无非是他身上这点才吧。

三、九爷写得有点漫画化。

人之所以为人

——读《棋王》笔记

脑袋在肩上，

文章靠自己。

——阿城《孩子王》

读了阿城的小说，我觉得，这样的小说我写不出来。我相信，不但是我，很多人都写不出来。这样就很好。这样就增加了一篇新的小说，给小说的这个概念带进了一点新的东西。否则，多写一篇，少写一篇：写，或不写，差不多。

提笔想写一点读了阿城小说之后的感想，煞费踌躇。因为我不认识他。我很少写评论。我评论过的极少的作家都是我很熟的人。这样我说起话来心里才比较有底。我认为写评论最好联系到所评的作家这个人，不能只是就作品谈作品。就作品谈作品，只论文，不论人，我认为这是目前文学评论的一个缺点。我不认识阿城，没有见过。他的父亲我是见过的。那是他倒了楣的时候，似乎还在生着病。我无端地觉得阿城像他的父亲。这很好。

阿城曾是"知青"。现有的辞书里还没有"知青"这个词条。这一条很难写。绝不能简单地解释为"有知识的青年"。这是一个特定的历史时期的产物，一个很特殊的社会现象，一个经历坎坷、别具风貌的阶层。

知青并不都是一样。正如阿城在《一些话》中所说："知青上山下乡是一种特殊情况下的扭曲现象，它使有的人狂妄，有的人消沉，有的人投机，有的人安静。"这样的知青我大都见过。但是大多数知青，都有一个共同的特点，如阿城所说："老老实实地面对人生，在中国诚实地生活"。大多数知青看问题比我们这一代现实得多。他们是很清醒的现实主义者。

大多数知青是从温情脉脉的纱幕中被放逐到中国的干硬的土地上去的。我小的时候唱过一支带有感伤主义色彩的歌："离开父，离开母，离开兄弟姊妹们，独自行千里……"知青正是这样。他们不再是老师的学生，父母的儿女，姊妹的兄弟，赤条条地被掷到"广阔天地"之中去了。他们要用自己的双手谋食。于是，他们开始用自己的眼睛去看世界。棋呆子王一生说："你们这些人好日子过惯了，世上不明白的事儿多着呢！"多数知青从"好日子"里被甩出来了，于是他们明白许多他们原来不明白的事。

我发现，知青和我们年轻时不同。他们不软弱，较少不着边际的幻想，几乎没有感伤主义。他们的心不是水蜜桃，不是香白杏。他们的心是坚果，是山核桃。

知青和老一代的最大的不同，是他们较少教条主义。我们这一代，多多少少都带有教条主义色彩。

我很庆幸地看到（也从阿城的小说里）这一代没有被生活打倒。知青里自杀的极少、极少。他们大都不怨天尤人。彷徨、幻灭，都已经过去了。他们怀疑过，但是通过怀疑得到了信念。他们没有流于愤世嫉俗，玩世不恭。他们是看透了许多东西，但是也看到了一些东西。这就是中国和人。中国人。他们的眼睛从自己的脚下移向远方的地平线。他们是一些悲壮的乐观主义者。有了他们，地球就可修理得较为整齐，历史就可以源源不绝地默默地延伸。

他们是有希望的一代，有作为的一代。阿城的小说给我们传达了一个非常可喜的信息。我想，这是阿城的小说赢得广大的读者，在青年的心灵中产生共鸣的原因。

《棋王》写的是什么？我以为写的就是关于吃和下棋的故事。先说吃，再说下棋。

文学作品描写吃的很少（弗吉尼亚·沃尔夫曾提出过为什么小说里写宴会，很少描写那些食物的）。大概古今中外的作家都有点清高，认为吃是很俗的事。其实吃是人生第一需要。阿城是一个认识吃的意义、并且把吃当作小说的重要情节的作家（陆文夫的《美食家》写的是一个馋人的故事，不是关于吃的）。他对吃的态度是虔诚的。《棋王》有两处写吃，都很精彩。一处是王一生在火车上吃饭，一处是吃蛇。一处写对吃的需求，一处写吃的快乐——一种神圣的快乐。写得那样精细深刻，不厌其烦，以至读了之后，会引起读者肠胃的生理感觉。正面写吃，我以为是阿城对生活的极其现实的态度。对于吃的这样的刻画，非经身受，不能道出。这使阿城的小说显得非常真实，不假。《棋王》的情节按说是很奇，但是奇而不假。

我不会下棋，不解棋道，但我相信有像王一生那样的棋呆子。我欣赏王一生对下棋的看法："我迷象棋。一下棋，就什么都忘了。呆在棋里舒服。"人总要呆在一种什么东西里，沉溺其中。苟有所得，才能证实自己的存在，切实地掂出自己的价值。王一生一个人和几个人赛棋，连环大战，在胜利后，呜呜地哭着说："妈，儿今天明白事儿了。人还要有点儿东西，才叫活着。"是的，人总要有点东西，活着才有意义。人总要把自己生命的精华都调动出来，倾力一搏，像干将、莫邪一样，把自己炼进自己的剑里，这，才叫活着。

"不有博弈者乎？为之犹胜乎己。"弈虽小道，可以喻大。"用志不分，乃凝于神"，古今成事业者都需要有这么一点精神。这是我们这个时代需要的精神。

我这样说，阿城也许不高兴。作者的立意，不宜说破。说破便煞风景。说得太实，尤其令人扫兴。

阿城的小说结尾都是胜利。人的胜利。《棋王》的结尾，王一生胜了。《孩子王》的结尾，"我"被解除了职务，重回生产队劳动去了。但是他胜利了。他教的学生王福写出了这样的好文章："……早上出的白太阳，父亲在山上走，走进白太阳里去。我想，父亲有力气啦。"教的学生写出这样的好文章，这是胜利，是对一切陈规的胜利。

《树王》的结尾，萧疙瘩死了，但是他死得很悲壮。

因此，我说阿城是一个乐观主义者。

有人告诉我，阿城把道家思想揉进了小说。《棋王》里的确有一些道家的话。但那是拣烂纸的老头的思想。甚至也可以说是王一生的思想，不一定就是阿城的思想。阿城大概是看过一些道家的书。他的思想难免受到一些影响。《树王》好像就涉及一点"天"和"人"的关系（这篇东西我还没太看懂，捉不准他究竟想说什么，容我再看看，再想想）。但是我不希望把阿城和道家纠在一起。他最近的小说《孩子王》，我就看不出有什么道家的痕迹。我不希望阿城一头扎进道家里出不来。

阿城是有师承的。他看过不少古今中外的书。外国的，我觉得他大概受过海明威的影响，还有陀思妥也夫斯基。中国的，他受鲁迅的影响是很明显的。他似乎还受过废名的影响。他有些造句光秃秃的，不求规整，有点像《莫须有先生传》。但这都是瞎猜。他的叙述方法和语言是他自己的。司空图《二十四诗品》云："俯拾即是，不取诸邻。俱道适往，着手成春。"说得很好。阿城的文体的可贵处正在："不取诸邻"。"脑袋在肩上，文章靠自己。"

阿城是敏感的。他对生活的观察很精细，能够从平常的生活现象中看出别人视若无睹的特殊的情趣。他的观察是伴随了思索的。否则他就不会在生活中看到生活的底蕴。这样，他才能积蓄了各样的生活的印象。可以俯拾，形成作品。

然而在摄取到生活印象的当时，即在"十年动乱"期间，在他下放劳动的时候，没有写出小说。这是可以理解的，正常的。

只有在今天，现在，阿城才能更清晰地回顾那一段极不正常时期的生活，那个时期的人，写下来。因为他有了成熟的、冷静的、理直气壮的、不必左顾右盼的思想。一下笔，就都对了。

他的信心和笔力来自党的十一届三中全会以后中国生活的现实。十一届三中全会救了中国，救了一代青年人，也救了现实主义。

阿城业已成为有自己独特风格的青年作家，循此而进，精益求精，如王一生之于棋艺，必将成为中国小说的大家。

从哀愁到沉郁

——何立伟小说集《小城无故事》序

　　我最初读到的何立伟的小说是《小城无故事》。发表在《人民文学》上的。当时就觉得很新鲜。这样的小说我好像曾经很熟悉，但又似乎生疏了多年了。接着就有点担心。担心作者会受到批评，也担心《人民文学》因为发表这样的作品而受到批评。我担心某些读者和评论家会看不惯这样的小说，担心他们对看不惯的小说会提出非议。然而我的担心是多余了。看来我的思想还是相当保守的，对读者和评论家的估计过低了。何立伟和《人民文学》全都太平无事。——也许有一点"事"。但是我不知道。我放心了。何立伟接着发表了不少小说，有的小说还得了奖。我听到一些关于何立伟小说的议论，都是称赞的，都说何立伟是一个值得注意的、有自己的特点的青年作家。何立伟得到社会的承认，他在文艺界站住脚了，我很高兴。为立伟本人高兴，也为中国多了一个真正的作家而高兴。何立伟现在的情况可以说是"崭露头角"，他的作品也预示出他会有很远大的前程。从何立伟以及其他一些破土而出，显露不同的才华的青年作家身上，我们看到中国文学的一片勃勃的生机，这真是太好了。

　　但是我以前看过立伟的小说很少，——我近年来不大看小说，好像只有《小城无故事》这一篇。

蒋子丹告诉我，何立伟要出小说集，要我写序。有一次见到王蒙，我告诉他何立伟要我写序（我知道立伟的小说有一些是经他的手发出去的）。王蒙说："你写吧！"我说我看过他的小说很少，王蒙说："看看吧，你会喜欢的。"我心想：好吧。

何立伟把他的小说的复印件寄来给我了，写序就由一句话变成了真事。复印件寄到时，我在香港。回来后知道他的小说发稿在即，就连日看他的小说。这样突击式地看小说，囫囵吞枣，能够品出多少滋味来呢？我于是感到为人写序是一件冒险的事。如果序里所说的话，全无是处，是会叫作者很难过的。但是我还是愿意来写这篇序。理由就是：我愿意。

子丹后来曾陪了立伟和另外一位湖南青年作家徐晓鹤到我在北京的住处来看过我。他们全都才华熠熠，挥斥方遒，都很快活。我很喜欢他们的年轻气盛的谈吐。因为时间匆促，未暇深谈。谈了些什么，我已经不记得了。只记得我大概谈起过废名。为什么谈起废名，大概是我觉得立伟的小说与废名有某些相似处。

立伟最近来信，说："上回在北京您同我谈起废名，我回来后找到他的书细细读，发觉我与他有很多内在的东西颇接近，便极喜欢。"

那么何立伟过去是没有细读过废名的小说的，然而他又发觉他与废名有很多内在的东西颇接近，这是很耐人深思的。正如废名，有人告诉他，他的小说与英国女作家弗吉尼亚·伍尔芙很相似，废名说："我没有看过她的小说"，后来找了弗吉尼亚·伍尔芙的小说来看了，说："果然很相似。"一个作家，没有读过另一作家的作品，却彼此相似，这是很奇怪的。

但是何立伟是何立伟，废名是废名。我看了立伟的全部小说，特别是后来的几篇，觉得立伟和废名很不一样。我的这篇序恐怕将写成一篇何立伟、废名异同论，这真是始料所不及。

废名是一位被忽视的作家。在中国被忽视，在世界上也被忽视了。废名作品数量不多，但是影响很大，很深，很远。我的老师沈从文承认他受过废名的影响。他曾写评论，把自己的几篇小说和废名的几篇对比。沈先生当时已经成名。一个成名的作家这样坦率而谦逊的态度是令人感动的。虽然沈先生对废名后期的小说十分不以为然。何其芳在《给艾青先生的一封信》提到刘西渭（李健吾）非常认真地读了《画梦录》，但"主要地只看出了我受了废名影响的那一点"。那么受了废名影响的这一点，何其芳是承认的。我还可以开出一系列受过废名影响的作家的名单，只是因为本人没有公开表态，我也只好为尊者讳了。"但开风气不为师"，废名是开了一代文学风气的，至少在北方。这样一个影响深远的作家，生前死后都很寂寞，令人怃然。

我读过废名的小说，《桃园》、《竹林的故事》、《桥》、《枣》……都很喜欢。在昆明（也许在上海）读过周作人写的《怀废名》。他说废名的小说的一个特点是注重文章之美。说他的小说如一湾溪水，遇到一片草叶都要抚摸一下，然后再汩汩地向前流去（大意），这其实就是意识流，只是当时在中国，"意识流"的理论和小说介绍进来的还不多。这也是很有意思的事。西方的意识流的理论和小说还没有介绍进来，中国已经有用意识流的方法写的小说，并且比之西方毫无逊色，说明意识流并非是外来的。人类生活发展到一定阶段，对意识的认识发展到一定阶段，就会产生意识流的作品。这是不能反对，无法反对的。废名也许并不知道"意识流"，正像他以前不知道弗吉尼亚·伍尔芙。他只是想真切地反映生活。他发现生活中意识是流动的，于是找到了一种新的对于生活的写法，于是开了一代风气。这种写法没有什么奥秘，只是追求：

更像生活。

周作人的文章还说废名之貌奇古，其额如螳螂。一九四八年我住在北京大学红楼，时常可以看到废名，他其时已经写了《莫须有先生坐飞机以后》，潜心于佛学。我只是看到他穿了灰色的长衫，在北大的路上缓缓地独行，面色平静，推了一个平头。我注意了他的相貌，没有发现其额如螳螂，也不见有什么奇古。——一个人额如螳螂，是什么样子呢？实在想象不出。

何立伟与废名的相似处是哀愁。

立伟一部分小说所写的生活是湖南小城镇的封闭的生活，一种古铜色的生活。他的小说有一些写的是长沙，但仍是封闭着的长沙的一个角隅。这种古铜有如宣德炉，因为熔入了敲碎了的乌斯藏佛之类的贵重金属，所以呈现出斑斓的光泽。有些小说写了封闭生活中的古朴的人情。《小城无故事》里的吴婆婆每次看到癫姑娘，总要摸两个冷了的荷叶耙耙走出凉棚喊拢来那癫子。"莫发癫！快快同我吃了！"萧七罗锅侧边喊："癫子，癫子，你拢来！""癫子，癫子，把碗葱花米豆腐你吃！"霍霍霍霍喝下肚，将那蓝花瓷碗往地上一撂，啪地碗碎了。萧七罗锅也不发火，只摇着他精光的脑壳蹲身下去一片一片拣碎瓷。还有用，回去拿它做得瓦片子，刨得芋头同南瓜。这实在写得非常好。拣了碎瓷，回去做得瓦片子，刨得芋头同南瓜，这是一种非常美的感情，很真实的感情。

但是这种封闭的古铜色的生活是存留不住的，它正在被打破，被铃木牌摩托车，被邓丽君的歌唱所打破。姚笃正老裁缝终于不得不学着做喇叭裤、牛仔裤（《砚坪那个地方》）。这是有点可笑的。然而，有什么办法呢？

面对这种行将消逝的古朴的生活，何立伟的感情是复杂的。这种感情大体上可以名之为"哀愁"。鲁迅在评论废名的小说时说："……在一九二五年出版的《竹林的故事》里，才见以清淡为衣，而如著者所说，仍能'从他们当中理出我的哀愁'的作品。"从立伟的一些前期的小说中，我们都可觉察到这种哀愁。如《荷灯》，如《好清好清的杉木河》……这种哀愁出于对自下而上于古朴世界的人的关心。这种哀愁像《小城无故事》里癫子姑娘手捏的栀子花，"香得并不酽，只淡淡有些幽远"。"满街满巷都是那栀子花淡远的香。然而用力一闻，竟又并没有。"何立伟的不少篇小说都散发着栀子花的香味，栀子花一样的哀愁。

　　鲁迅论废名文中说："可惜的是大约作者过于珍惜他有限的'哀愁'，不久就不欲像先前一般的闪露，于是从率直的读者看来，就只见其有意低徊，顾影自怜之态了。"老实说，看了一些立伟的短篇，我是有点担心的。一个作者如果停留在自己的哀愁中，是很容易流于有意低徊的。

　　立伟是珍惜自己的哀愁的。他有意把作品写得很淡。他凝眸看世界，但把自己的深情掩藏着，不露声色。他像一个坐在发紫发黑的小竹凳上看风景的人，虽然在他的心上流过很多东西。有些小说在最易使人动情的节骨眼上往往轻轻带过，甚至写得模模糊糊的，使人得捉摸一下才明白是怎么回事。如《搬家》，如《雪霁》。但是他后来的作品，感情的色彩就渐渐强烈了起来。他对那种封闭的生活表现了一种忧愤。他的两个中篇，《苍狗》和《花非花》都是这样。像《花非花》那样窒息生机的生活，是叫人会喊叫出来的。但是何立伟并没有喊叫，他竭力控制着自己的激情，他的忧愤是没有成焰的火，于是便形为沉郁。也仍然是不动声色的，但这样的不动声色而写出的貌似平淡的生活却有了强烈的现实感。

　　我很高兴何立伟在小说里写了希望。谁是改造这个封闭世界的力量？像刘虹（《花非花》）这样追求美好，爱生活的纯净的人（刘虹写得一点都不概念化，是很难得的）。"那世界，正一天天地、无可抗拒地新鲜起来，富于活力与弹性"，是这样！

对立伟的这种变化，有人有不同意见，但我以为是好的。也许因为立伟所走过来的路和我有点像。

废名说过："我写小说同唐人写绝句一样"，立伟很欣赏他这句话。立伟的一些小说也是用绝句的方法写的，他和废名不谋而合。所谓唐人绝句，其实主要指中晚唐的绝句，尤其是晚唐绝句。晚唐绝句的特点，说穿了，就是重感觉，重意境。《小城无故事》，立伟的小说不重故事，有些篇简直无故事可言，他追求的是一种诗的境界，一种淡雅的，有些朦胧的可以意会的气氛，"烟笼寒水月笼纱"。与其说他用写诗的方法写小说，不如说他用小说的形式写诗。这是何立伟赢得读者，受到好评的主要原因。我也是喜欢晚唐绝句的。最近看到一本书，说是诗以五古为最难写，一个诗人不善于写五古，是不能算做大诗人的。我想想，这有道理。诗至五古，堂庑始大，才厚重。杜甫的《北征》，我是到中年以后才感到其中的苍凉悲壮。我觉得，立伟的《苍狗》和《花非花》，其实已经不是绝句，而是接近五古了。何立伟正在成熟。

何立伟的语言是有特色的。他写直觉，没有经过理智筛滤的，或者超越理智的直觉，故多奇句。这一点和日本的新感觉派相似，和废名也很相似。废名的名句："万寿宫丁丁响"，即略去万寿富有铃铛，风吹铃铛，直接写万寿宫丁丁响。这在一群孩子的感觉中是非常真切的。立伟的造句奇峭似废名，甚至一些虚词也相似，如爱用"遂"、"乃"。立伟还爱用"抑且"，这也有废名的味道。立伟以前没有细读过废名的作品，相似乃尔，真是奇怪！我觉得文章不可无奇句，但不宜多。龚定庵论人："某公端端，酒后露轻狂，乃真狂。"奇句和狂态一样，偶露，才可爱。立伟初期的小说，我就觉得奇句过多。奇句如江瑶柱，多吃，是会使人"发风动气"的。立伟后来的小说，语言渐多平实，偶有奇句。我以为这也是好的。

立伟要我写序，尽两日之功写成，可能说了一些煞风景的话，不知道立伟会不会难过。

一篇好文章

　　《朱光潜先生二三事》刊在三月二十七日《北京晚报》上。作者耿鉴庭。

　　这篇文章的好处是没有作家气。耿先生是医生，不是作家，他也没有想把这篇文章写成一个文学作品，他没有一般作家写作时的心理负担，所以能写得很自然，很亲切，不矜持作态。耿先生没有想在文章中表现自己（青年作家往往竭力想在作品里表现自己的个性，使人读了不大舒服），但是从字里行间可以看出耿先生的人品：谦虚、富于人情、而有修养。

　　这篇文章不求"全"，没有想对朱光潜先生作全面的评述，真正是只写了二三事。一件是耿先生到燕南园找同乡，向朱光潜先生问路，偶尔相识，谈了一些话；一件是在胡先辅先生家，听朱先生和胡先生谈诗，说及朱自清先生家大门的对联；第三件是在北大看到朱光潜先生挨斗；第四件是朱先生来治耳聋，看到一本黄天朋著的《韩愈研究》，在一张薛涛笺上题了一首诗。对这几件事，耿先生并未作评论——只在写朱先生挨斗时，写了他的"生死置之度外的从容神态"，并未对朱先生的为人作理性的概括，说他如何平易近人，如何好学，对朋友如何有情，甚至对朱先生的那首诗也未称赞，只是说"这可能是他未收入诗稿的一首诗吧！"然而读了使人如与朱先生对晤，神态宛然。文中没有很多感情外露的话，只是在写到朱先生等人捱斗时，说了一句："我看了以后，认为他们都是上得无双谱的学者，真为他们的健康而担忧。"但是我们觉得文章很有感情。有感情而不外露，乃真有感情。这篇文章的另一个好处是完全没有感伤主义——感伤主义即没有那么多感情却装得很有感情。

文章写得很短，短而有内容，写得很淡，淡而有味。

从耿先生的文章中得知，朱自清先生的尊人，即《背影》的主人公到抗战时还活着。我小时读《背影》，看到朱先生的父亲写给朱先生的信中说："……唯右膀疼痛，举箸捉笔，诸多不便，大概大去之期不远矣"（手边无《背影》，原文可能有记错处），以为朱先生的父亲早已作古了，朱先生的父亲活得那样长，令人欣慰。我很希望耿先生能写一篇关于朱先生父亲的文章。

《晚报》发表的散文，有不少好的，我觉得可以精选一本，供读者长期阅读。——"一分钟小说"也可以编选成集。

贺路翎重写小说

　　路翎是一位才华横溢的不可多得的作家。他的创作精力一度非常旺盛，写过不少震惊一时的好小说。他挨了整，很久没有听到他的消息，我以为他大概已经不在人世。有人告诉我：路翎还活着，住在一个不为人知的什么地方，每天扫大街。扫街之后，回到没有光线的小屋里，一声不响地枯坐着。他很少说话，甚至连笑也不会了。我心里很难过。怎么能把人折磨成这个样子呢！

　　后来听说他好一些了，能写一点东西了。在《北京晚报》上看到他写的几篇短文，我们几个朋友都觉得很不是滋味：这哪里像是路翎写的文章呢！我对朋友说：对一个人最大的摧残，无过于摧残了他的才华。

　　在《读书》上读到绿原记路翎的文章，对路翎增加了了解，心里也就更加难受。我想：路翎完了！

　　有位编辑到我家来组稿，说路翎最近的一篇小说写得不错。我很惊奇，说："是吗？"找来《人民文学》便赶紧翻到《钢琴学生》，接连读了两遍。我真是比在公园里忽然看到一个得了半身不遂的老朋友居然丢了手杖在茂草繁花之间步履轻捷、满面春风地散着步还要高兴。我在心里说：路翎同志，你好了！

　　我不是说《钢琴学生》是一篇多了不得的好作品，但是的确写得不错！应该庆贺的是：路翎恢复了艺术感，恢复了语感，恢复了对生命的喜悦，对生活的欢呼。这是多不容易呀。年轻的读者，你们要是知道路翎受过多少苦难，现在还能写出这样泽润葱茏的小说，你们就会觉得这是一个不小的胜利。路翎是好样的，路翎很顽强。

劫灰深处拨寒灰，
谁信人间二度梅。
拨尽寒灰翻不说，
枝头窈窕迎春晖。

林斤澜的矮凳桥

林斤澜回温州住了一段，回到北京，写出了一系列关于矮凳桥的小说。他回温州，回北京，都是回。这些小说陆续发表后，有些篇我读过。读得漫不经心。我觉得不大看得明白，也没有读出好来。去年十月，我下决心，推开别的事，集中精力，读斤澜的小说，读了四天。苏东坡说他读贾岛的诗，"初如食小鱼，所得不偿劳"。读斤澜的小说，有点像这样：费事。读到第四天，我好像有点明白了。而且也读出好来了。不过叫我写评论，还是没有把握。我很佩服评论家，觉得他们都是胆子很大的人。他们能把一个作家的作品分析得头头是道，说得作家自己目瞪口呆。我有时有点怀疑。子非鱼，安知鱼之乐。你没有钻到人家肚子里去，怎么知道人家的作品就是怎么怎么回事呢？我看只能抓到一点，就说一点。言谈微中，就算不错。

林斤澜的桥

矮凳桥到底是什么样子？搞不清楚。苏南有些地方把小板凳叫做矮凳。我的家乡有烧火凳，是简陋的长凳而矮脚的。我觉得矮凳桥大概像烧火凳。然而是砖桥还是石桥，不清楚。——不会是木板桥，因为桥旁可以刻字。这都没有关系。

舍渥德·安德生写了一系列关于温涅斯堡的小说。据说温涅斯堡是没有的，这是安德生自己想出来的，造出来的。林斤澜的矮凳桥也有点是这样。矮凳桥可能有这么一个地方，有一点影子，但未必像斤澜所写的一样。斤澜把他自己的生活阅历倾入了这个地方，造了一座桥，一个小镇。斤澜在北京住了三十多年，对北京，特别是北京郊区相当熟悉。"文化大革命"以前他写过不少表现"社会主义新人"的小说，红了一阵。但是我总觉得那个时候，相当多的作家，都有点像是说着别人的话，用别人也用的方法写作。斤澜只是写得新鲜一点，聪明一点，俏皮一点。我们都好像在"为人作客"。这回，我觉得斤澜找到了老家。林斤澜有了自己的思想，自己的感情，自己的语言，自己的叙述方式，于是有了真正的林斤澜的小说。每一个作家都应当找到自己的老家，有自己的矮凳桥。

斤澜的老家在温州，他写的是温州。但是他写的不是乡土文学。乡土文学是一个恍恍惚惚的概念。但是目前某些标榜乡土文学的同志，他们在心目中排斥的实际上是两种东西，一是哲学意蕴，一是现代意识。林斤澜不是这样。

林斤澜对他想出来的矮凳桥是很熟悉的。过去、现在都很熟悉。他没有写一部矮凳桥的编年史。他把矮凳桥零切了。这样的写法有它的方便处。他可以从不同角度来审视。横写、竖写都行。他对矮凳桥的男女老少可以呼之即来，挥之则去。需要有人写几个字，随时拉出了袁相舟；需要来一碗鱼丸面，就把溪鳗提了出来。而且这个矮凳桥是活的。矮凳桥还会存在下去，笑翼、笑耳、笑杉都会有他们的未来。官不知会"娶"进一个什么样的后生。这样，林斤澜的矮凳桥可以源源不竭地写下去。这是个巧法子。

幔

"世界好比叫幔幔着，千奇百怪，你当是看清了，其实雾
腾腾……"(《小贩们》)。

幔就是雾。温州人叫"幔"，贵州人叫"罩子"，——"今天下罩
子"，意思都差不多。北京人说人说话东一句西一句，摸不清头绪，云
里雾里的，写成文章，说是"云山雾沼"。照我看，其实应该写成"云
苫雾罩"。林斤澜的小说正是这样：云苫雾罩。看不明白。

看不明白有两方面的原因。

一个是作者自己就不明白。斤澜在南京曾说："我自己都不明白，
怎么能让你明白呢？"斤澜说："比如李地，她的一生，她一生的意义，
我就不明白。"我当时在旁边，说："我倒明白。这就是一个人不明白的
一生。"有的作家自以为对生活已经吃透，什么事都明白，他可以把一
个人的一生，来龙去脉，前因后果，源源本本地告诉读者，而且还能清
清楚楚地告诉你一大篇生活的道理。其实人为什么活着，是怎么活过来
的，真不是那样容易明白的。"君子于其所不知，盖阙如也"，只能是
这样。这是老实态度。不明白，想弄明白。作者在想，读者也随之而在
想。这个作品就有点想头。

另一方面，是作者故意不让读者明白。作者写的是什么，他心里是
明白的，但是说得闪烁其辞。含糊其辞，扑朔迷离，云苫雾罩，比如
《溪鳗》，还有《李地》里的《爱》，到底说的是什么？

在林斤澜作品讨论会上，有两位青年评论家指出：这里写的是性。
我完全同意他们的说法。

写性，有几种方法。一种是赤裸裸地描写性行为，往丑里写。一

种办法是避开正面描写，用隐喻，目的是引起读者对于性行为的诗意的、美的联想。孙犁写的一个碧绿的蝈蝈爬在白色的瓠子花上，就用的是这种办法。还有一种办法，就是林斤澜所用的办法，是把性象征化起来。他写得好像全然与性无关，但是读起来又会引起读者隐隐约约的生理感觉。

林斤澜屡次写鱼，鳗、泥鳅。闻一多先生曾著文指出：中国从《诗经》到现代民歌里的"鱼"都是"廋辞"。"鱼水交欢"嘛。不但是鱼，水，也是性的度辞。

> "袁相舟端着杯子，转脸去看窗外，那汪汪溪水漾漾流过晒烫了的石头滩，好像抚摸亲人的热身子。到了吊脚楼下边，再过去一点，进了桥洞。在桥洞那里不老实起来，撒点娇，抱点怨，发点梦呓似的呜噜呜噜……"（《溪鳗》）。这写的是什么？

《爱》写得更为露骨：

> "三更半夜糊里糊涂，有一个什么——说不清是什么压到身上，想叫，叫不出声音。觉得滑溜溜的在身上又扭又裹裹的，手脚也动不得。仿佛'裹'到自己身体里去了。自己的身体也滑溜了，接着，软瘫热化了。"

《溪鳗》最后写那个男人瘫痪了，这说的是什么？这说的是性的枯萎。

《溪鳗》的情况更复杂一些。这篇小说同时存在两个主题，性主题和道德主题。溪鳗最后把一个瘫痪男人养在家里，伺候他，这是一种心甘情愿也心安理得的牺牲，一种东方式的道德的自我完成。既是高贵的，又是悲剧性的。这两个主题交织在一起。性和道德的关系，这是一个既复杂而又深邃的问题。这个问题还很少有作家碰过。

这个问题林斤澜也还没有弄明白，他也还在想。弄明白了，就没有什么意思了。有意思的不是明白，是想。弄明白，是心理学家的事；想，是作家的事。

斤澜的小说一下子看不明白，让人觉得陌生。这是他有意为之的。他就是要叫读者陌生，不希望似曾相识。这种做法不但是出于苦心，而且确实是"孤诣"。

使读者陌生，很大程度上和他的叙述方法有关系。有些篇写得比较平实，近乎常规；有些篇则是反众人之道而行之。他常常是虚则实之，实则虚之；无话则长，有话则短。一般该实写的地方，只是虚虚写过；似该虚写处，又往往写得很翔实。人都是有话则长，无话则短。斤澜常于无话处死乞白咧地说，说了许多闲篇，许多废话；而到了有话（有事，有情节）的地方，三言两语。比如《溪鳗》，"有话"处只在溪鳗收留照料了一个瘫子，但是著墨不多，连溪鳗和这个男人究竟有过什么事都不让人明白（其实稍想一下还不明白么）；但是前面好几页说了鳗鱼的种类，鱼丸面的做法，袁相舟的诗兴大发，怎么想出"鱼非鱼小酒家"的店名……比如《小贩们》，"事儿"只是几个孩子比别的纽扣小贩抢先了一步，在船不靠码头的情况下跳到水里上岸，赶到电镀厂去镀了纽扣；但是前面写了一大堆这几个小贩子和女舵工之间的漫谈，写了馒，写了"火雾"（对于火雾的描写来自斤澜和我们同到吐鲁番看火焰山的印象，这一点我知道），写了三兄弟往北走的故事，写了北方撒尿用棍子敲、打豆浆往绳子上一浇就拎回家去了……这么写，不是喧宾夺主？不。读完全篇。再回过头来看看，就会觉得前面的闲文都是必要的，有用的。《溪鳗》没有那些云苫雾罩的，不着边际的闲文，就无法知道这篇小说究竟说的是什么。花非花，鱼非鱼，人非人，性非性。或者可以反过来，人是人，性是性。袁相舟的诗："今日春梦非春时"，实在是点了这篇小说的题。《小贩们》如果不写这几个孩子的闲谈，不写出他们的活跃的想象，他们对于生活的充满青春气息的情趣，就无法了解他们脱了鞋袜跳到冰冷的水里的劲儿是从哪里来的，他们就成了心灵手快的名副其实的小商贩，他们就俗了，不可爱了。

"无话则长，有话则短"，这个话我当面跟斤澜说过。他承认了。拆穿了西洋景，有点煞风景，他倒还没有不高兴。他说："有话的地方，大家都可以说，我就少说一点；没有话的地方，别人不说，我就多说说。"

斤澜是很讲究结构的。我曾在一篇文章里写过：小说结构的特点是"随便"。斤澜很不以为然。后来我在前面加了一句状语：苦心经营的随便，他算是拟予同意了。其实林斤澜的小说结构的精义，我看也只有一句：打破结构的常规。

斤澜近年小说还有一个特点，是搞文字游戏。"文字游戏"大家都以为是一个贬辞。为什么是贬辞呢？没有道理。斤澜常常凭借语言来构思。一句什么好的话，在他琢磨一团生活的时候，老是在他的思维里闪动，这句话推动着他，怂恿着他，蛊惑着他，他就由着这句话把自己飘浮起来，一篇小说终于受孕、成形了。蚱蜢舟、蚱蜢周、做蚱蜢舟的木匠姓周、老蚱蜢周、小蚱蜢周，李清照的"只恐双溪蚱蜢舟，载不动许多愁……"这许多音同形似的字儿老是在他面前晃，于是这篇小说就有了一种特殊的音响和色调。他构思的契机，我看很可能就是李清照的词。《溪鳗》的契机大概就是白居易的诗：花非花，雾非雾。这篇小说写得特别迷离，整个调子就是受了白居易的诗的暗示。白居易的"花非花，雾非雾”是一个到现在还没有解破的谜，《溪鳗》也好像是一个谜。

林斤澜把小说语言的作用提到很多人所未意识到的高度。写小说，就是写语言。

人

我这样说，不是说林斤澜是一个形式主义者。矮凳桥系列小说有没有一个贯串性的主题？我以为是有的。那就是："人"。或者：人的价值。这其实是一个大家都用的，并不新鲜的主题。不过林斤澜把它具体到一点："皮实"。什么是"皮实"？斤澜解释得清楚，就是生命的韧性。

> "石头缝里钻出一点绿来，那里有土吗？只能说落下点灰尘。有水吗？下雨湿一湿，风吹吹就干了。谁也不相信，谁也不知觉，这样的不幸，怎么会钻出一片两片绿叶，又钻出紫色的又朴素又新鲜的花朵。人惊叫道：'皮实'。单单活着不算数，还活出花朵叫世界看看，这是皮实的极致。"
>
> ——《蚱蜢舟》。

他们当中有人意识到，并且努力要证实自己的存在的价值。车钻冒着危险"破"掉矮凳桥下"碧沃"两个字，"什么也不为，就为叫大家晓得晓得我。"笑杉在坎肩上钉了大家都没有的古式的铜扣子，徜徉过市，又要一锤砸毁了，也是"我什么也不为，就为叫你们晓得晓得我。"有些人并不那样意识到自己的价值，但是她们各个儿用自己的所作所为证实了自己的价值，如溪鳗，如李地。

李地是一位母亲的形象。《惊》是一篇带有寓言性质的小说。很平淡，但是发人深思。当一群人因为莫须有的尾巴无故自惊，炸了营的时候，李地能够比较镇静。她并没有泰然自若，极其理智，但是她慌乱得不那么厉害，清醒得比较早。她所以能这样，是因为她经历的忧患较多，有一点曾经沧海了。这点相对的镇静是美丽的。长期的动乱，造就了这样一位沉着的母亲。李地到供销社卖了一个鸡蛋，六分钱。她胸有成竹地花了这六分钱：两分盐；两分线——一分黑线一分白线；一分石笔；一分冰糖（冰糖是给笑翼买的）。这本是很悲惨的事（林斤澜在小说一开头就提明这是六十年代初期的故事，我们都是从六十年代初期活过来的人，知道那年代是怎么回事），但是林斤澜没有把这件事写得很悲惨，李地也没有觉得悲惨。她计划着这六分钱，似乎觉得很有意思。这一分冰糖让她快乐。这就是"皮实"。能够度过困苦的、卑微的生活，这还不算；能于困苦卑微的生活觉得快乐，在没有意思的生活中觉出生活的意思，这才是真正的"皮实"，这才是生命的韧性。矮凳桥是不幸的。中国是不幸的。但是林斤澜并没有用一种悲怆的或是嘲弄的感情来看矮凳桥，我们时时从林斤澜的眼睛里看到一点温暖的微笑。林斤澜你笑什么？因为他看到绿叶，看到一朵一朵朴素的紫色的小花，看到了"皮实"，看到了生命的韧性。"皮实"是我们这个民族的普遍的品德。林斤澜对我们的民族是肯定的，有信心的。因此我说：《矮凳桥》是爱国主义的作品。——爱国主义不等于就是打鬼子！

林斤澜写人，已经超越了"性格"。他不大写一般意义上的、外部的性格。他甚至连人的外貌都写得很少，几笔。他写的是人的内在的东西，人的气质，人的"品"。得其精而遗其粗。他不是写人，写的是一首一首的诗。溪鳗、李地、笑翼、笑耳、笑杉……都是诗。朴素无华的，淡紫色的诗。

涩

　　斤澜的语言原来并不是这样的。他的语言原来以北京话为基础（写的是京郊），流畅，轻快，跳跃，有点法国式的俏皮。我觉得他不但受了老舍，还受了李健吾的影响。后来他改了，变得涩起来的，大概是觉得北京话用得太多，有点"贫"。《矮凳桥》则是基本上用了温州方言。这是很自然的，因为写的是温州的事。斤澜有一个很大的优势，他一直能说很地道的温州话。一个人的"母舌"总会或多或少地存在在他的作品里的。在方言的基础上调理自己的文学语言，是八十年代相当多的作家清楚地意识到的。语言是一种文化现象。语言的背景是文化。一个作家对传统文化和某一特定地区的文化了解得愈深切，他的语言便愈有特点。所谓语言有味、无味，其实是说这种语言有没有文化（这跟读书多少没有直接的关系。有人读书甚多，条理清楚，仍然一辈子语言无味）。每一种方言都有特殊的表现力，特殊的美。这种美不是另一种方言所能代替，更不是"普通话"所能代替的。"普通话"是语言的最大公约数，是没有性格的。斤澜不但能说温州话，且能深知温州话的美。他把温州话熔入文学语言，我以为是成功的。但也带来一定的麻烦，即一般读者读起来费事。斤澜的语言越来越涩了。我觉得斤澜不妨把他的语言稍为往回拉一点，更顺一点。这样会使读者觉得更亲切。顺和涩我觉得是可以统一起来的。斤澜有意使读者陌生，但还不是拒人于千里之外。陌生与亲切也是可以统一起来的。让读者觉得更亲切一些，不好么？

　　董解元云："冷淡清虚最难做。"斤澜珍重！

《市井小说选》序

　　作家出版社要我为《市井小说选》写一篇序。我没有留心过这方面的问题，连"市井小说"这个词儿也是头一回听说，说点什么呢？

　　"市井小说"写的多半是市民，为什么不就叫"市民小说"？我想大概是要和"市民文学"区别开来。"市民文学"是一个历史的概念。这是产生在封建时期，应手工业者和商人的要求而兴起的文学，反映他们的社会生活和家庭生活的悲欢离合。唐人小说开其端，宋人话本达到高潮。"市井小说"和这些不一样。"市井小说"不是《今古奇观》、"三言二拍"，主要的分别在思想。"市民文学"对封建秩序有所抨击，但本身具有很大的封建性。"市井小说"兴起于"五四"以后，"市井小说"的作者有意识或不太有意识是广义的社会主义者。"市井小说"是社会主义文学。"市民文学"的作者的思想和他们所描写的人物是在一个水平上的，作者的思想常常就是人物的思想，即市民思想。"市井小说"作者的思想在一个更高的层次。他们对市民的生活观察角度是俯视的，因此能看得更为真切，更为深刻。

　　"市井小说"没有史诗，所写的都是凡人小事。"市井小说"里没有"英雄"，写的都是极其平凡的人。"市井小说"嘛，都是"芸芸众生"。芸芸众生，大量存在，中国有多少城市，有多少市民？他们也都是人，就应该对他们注视，从"人"的角度对他们的生活观察、思考、表现。

现代市民的生活和他们的思想意识和历史上的市民有一定的继承性。他们社会地位不高，财力有限，辛苦劳碌，差堪温饱。他们有一些朴素的道德标准，比如安分、敬老、仗义、爱国。他们有一些人有的时候会表现出难能的高贵品质。但是贤愚不等，流品很杂。正因如此，才有所谓"市井百态"，才值得一看。他们的生活是平淡的，但因时势播迁，他们也会有许多奇奇怪怪、坑坑洼洼的遭遇。"市井小说"作者的笔下，往往对他们寄予同情。但是这些人是属于浅思维型的。他们只能想怎样活着（这对他们是不易的）；而想不到人为什么活着（这对他们来说太深奥了）。他们的思想上升不到哲学的高度。他们是庸俗的。"市俗"，市和俗总是联在一起的。他们的行事往往是可笑的，因此"市井小说"大都带有喜剧性，有些近于"游戏文章"。有谐谑，但不很尖刻；有嘲讽，但比较温和。市民是一个不活跃的阶层，他们是封闭的，保守的。他们缺乏冒险、探索，特别是缺乏叛逆精神，他们大都是"当了一辈子顺民"。他们既是社会的稳定因素，又是时代的负累。但是这是怎样造成的？有什么办法能使他们改变这种情况？谁也开不出一个药方。因此，"市井小说"在轻松玩世的后面隐伏着悲痛。

"市井小说"是复杂的，我的以上的分析大概没有准确的概括性，姑妄言之而已。

"市井小说"和"市民文学"是有渊源的。两者都爱穿插风物节令的描写，可作民俗学的资料。所不同处是"市民文学"中有大量的色情描写，而"市井小说"似乎没有继承这个传统。"市井小说"的语言一般是朴素、通俗的。多数"市井小说"的语言接近口语，句式和辞汇都与所表现的人物能相协调。在叙述方法上比较注意起承转合，首尾呼应。"时空交错"、"意识流"，很少运用。但是上乘的"市井小说"力避"市民文学"的套子。这些作者以俗为雅，以故为新，他们在探索一种具有浓厚的民族色彩但并不陈旧的文体。

"市井小说"和"军事文学"、"农村文学"……是并行的。如果它们有对立面，那可能是贵族文学或书斋文学，是普鲁士特、亨利·詹姆士、弗吉尼亚·伍尔芙。"市井小说"的作者不用他们的方法写作，虽然他们并不排斥普鲁士特、詹姆士、弗吉尼亚·伍尔芙。

从这本选集看，实际可分上下两辑。上辑大都是三十年代以前的，下辑是五十年代后期至八十年代的，当中缺了一段。为什么会缺了一段？这很值得深思。"市井小说"到了七八十年代又接续上，这说明我们的文学不限于写"工农兵"了。这些小说的出版至少证明我们的写作题材领域拓宽了一步，无论如何，这是好事。

《到黑夜我想你没办法》读后

　　这几篇小说我是在一个讨论会开始的时候抓时间看的。一口气看完了，脱口说："好！"

　　这是非常真实的生活。这种生活是荒谬的，但又是真实的。曹乃谦说："我写的都是真事儿。"我相信。荒谬得可信。

　　这是苦寒、封闭、吃莜面的雁北农村的生活。只有这样的地方，才有这样的生活。这样的苦寒，形成人的价值观念，明明白白，毫无遮掩的价值观念。"人家少要一千块，就顶把个女儿白给了咱儿"，黑旦就同意把老婆送到亲家家里"做那个啥"，而且"横竖一年才一个月"，觉得公平合理。温孩在女人身上做那个啥的时候，就说："日你妈你当爷闹你呢，爷是闹爷那两千块钱儿。"温孩女人也认为应该叫他闹。丑哥的情人就要嫁给别人了，她说"丑哥保险可恨我"，丑哥说"不恨"，理由是"窑黑子比我有钱"。由于有这种明明白白的，十分肯定的价值观念，温家窑的人有自己的牢不可破的道德标准。黑旦的女人不想跟亲家去，而且"真的来了"，黑旦说："那能行？中国人说话得算话。"他把女人送走，边走边想，还要重复一遍他的信条："中国人说话得算话。"丑哥的情人提出："要不今儿我就先跟你做那个啥吧"，丑哥不同意，说："这样是不可以的。咱温家窑的姑娘是不可以这样的。"为什么不可以？温家窑的人就这样被自己的观念钉实、封死在这一片苦寒苦寒小小天地里，封了几千年，无法冲破，也不想冲破。

但是温家窑的人终究也还是人。他们不是木石。黑旦送走了步人，忍不住扭头再瞧瞧，见女人那两只萝卜脚吊在驴肚下，一悠一悠地打悠悠，他的心也一悠一悠的打悠悠。《莜麦秸窝里》是一首很美的，极其独特的抒情诗。这种爱情真是特别：

"有钱我也不花，悄悄儿攒上给丑哥娶女人。"

"我不要。"

"我要攒。"

"我不要。"

"你要要。"

这真是金子一样的心。最后他们还是归结到这是命。"她哭了，黑旦听她真的哭了，他也滚下热的泪蛋蛋，'扑腾扑腾'滴在她的脸蛋蛋上。"也许，他们的眼泪能把那些陈年的习俗浇湿了，浇破了，把这片苦寒苦寒的土地浇得温暖一点。

作者的态度是极其冷静的，好像完全无动于衷。当然不是的。曹乃谦在会上问："我写东西常常自己激动得不行，这样好不好？"我说：要激动。但是，想的时候激动，写的时候要很冷静。曹乃谦做到了这一点。他的小说看来不动声色，只是当一些平平常常的事情叙述一回，但是他是经过痛苦的思索的。他的小说贯串了一个痛苦的思想：无可奈何。对这样的生活真是"没办法"。曹乃谦说：问题是他们觉得这样的生活很好。他们不觉得这样的生活是可悲的。然而我们从曹乃谦对这样的荒谬的生活作平平常常的叙述时，听到一声沉闷的喊叫：不行！不能这样生活！作者对这样的生活既未作为奇风异俗来着意渲染，没有作轻浮的调配，也没有粉饰，只是恰如其分地作如实的叙述，而如实地叙述中抑制着悲痛。这种悲痛来自对这样的生活，这里的人的严重的关切。我想这是这一组作品的深层内涵，也是作品所以动人之处。

小说的形式已经不是一般意义上的朴素，一般意义上的单纯，简直就是简单。像北方过年庙会上卖的泥人一样的简单。形体不成比例，着色不均匀，但在似乎草草率率画出的眉眼间自有一种天真的意趣，比无锡的制作得过于精致的泥人要强，比塑料制成的花仙子更要强得多。我想这不是作者有意追求一种稚拙的美，他只是照生活那样写生活。作品的形式就是生活的形式。天生浑成，并非"返朴"。小说不乏幽默感，比如黑旦陪亲家喝酒时说："下个月你还给送过来，我这儿借不出毛驴。"读到这里，不禁使人失声一笑。但作者丝毫没有逗笑的意思，这对黑旦实在是极其现实的问题。

语言很好。好处在用老百姓的话说老百姓的事。这才是善于学习群众语言。学习群众语言不在吸收一些词汇，首先在学会群众的"叙述方式"。群众的叙述方式是很有意思的，和知识分子绝对不一样。他们的叙述方式本身是精致的，有感情色彩，有幽默感。赵树理的语言并不过多地用农民字眼，但是他很能掌握农民的叙述方式，所以他的基本上是用普通话的语言中有特殊的韵味。曹乃谦的语言带有莜麦味，因为他用的是雁北人的叙述方式。这种叙述方式是简练的，但是有时运用重复的句子，或近似的句式，这种重复、近似造成一种重叠的音律，增加叙述的力度。比如：

温孩女人不跟好好儿过，把红裤带绾成死疙瘩硬是不给解，还一个劲儿哭，哭了整整一黑夜。

……温孩从地里受回来，她硬是不给做饭，还是一个劲儿哭，哭了整整儿一白天。(《女人》)

比如：

愣二妈跨在锅台边瞪着愣二出神地想。想一会撩起大襟揉揉眼，想一会撩起大襟揉揉眼。

……愣二妈跨在锅台边就看愣二裱炕席就想。想一会儿撩起大襟揉揉眼，想一会儿撩起大襟揉揉眼。(《愣二疯了》)

对话也写得好。短得不能再短，简单到不能再简单，但是非常有味道：

"丑哥。"

"嗯。"

"这是命。"

"命。"

"咱俩命不好。"

"我不好，你好。"

"不好。"

"好。"

"不好。"

"好。"

"就不好。"

我觉得有些土话最好加点注解。比如"不楔扁她要她挠"，这个"挠"字可能是古汉语的"那"。

　　曹乃谦说他还有很多这样的题材，他准备写两年。我觉得照这样，最多写两年。一个人不能老是照一种模式写。曹乃谦已经意识到自己的写法，别人又指出了一些，他是很可能重复一种写法的。写两年吧，以后得换换别样的题材，别样的写法。

《沈从文传》序

　　高尔基沿着伏尔加河流浪过。马克·吐温在密西西比河上当过领港员。沈从文在一条长达千里的沅水上生活了一辈子。二十岁以前生活在沅水边的土地上；二十岁以后生活在对这片土地的印象里。他从一个偏僻闭塞的小城，怀着极其天真的幻想，跑进一个五方杂处，新旧荟萃的大城。连标点符号都不会用，就想用手中一支笔打出一个天下。他的幻想居然实现了。他写了四十几本书，比很多人写得都好。

　　五十年代初，他忽然放下写小说和散文的笔，从事文物研究，写出像《中国古代服饰研究》这样的大书。

　　他的一生是一个离奇的故事。

　　他是一个受到极不公平的待遇的作家。一些评论家、文学史家，违背自己的良心，不断地对他加以歪曲和误解。他写过《菜园》、《新与旧》，然而人家说他是不革命的。他写过《牛》、《丈夫》、《贵生》，然而人家说他是脱离劳动人民的。他热衷于"民族品德的发现与重造"，写了《边城》和《长河》，人家说他写的是引人怀旧的不真实的牧歌。他被宣称是"反动"的。一些新文学史里不提他的名字，仿佛沈从文不曾存在过。

　　需要有一本《沈从文传》，客观地介绍他的生平，他的生活和理想，评价他的作品。现在有了一本《沈从文传》了，它的作者却是一个美国人，这件事本身也是离奇的。

金介甫先生是一位治学严谨的年轻的学者（他岁数不算太小，但是长得很年轻，单纯天真处像一个大孩子，——我希望金先生不致因为我这些话而生气），他花了很长的时间，搜集了大量资料，多次到过中国，到过湘西，多次访问了沈先生，坚持不懈，写出了这本长达三十万字的传记。他在沈从文身上所倾注的热情是美丽的，令人感动的。

从我和符家钦先生的通信中，我觉得他是一个心细如发、一丝不苟的翻译家，我相信这本书的译笔不但会是忠实的，并且一定具有很大的可读性。

我愿意为本书写一篇短序，借以表达我对金先生和符先生的感谢。

读《萧萧》

　　我很喜欢这篇小说，觉得它写得好。但是好在哪里，又说不出。我把这篇小说反反复复看了好多遍，看得我的艺术感觉都发木了，还是说不出好在哪里，大概好的作品都说不出好在哪里。我只能随便说说。想到哪里说到哪里。

　　萧萧这个名字很美。沈先生喜欢给他的小说的女孩子起叠字的名字：三三、天天、翠翠。"萧萧"也许有点寓意，让人想到"无边落木萧萧下"。中国妇女的一生，也就像树叶一样，绿了一些时候，随即飘落了。比比皆是，无可奈何。但也许没有什么寓意，只是随便拾取一个名字。不过是很美的。沈先生给这个女孩子起这样一个美丽的名字，说明他对这个女孩子是很喜欢的，很有感情的。

　　《萧萧》写的是一个童养媳的故事。提起童养媳，总给人一个悲惨的印象。挨公婆的打骂，吃不饱，做很重的活。尤其痛苦的是和丈夫年龄的悬殊。中国民歌涉及妇女生活最多的是寡妇，其次便是童养媳。守着一个小丈夫，白耗了自己的青春。有的民歌里唱道："不是看在公婆的面，一脚踢你下床去。"有的民歌想到等到丈夫成年，自己已经老了。这是一个极不合理的制度。但是《萧萧》的命运并不悲惨，简直是一个有点曲折的小小喜剧。

萧萧做媳妇时年纪十一岁，有个小丈夫，年纪还不到三岁。十五岁时被一个叫花狗的长工引诱，做了一点糊涂事，怀了孕，被家里知道了，要卖到远处去，但没有主顾。次年二月，萧萧生了一个儿子。生下的既是儿子，萧萧不嫁别处了，到萧萧圆房时，儿子已经十岁了。儿子名叫牛儿。牛儿十二岁也接了亲，媳妇年长六岁。萧萧生了第二个儿子，她抱了才满三月的小毛毛看热闹，同十年前抱丈夫一个样子。萧萧的生活平平常常。这种生活是被许多人，包括许多作家所忽略的。

作为萧萧生活的对比与反衬的，是女学生。小说中屡次提到女学生，这是随时出现，贯彻小说的全篇的。把女学生从小说里拿掉，小说就会显得单薄，甚至就不复存在。女学生牵动所有人物的感情，成为他们生活的重要内容。"女学生这东西，在本乡的确永远是奇闻。""说来事事都稀奇古怪，和庄稼人不同，有的简直还可说岂有此理。""女学生由祖父方面所知道的是这样一种人：她们穿衣服不管天气冷热，吃东西不问饥饱，晚上多到子时才睡觉，白天正经事全不作，只知唱歌打球，读洋书。她们都会花钱，一年用的钱可以买十六只水牛。她们在省里京里想往什么地方去时，不必走路，只要钻进一个大匣子中，那匣子就可以带她到地。城市中还有各种各样的大小不同匣子，都用机器开动。她们在学校，男女在一处上课读书，人熟了，就随意同那男子睡觉，也不要媒人，也不要彩礼，名叫'自由'……"祖父对女学生的认识似是而非，是从一个不知什么人的口中间接又间接地得知的，其中有许多他自己的想象，到了萧萧，就把这点想象更发展了。她"做梦也便常常梦到女学生，且梦到同这些人并排走路。仿佛也坐过那种自己会走路的匣子，她又觉得这匣子并不比自己跑路更快。在梦中那匣子的形体同谷仓差不多，里面还有小小灰色老鼠，眼珠子红红的，各处乱跑，有时钻到门缝里去，把个小尾巴露在外边。"在小说中，女学生意味着什么呢？

这说明另一世界，另一阶级的人的生活同祖父、萧萧之间，存在多大的反差。女学生成天高唱的"自由"又离他们有多远。

沈先生对女学生的描述是颇为不敬的。这也难怪，脱离农村的现实，脱离经济基础，高喊进步的口号，是没有用的。沈先生在小说中说及这些人时，永远是嘲讽的态度。

这是一个偏僻、闭塞的乡下，如沈先生常说的中国的一角隅。偏僻闭塞并没有直接描写，是通过这里的人对城里人的荒唐想象来完成的。这里还停留在男耕女织，自给自足的自然经济状态（种瓜、绩麻、抛梭子织土机布）。这里的人还没有受到商品经济的影响，孔夫子对他们的影响也不大，因此人情古朴，单纯厚道。

萧萧非常单纯。"她是什么事也不知道，就做了人家的新媳妇了。"过门后，尽一个做姐姐的责任，日夜哄着弟弟（小丈夫）。花狗对她说"我全身无处不大"，她还不大懂这话的意思，只觉得憨而好笑。花狗对萧萧"生了另外一种心，萧萧有点明白了，常常觉得惶恐不安"。"平时不知道萧萧所在，花狗就站在高处唱歌逗萧萧身边的丈夫；丈夫小口一开，花狗穿山越岭就来到萧萧面前了。""花狗想方法支使萧萧丈夫到远处去，便坐到萧萧身边来，要萧萧听他唱那使人开心红脸的歌。萧萧有时觉得害怕，不许丈夫走开；有时又像有了花狗在身边，打发丈夫走去反倒好一点。"对农村少女这点微妙心理，作者写得非常精细，非常准确，也非常有分寸。萧萧的恋爱（假如这可叫做恋爱）实无任何浪漫可言。花狗唱了许多歌，到后却向萧萧唱"娇家门前一重坡……"，她心里乱了，她要花狗对天赌咒，赌过了咒，"一切好像有了保障"，她就一切尽他。事后，"才仿佛明白自己作了一点不大好的糊涂事"。她怀了孕，花狗逃走了，萧萧对他并没有什么扯不断的感情，只是丈夫常常提起几个月前被毛毛虫蜇手（她做糊涂事那天丈夫被毛毛虫蜇了）的旧话，使萧萧心里难过，她因此极恨毛毛虫，见了那小虫就想用脚去踹。这感情有点复杂，但很难说这是什么"情结"，很难用弗洛伊德来解释。

小说里一个活跃人物是祖父。祖父是个有趣人物，除了摆龙门阵学古，就是逗萧萧，几次和萧萧作关于女学生的近乎无意义的扯谈，且喊萧萧不喊"小丫头"，不喊萧萧，却唤作"女学生"。在不经意中萧萧答应得很好。祖父是个好心肠的人，他很爱萧萧。

萧萧的伯父是个忠厚老实人。萧萧出事后，祖父想出个聪明主意，请萧萧本族人来说话。萧萧只有一个伯父，去请他时还以为是吃酒。到了才知道是这样丢脸的事，弄得这老实忠厚的家长手足无措。伯父临走，萧萧拉着伯父衣角不放，只是幽幽的哭。"伯父摇了一会头，一句话不说。"寥寥几笔，就把一个老实种田人写出来了。

花狗也很难说是个坏人。他"面如其心，生长得不很正气"，但"花狗是男子，凡是男子的美德恶德都不缺少"，他"个子大，胆子小。个子大容易做错事，胆量小做了错事就想不出办法。"他把萧萧的肚子弄大了，不辞而行，可以说不负责任，但是除了一走了之，他能有什么办法呢？

沈先生的小说的开头大都很精彩。一个比较常用的方法是用一个哨拔的短句作为一段，引出全篇。如：

把船停顿到岸边，岸是辰州的河岸。(《柏子》)
落了春雨，一共有七天，河水涨大了。(《丈夫》)

《萧萧》也用的是这方法：

乡下人吹唢呐接媳妇，到了十二月是成天会有的事情。

这个起头是反起。先写被铜锁锁在花轿里的新媳妇照例要在里面荷荷大哭，然后一转，"也有做媳妇不哭的人，萧萧做媳妇就不哭。""她又不害羞。又不怕。她是什么事也不知道，就做了人家的新媳妇了。"这样才能衬托出萧萧什么事也不知道。这以后，就是很"顺"的叙述，即基本上是按事情的先后顺序叙述的。这里没有什么"时空交错"。为什么叙述一定要交错呢？时空交错和这种古朴的生活是不相容的。

沈先生是长于写景的，但是这篇小说属于写景的只有一处：

> 夏夜光景说来如做梦。大家饭后坐到院中心歇凉，挥摇蒲
> 扇，看天上的星同屋角的萤，听南瓜棚上纺织娘子咯咯咯拖长
> 声音纺纱，远近声音繁密如落雨，禾花风偷偷吹到脸上……

恬静的，无忧无虑的夏夜。这是萧萧所生活的环境，并且也才适于引出祖父关于女学生的话来。小说对话很少，不多的对话有两段，都是在祖父和萧萧之间进行的。说这是"近乎无意义的扯谈"，是说这些对话无深意，完全没有什么思想，更无所谓哲理，但对表现祖父的风趣慈祥和萧萧的浑朴天真，是很有必要的。并且这烘托出小说的亲切气氛。

小说穿插了三首湘西四句头山歌。这三首山歌在沈先生别的小说里也出现过，但是用在这里很熨贴。

这篇小说的语言是非常、非常朴素的。所有的叙述语言都和环境、人物相协调，尽量不同城里人的语言。比如对萧萧，不用"天真"、"浑浑噩噩"这类的字眼，只是说："萧萧十五岁时已高如成人，心却还是一颗糊糊涂涂的心。"语言中处处不乏发自爱心的温暖的幽默（照先生的习惯，是"谐趣"）。

新媳妇"像做梦一样，将同一个陌生男子汉在一个床上睡觉，做着

承宗接祖的事情。这些事想起来，当然有些害怕，所以照例觉得要哭哭，于是就哭了。"

萧萧嫁过了门，……"风里雨里过日子，像一株在园角落不为人注意的蓖麻，大叶大枝，日增茂盛，这小女人简直是全不为丈夫设想那么似的，一天比一天长大起来了。"

"丈夫早断了奶。婆婆有了新儿子，这五岁儿子就像归萧萧独有了。不论做什么，走到什么地方去，丈夫总跟在身边。丈夫有些方面很怕她，当她如母亲，不敢多事。他们俩实在感情不坏。"

家中明白"这个十年后预备给小丈夫生儿子继香火的萧萧肚子已被另一个人抢先下了种。这在一家人生活中真是了不得的一件大事！一家人的平静生活为这件新事全弄乱了。生气的生气，流泪的流泪，骂人的骂人，各按本分乱下去。"这个"各按本分"真是绝妙！

"丈夫知道了萧萧肚子中有儿子的事情，又知道因为这样萧萧才应当嫁到远处去。但是丈夫并不愿意萧萧去。萧萧自己也不愿意去。大家全莫名其妙。只是照规矩像逼到要这样做，不得不做。"

小说的结尾急转直下，完全是一个喜剧：

萧萧次年二月间，十月满足，坐草生了一个儿子，团头大眼，声响洪壮。大家把母子二人，照料得好好的，照规矩吃蒸鸡同江米酒补血，烧纸谢神，一家人都喜欢那儿子。

生下的既是儿子，萧萧不嫁别处了。

到萧萧正式同丈夫拜堂圆房时，儿子已经年纪十岁，有了半劳动力，能看牛割草，成为家中生产者一员了。平时喊萧萧丈夫做大叔，大叔也答应，从不生气。

这儿子名叫牛儿。牛儿十二岁时也接了亲，媳妇年长六岁。媳妇年纪大，方能诸事作帮手，对家中有帮助。唢呐到门前时，新娘在轿中呜呜地哭着，忙坏了那个祖父，曾祖父。

但是，在喜剧的后面，在谐趣的微笑的后面，你有没觉察到沈从文先生隐藏着的悲哀？

《年关六赋》序

　　"家贫难办蔬食，忙中不及作草。"我很想杜门谢客，排除杂事，花十天半个月时间，好好地读读阿成的小说，写一篇读后记。但是办不到。岁尾年关，索稿人不断。刚把材料摊开，就有人敲门。好容易想到一点什么，只好打断。杨德华同志已经把阿成的小说编好，等着我这篇序。看来我到明年第一季度也不会消停。只好想到一点说一点。

　　我是很愿意给阿成写一篇序的。我不觉得这是一件苦事。这是一种享受。并且，我觉得这也是我的一种责任。

　　我这几年很少看小说。

　　阿成的小说我没有看过。我听说有个阿成。连他的名噪一时的获奖作品《年关六赋》我也没有看过。我偶然看到的他的第一篇作品是《活树》（和另外两个短篇）。我大吃一惊。这篇小说的生活太真实了！接着我就很担心，为阿成担心，也为出版社担心。现在，这样的小说能出版么？我知道有那么一些人，对于真实是痛恨的。

　　我把阿成的小说选稿通读了一遍（有些篇重读过），慨然叹曰：他有扎扎实实的生活！我很羡慕。

　　我曾经在哈尔滨呆过几天。我只知道哈尔滨有条松花江，有一些俄式住宅、东正教的教堂，有个秋林公司，哈尔滨人非常能喝啤酒，爱吃冰棍……

　　看了阿成的小说，我才知道圈儿里，漂漂女，灰菜屯……我才知道哈尔滨一带是怎么回事。阿成所写的哈尔滨是那样的真实，真实到近乎离奇，好像这是奇风异俗。然而这才是真实的哈尔滨。可以这样说：自有阿成，而后世人始识哈尔滨——至少对我说起来是这样。

　　一个小说家第一应该有生活，第二是敢写生活，第三是会写生活。

　　阿成的小说里屡次出现一个人物：作家阿成。这个阿成就是阿成自己。这在别人的小说里是没有见过的。为什么要自称"作家阿成"？这说明阿成是十分意识到自己是一个作家，意识到自己作为一个作家的责任的：要告诉人真实的生活，不说谎。这是一种严肃的，痛苦入骨的责任感。阿成说作家阿成做得很苦，我相信。

　　《年关六赋》赢得声誉是应该的。这篇小说写得很完整、很匀称，起止自在，顾盼生姿，几乎无懈可击。这标志着作者的写作技巧已经很成熟，不止是崭露头角而已了。现在的青年作家不但起步高，而且成熟得很快。这是五十年代的作家所不能及的。

　　但是这一集里我最喜欢的两篇是《良娼》和《空坟》。这两篇小说写得很美，是两首抒情诗，读了使人觉得十分温暖（冰天雪地里的温暖）。这是两个多美的女性呀。这是中国的，北国的名妹，是我们这个民族的无价的珠玉。这两个妇女的生活遭遇很不相同，但其心地的光明澄澈则一。

　　这两篇小说都是散发着浪漫主义的芳香的。关于浪漫主义有一种分切法，叫作积极的浪漫主义和消极的浪漫主义，这种分切法很怪。还有一种说法，叫做"革命的浪漫主义"。那么，是不是还有"不革命的浪漫主义"？"不革命的浪漫主义"是有的。沈从文的《边城》。在有些人看来就是"不革命"的。其实我看浪漫主义只有"为政治的"和"为人的"两种。或者，说谎的浪漫主义和不说谎的浪漫主义。有没有说谎的浪漫主义？我的《羊舍一夕》、《寂寞与温暖》就多多少少说了一点谎。一个人说了谎还是没有说谎，以及为什么要说谎，自己还能不知道么？阿成的小说是有浪漫主义的，因为他对这两个妇女（以及其他一些人物）怀着很深的爱，他看到她们身上全部的诗意，全部的美，但是阿成没有说谎。这些诗意，这些美，是她们本有的，不是阿成外加到她们身上的。这是人物的素质，不是作者的愿望。

一个作家能不能算是一个作家，能不能在作家之林中立足，首先决定于他有没有自己的语言，能不能找到一种只属于他自己，和别人迥不相同的语言。阿成追求自己的语言的意识是十分强烈的。

阿成的句子出奇的短。他是我所见到的中国作家里最爱用短句子的，句子短，影响到分段也比较短。这样，就会形成文体的干净，无拖泥带水之病，且能跳荡活泼，富律动，有生气。

谁都看得出来，阿成的语言杂糅了普通话、哈尔滨方言、古语。他在作品中大量地穿插了旧诗词、古文和民歌。有一个问题我还没有捉摸清楚：阿成写的是东北平原，这里有些人唱的却是西北民歌，晋北的、陕北的。阿成大概很喜欢《走西口》这样的西北民歌，读过很多西北民歌。让西北民歌在东北平原上唱，似乎没有不合适。民歌是地域性很强的，但是又有超地域性。这很值得捉摸。

阿成有点"语不惊人死不休"，他用了一些不常见的奇特的字句。这在年轻人是不可避免的，无可厚非。但有一种意见值得参考。宋人范晞文《对床夜话》云：

> 诗用生字，自是一病。苟欲用之，要使一句之意，尽于此字上见功，方为稳帖。

他举出一些唐人诗句中的用字，说：

……皆生字也，自下得不觉。

诗文可用奇字生字，但要使人不觉得这是奇字生字，好像这是常见的熟字一样。

阿成的叙述态度可以说是冷峻。他尽量控制自己的感情，不动声色。但有时会喷发出遏止不住的热情。如：

宋孝慈上了船，隔着雨，俩人都摆着手。
母亲想喊：我怀孕了——
汽笛一鸣，雨也颤，江也颤，泪就下来了。

冷和热错综交替，在阿成的很多小说中都能见到。这使他的小说和一些西方现代作家（如海明威）的彻底冷静有所不同。这形成一种特殊的感人力量。这使他的小说具有北方文学的雄劲之气。我觉得这和阿成的热爱民歌是有关系的。

阿成很有幽默感。

《年关六赋》老三的父亲年轻时曾和一个日本少女相爱。

解放后若干年，这事被红色造反派们知道了。说老三的父亲是民族的败类，是狗操的日本翻译，一定是日本潜伏特务。来调查老三的母亲时，母亲说："怎么，干了日本娘们不行？我看干日本娘们是革命的，大方向是正确的。"

看到这里，没有人不哈哈大笑的。

老三是诗人，爱谈性，以为"无性与中性，阴性与阳性，阳性与阴性，阴阳二者构成宇宙，宇宇宙宙，阴阴阳阳，公公母母，雄雄雌雌，如此而已"。

老三的阴性，在机关工作，极讨厌老三把业余作家引到家里大谈其性。骂他没出息，不要脸，是流氓教唆犯："准有一天被公安局抓了去，送到玉泉采石场，活活累死你！看你还性不性！操你个妈的！"

这句"操你个妈的"实在太绝了！

我最近读了几位青年作家（阿成我估计大概四十上下，也还算青年作家），包括我带的三个鲁迅文学院的研究生的作品。他们的作品的写法有的我是熟悉的，有的比较新，我还不大习惯。这提醒我：我已经老了。我渴望再年轻一次。

有一种说法："十年文学"或"新时期文学"已经结束了，从一九八九年开始了另外一个时期。这个时期好像还没有定名。读了几位青年作家的作品，我觉得"新时期文学"并没有结束。虽然由于大家都知道的原因，文学创作有些沉寂，但是并未中断。我相信文学是要发展的，并且这种发展还是十一届三中全会后的"新时期文学"的延续，不会横插进一个尚未定名的什么时期。

我对青年作家的评价也许常常会溢美。前年我为一个初露头角的青年作家的小说写了一篇读后感，有一位老作家就说："有这么好么？"老了，就是老了。文学的希望难道不在青年作家的身上，倒在六七十岁的老人身上么？"君有奇才我不贫"，老作家对年轻人的态度不止是应该爱护，首先应该是折服。有人不是这样。

　　在读着阿成和另几位青年作家的作品的过程中，一天清晨，迷迷糊糊地做了一个梦，梦见一头骆驼在吃一大堆玫瑰花。

　　一个荒唐的梦。

美——生命

——《沈从文谈人生》代序

我在做一件力不从心的事。

我发现我对我的老师并不了解。

曾经有一位评论家说沈先生是"空虚的作家"。沈先生说这话"很有见识"。这是反话。有一位评论家要求作家要有"思想"。沈先生说："你们所要的'思想'，我本人就完全不懂你说的是什么意义。"这是气话。李健吾曾说："说沈从文没有哲学。沈从文怎么没有哲学呢？他最有哲学。"这是真话么？是真话。

不过作家的哲学都是零碎的，分散的，缺乏逻辑，缺乏系统，而且作家所用的名词概念常和别人不一样，有他的自己的意义，因此寻绎作家的哲学是困难的。

沈先生曾这样描述自己：

> 我就是个不想道理却永远为现象所倾心的人。我看一切，却并不把那个社会价值搀加进去，估定我的爱憎。我不愿问价钱多少来为百物作一个好坏批评，却愿意考查它在我感觉上使我愉快不愉快的分量。我永远不厌倦的是"看"一切。宇宙万汇在运动中，在静止中，在我印象里，我都能抓定它的最美丽

与最调和的风度，但我的爱好显然却不能同一般目的相和。我不明白一切同人类生活相联结时的美恶，换一句话说，就是我不大领会伦理的美。接近人生时，我永远是个艺术家的感情，却绝不是所谓道德君子的感情。(《从文自传·女难》)

这段话说得很美。说对了么？说对了。但是只说对了一半。沈先生并不完全是这样。在另一处，沈先生说：

曾经有人询问我："你为什么要写作？"

我告他我这个乡下人的意见："因为我活到这个世界里有所爱。美丽、清洁、智慧，以及全人类幸福的幻影，皆永远觉得是一种德性，也因此永远使我对它崇拜和倾心。这点情绪同宗教情绪完全一样。这点情绪促我来写作，不断地写作，没有厌倦，只因为我将在各个作品各种形式里，表现我对于这个道德的努力。"(《篱下集题记》)

沈先生在两段话里都用了"倾心"这个字眼。他所倾心的对象即使不是互相矛盾的，但也不完全是一回事。只有把"最美丽与最调和的风度"和"德性"统一起来，才能达到完整的宗教情绪。

沈先生是我见过的唯一的（至少是少有的）具有宗教情绪的人。他对人，对工作，对生活，对生命，无不用一种极其严肃的，虔诚笃敬的态度对待。

沈先生曾说：

我崇拜朝气，欢喜自由，赞美胆量大的，精力强的——这种人也许野一点，粗一点，但一切伟大作品就只这类人有份。
（《篱下集题记》）

沈先生又说：我是个对一切无信仰的人，却只相信"生命"。
写《沈从文传》的美国人金介甫说："沈从文的上帝是生命。"
沈先生用这种遇事端肃的宗教情绪，像阿拉伯人皈依真主那样走过了他的强壮、充实的一生。这对年轻人体认自己的价值，是有好处的。这些年理论界提出人的价值观念，沈先生是较早地提出"生命价值"的，并且用他的一生实证了"生命价值"的人。
沈先生在文章中屡次使用的一个名词是"人性"。

这世界上或有想在沙基或水面上建造崇楼杰阁的人，那可不是我。我只想造希腊小庙。选山地作基础，用坚硬石头堆砌它。精致，结实，匀称，形体虽小而不纤巧，是我理想的建筑。这神庙供奉的是"人性"。作成了，你们也许嫌它式样太旧了，形体太小了，不妨事。
我要表现的本是一种"人生的形式"，一种"优美、健康、自然，而又不悖乎人性的人生形式"。（《习作选集代序》）

"人性"是一个引起麻烦的概念，到现在也没有扯清楚。是不是只有具体的"人性"——其实就是阶级性，没有抽象的人性，即人类共有的本性？我们只能从日常的生活用语来解释什么是人性，即美的、善的，是合乎人性的；恶的、丑的，是不合人性的。通常说："灭绝人性"，这个人"没有人性"，就是这样的意思。比如说一个人强奸幼女，"一点人性都没有"。沈先生把"优美""健康"和"不悖人性"联系在一起，是说"人性"是美的，善的。否定一般的、抽象的人性的一个恶果是十年浩劫的大破坏，而被破坏得最厉害的也正是"人性"，以致我们现在要呼唤"人性的回归"。沈先生提出"人性"，我以为在提高民族心理素质上是有益的。

什么是沈从文的宗教意识，沈从文的上帝，沈从文的哲学的核心？——美。

黑格尔提出"美是生命"的命题。我们也许可以反过来变成这样的逆命题："生命是美"，也许这运用在沈先生身上更为贴切一些。

美是人创造的。沈先生对人用一片铜，一块泥土，一把线，加上自己的想象创造出美，总是惊奇不置。

沈先生有时把创造美的人和上帝造物混为一体。

> 这种美或由上帝造物之手所产生，一片铜，一块石头，一把线，一组声音，其物虽小，可以见世界之大，并见世界之全。或即"造物"，最直接最简便那个"人"。流星闪电刹那即逝，即从此显示一种美丽的圣境，人亦相同。一微笑，一蹙眉，无不同样可以显出那种圣境。一个人的手足眉发在此一闪即逝的缥缈印象中，即无不可以见出造物者手艺之无比精巧。凡知道用各种感觉捕捉这种美丽神奇光影的，此光影在生命中即终生不灭。但丁、歌德、曹植、李煜，便是将这种光影用文学组成形式，保留的比较完整的几个人。这些人写成的作品虽各不相同，所得启示必中外古今如一，即一刹那间被美丽所照耀，所征服，所教育是也。

> "如中毒，如受电，当之者必喑哑萎悴，动弹不得，失其所信所守"。美之所以为美，恰恰如此。（《烛虚》）

沈先生对自然有一种特殊的敏感，有泛神倾向。他很易为"现象"所感动。河水，水上灰色的小船，黄昏将临时黑色的远山，黑色的树，仙人掌篱笆间缀网的长脚蜘蛛，半枯的怪柳，翠湖的猪耳莲，水手的歌声，画眉的鸣叫……都会使他强烈地感动，以至眼中含泪。沈先生说过：美丽总是使人哀愁的。

沈先生有时是生活在梦里的。

　　夜梦极可怪。见一淡绿百合花，颈弱而花柔，花身略有斑点青渍，倚立门边微微动摇。在不可知地方好像有极熟习的声音在招呼：

　　"你看看好，应当有一粒星子在花中。仔细看看。"

　　于是伸手触之。花微抖，如有所怯。亦复微笑，如有所恃。因轻轻摇触那个花柄，花蒂，花瓣。近花处几片叶子全落了。

　　如闻叹息，低而分明。(《生命》)

这很难索解，但是写得多美！

沈先生四十岁以后一直是在梦与现实之间飘游的。

　　照我思索，能理解"我"。照我思索，可认识"人"。

这里的"我"、"人"都是复数，是抽象的"人"，哲学的"我"，而沈先生的思索，正如他自己所说，是"抽象的抒情"。

要理解一个作家，是困难的。

关先生编选的这本书虽是资料性的工具书，但从他的选择、分类二，可以看出是有自己的看法的。关先生的工作细致、认真，值得感谢。

谈散文

中国散文，浩如烟海。

先秦诸子，都能文章。《子路曾皙冉有公西华侍坐章》从容潇洒。孟子滔滔不绝。庄子汪洋恣肆。都足为后人取法。

中国自来文史不分。史书也都是文学。司马迁叙事写文，清楚生动。他的作品是孤愤之书，有感而发，为了得到同情，故写得朴朴实实。六朝重人物品藻，寥寥数语，皆具风神。《史记》、《世说新语》影响深远，唐宋人大都不能出其樊篱。姚鼐推崇归有光，归文实本《史记》。

中国游记能状难写之情如在目前。郦道元《水经注》写三峡，将一大境界纳为数语，真是大手笔。柳宗元《至小丘西小石潭记》以鱼之动态写水之清幽，此法为后之写游记者所沿用，例不胜举。

韩愈文章，誉毁不一，我也不喜欢他的文章所讲的道理，但是他的文章有一特点：注重文学的耳感，即音乐性。"国子先生，晨入太学，招诸生，立馆下，诲之曰……"读来朗朗上口。"上口"是中国散文的一个特点。过去学文章都要打起调子来半吟半唱，这样才能将声音深入记忆，是很有道理的。

中国文化有断裂。有人以为"五四"是一个断裂，有人不同意，以为"五四"虽是提倡白话文，而文章之道未断，真正的断裂是四十年代。自四十年代至七十年代几乎没有"美文",只有政论。偶有散文，大都剑拔弩张，盛气凌人，或过度抒情，顾影自怜。这和中国散文的平静中和的传统是不相合的。

"五四"以后有不多的翻译过来的外国散文，法国的蒙田、挪威的别伦·别尔生……影响最大的大概是算泰戈尔。但我对泰戈尔和纪伯伦不喜欢。一个人把自己扮成圣人总是叫人讨厌的。我倒喜欢弗吉尼亚·伍尔芙，喜欢那种如云如水，东一句西一句的，既叫人不好捉摸，又不脱离人世生活的意识流的散文。生活本是散散漫漫的，文章也该是散散漫漫的。

文章的雅俗文白一向颇有争议。有人以为越白越好，越俗越好。张奚若先生在当文化部长时曾讲过推广普通话问题，说"普通话"并不是普普通通的话。话犹如此，文章就得经过加工，"散文"总是散文，不是说出来的话就是散文，那样就像莫里哀戏中的人物一样，"说了一辈子散文"了。宋人提出以俗为雅。近年有人提出大雅若俗。这主要都是说的文学语言。文学语言总得要把文言和口语糅合起来，浓淡适度，不留痕迹，才有嚼头，不"水"。当代散文是当代人写，写给当代人看的，口语不妨稍多，但是过多的使用口语，甚至大量地掺入市井语言，就会显得油嘴滑舌，如北京人所说的："贫"。我以为语言最好是俗不伤雅，既不掉书袋，也有文化气息。

我和这套文丛的作者都不熟，据闻大都是中青年文艺理论家，他们的文章较有深度，有文化气息。他们是可能成为当代散文的中坚的，希望他们既能继承中国散文的悠久传统，并能接受外国散文的影响，占一代风流，掎百年余韵，是为序。

精辟的常谈

——读朱自清《论雅俗共赏》

朱先生这篇文章的好处，一是通，二是常。

朱先生以为"雅俗共赏"这句成语，"从语气看来，似乎雅人多少得理会到甚至迁就着俗人的样子，这大概是在宋朝或者更后罢。"这说出了"雅俗共赏"的实质，抓住了中国文学发展的一个关键。

朱先生首先找出"雅俗共赏"的社会原因，那就是从唐朝安史之乱之后，"门第迅速地垮了台，社会的等级不像先前那样固定了，'士'和'民'这两个等级的分界不象先前的严格和清楚了，彼此的分子在流通着，上下着，而上去的比下来的多"，上来的士人"多少保留着民间的生活方式和生活态度"，他们"要重新估定价值，至少也得调整那旧来的标准与尺度。'雅俗共赏'似乎就是新提出的尺度或标准"。这是非常精辟的，唯物主义的分析。

朱先生提出语录、笔记对"雅俗共赏"所起的作用。

朱先生对文体的由雅入俗作了简明的历史回顾，从韩愈、欧阳修、苏东坡到黄山谷，是一脉相承的。黄山谷提出"以俗为雅"、可以说是纲领性的理论。

从诗到词，从词到曲，到杂剧、诸宫调，到平话，章回小说，到皮黄戏，文学一步比一步更加俗化了。我们还可以举出《打枣竿》、《挂枝儿》之类的俗曲。这是文学发展的必然趋势，任何人也奈何不得。

这样，"有了白话正宗的新文学"就是水到渠成、顺理成章的事。

其后便有"通俗化"和"大众化"。

朱先生把好几百年的纷纭混杂的文学现象绐出了一个头绪，清清楚楚，一目了然。一通百通。朱先生把一部文学史真正读通了。

朱先生写过一本《经典常谈》。"常谈"是"老生常谈"的意思。这是朱先生客气，但也符合实际情况：深入浅出，把很大的问题，很深的道理，用不多的篇幅，浅近的话说出来。"常谈"，谈何容易！朱先生早年写抒情散文，笔致清秀，中年以后写谈人生、谈文学的散文，渐归简淡，朴素无华，显出阅历、学问都已成熟。用口语化的语言写学术文章，并世似无第二人。

《论雅俗共赏》是一篇标准的"学者散文"，一篇地地道道的Essay。

阿索林是古怪的

——读阿索林《塞万提斯的未婚妻》

阿索林是我终生膜拜的作家。

阿索林是古怪的。

《塞万提斯的未婚妻》是一篇古怪的散文，一篇完全不按常规写作的，结构极不匀称的散文。

这是一篇游记么？

就说是吧。

文章分为一、二两截。

一用颇为滑稽的笔调写我——一个肥胖，快乐，做父亲了的小资产阶级的"我"，在乘火车旅行的途中的满足、快活、安逸的心情。这个"我"难道会是阿索林本人？

二写阿索林在古色古香的西班牙——塞万提斯的故乡爱斯基维阿斯的见闻。充满了回忆，怀旧，甚至有点感伤的调子。这里到处是塞万提斯的痕迹，塞万提斯的气息。塞万提斯每天在他的睡眠中听过的悦耳的钟声。"塞万提斯广场"。一个小小的狭窄的厅，有一条小走廊通到一个铁栏杆，塞万提斯曾经倚在那里眺望那辽阔、孤独、静默、单调、幽暗的田野。最后是塞万提斯的未婚妻。一个俏丽而温文的少女，一只手拿着一盘糕饼，一只手拿着一个小盘子，上面放着一只斟满爱思基维阿斯美酒的杯子，笑容满面，柔目低垂。这个活生生的现实中的少女使阿索林从她的身上看出费尔襄多·沙拉若莱思的女儿——米古爱尔特·塞万提斯的未婚妻本人。夜来临了，阿索林想起了在黄昏时分，在忧郁的平原间，那位讽刺家对他的爱人所说的话——简单的话，平凡的话，比他的书中一切的话更伟大的话。这就是塞万提斯，真正的塞万提斯。

我们见过许多堂·吉诃德的画像，钢笔画、铜版蚀刻、毕加索的墨笔画。这些画惊人地相似。我们把塞万提斯和堂·吉诃德混同起来，以为塞万提斯就是这个样子。可笑的误会。阿索林笔下的塞万提斯才是真正的塞万提斯，一个和他的未婚妻说着简单、平凡、比他的书中一切话更伟大的话的温柔的诗人。

于是我们可以说《塞万提斯的未婚妻》是一篇对塞万提斯的小小的研究。只是阿索林所采取的角度和一般塞万提斯的研究者完全不同。

《当代散文大系》总序

中国是散文的大国。中国散文历史的悠久大概可以算世界第一。先秦诸子，都能文章，恣肆谨严，风格各异。《史记》乃无韵之《离骚》，立记叙之模范。魏晋辞赋，风神朗朗。韩愈起八代之衰，是文体上的一次大解放。欧阳修辞赡韵美。苏东坡行于当行，止于应止，使后世作家解悟：散文最大的特点，是自由。明季作家意识到语言的自然美，三袁张岱，是其代表。桐城义法，实本《史记》。龚定庵夭矫奇崛，遂为一代文宗。

中国的新文学，新诗、话剧、小说都是外来的形式，只有散文，却是土产。渊源有自，可资借鉴汲取的传统很丰厚。

鲁迅、周作人实是"五四"以后散文的两大支派。鲁迅悲愤，周作人简淡。后来作者大都是沿着这样两条路走下来的。江河不择细流，侧叶旁枝，各呈异彩，然其主脉，不离鲁迅、周作人。

中国散文主要继承的是本国的传统，但也不是没有接受外来的影响。三十年代初，翻译了法国的蒙田、挪威的别伦·别尔生的散文，波特莱尔、屠格涅夫的散文诗，泰戈尔、纪伯伦的散文诗，这些都扩展了中国散文作家的眼界。西班牙的阿索林的作品介绍进来的不多，但是影响是很深的。

三十年代写散文的人很多，四十年代写散文的少了，散文几乎降为小说的附庸。

五十年代写散文的又多了起来，一时名家辈出。对五十年代的散文有不同看法。有人以为这是一个高峰期；有人以为这时的散文一个很大的缺点，即出现了"模式"，使年轻的读者以为只有这样写才叫做散文。所谓"模式"，一是不管什么题目，最后都要结到歌颂祖国，歌颂社会主义，卒章显其志，有点像封建时代的试帖诗最后一句总要颂圣；二是过多的抒情，感情绵缠，读起来有"女郎诗"的味道。成绩和缺点都是存在的。

六十年代散文的势头不旺。"文化大革命"时期只有大批判的文章，但那不能叫做散文。那时不但没有散文，也没有文学。

七十年代后期，党的十一届三中全会以后，思想解放，文学复苏，散文如江南草长。物极必反，这时的散文不但摆脱了"文化大革命"文风，也摆脱了五十年代的"模式"。

近三四年散文的长势很好。出现了好几种散文杂志，一般文学杂志也用较显著的篇幅刊登散文，或出散文专号。散文的地位由附庸蔚为大国。有人预言一九九三年将是散文年。

为什么散文会兴旺起来？一个是社会的原因，一个是文学的原因。中国人经过长期的折腾，大家都很累，心情浮躁，需要平静，需要安慰，需要一种较高文化层次的休息。尽管粗俗的文化还在流行，但是相当一部分人对此已经感到厌倦，他们需要品位较高的艺术享受，需要对人生独到的观察，对自成一家的语言的精美的享受。散文可以提供有文化的休息和这种精美的享受。散文可以说是应运而生。

近年的散文自然也有相当多的平庸之作，但是总体上来说，质量是比较好的，出现了有自己的风格的散文家和足以传世的散文佳作。 近年散文写得好的，不少是女作家，这是个很值得研究的现象。什么原因？我想是女作家的感觉更细一些，女作家写"女郎诗"未可厚非，女作家对功利更超脱一些，对"为政治服务"抛弃得更远一些。

近年散文也有些什么缺点？我以为一是散文的天地还狭窄了一些。目前的散文，怀人、忆旧、记游的较多。其实书信、日记、读书笔记乃至交待检查，都可以是很好的散文。二是对散文的民族传统（包括"五四"以来的传统）继承得还不够，对外国散文作品借鉴得也不够。我们现在还很少散文家能写出鲁迅《二十四孝图说》那样气势磅礴，纵横挥洒的"大"散文，能写出像弗吉尼亚·伍尔芙的《果园里》那样用意识流方法写出的精致的小品。

中国散文的前景是辉煌的。